El jersei

El jersei

Blanca Busquets

NARRATIVA ROSADELSVENTS

Primera edició: març de 2006
Segona edició: maig de 2006

Publicat per Rosa dels Vents, un segell de Random House Mondadori, S. A.

Printed in Spain – Imprès a Espanya

ISBN: 84-01-38694-2
Dipòsit legal: B. 8.091-2006

Fotocomposició: Lozano Faisano, S. L. (L'Hospitalet)

Imprès a Novagrafik
Vivaldi, 5. Montcada i Reixac (Barcelona)

Enquadernat a Lorac Port, S. L.

L 3 8 6 9 4 2

A totes les dones del passat i del present que no han estat mosquetes mortes. I, molt especialment, a la meva mare i a la meva àvia Júlia.

Índex

La idea

—Entra, entra, que no hi ha els meus pares.

Rialles contingudes.

—Només hi ha la meva àvia, que no copsa res. Entra, et dic.

Cop de porta. Passes, aquesta vegada sobre el parquet, grinyolen les fustes, sempre grinyolen. I després, una altra porta que s'obre i es tanca, la de l'habitació de la nena, evidentment. Ai, la nena. La vella sospira i es posa a pensar com li farà el jersei. Serà una sorpresa. Demanarà a la Leonor que li compri la llana i es posarà a treballar. Fa dies que mira i remira la nena per dalt i per baix, i veu que a sota porta invariablement samarretes que li arriben més amunt del melic, es veu que és moda ensenyar el melic, i la Sandra no se n'està. També ensenya les espatlles perquè es veu que també és moda ensenyar les espatlles. Tot plegat fa venir fred, ara que és l'hivern, i la veritat és que la Leonor es fa tips de renyar-la, però tot el que li diu no fa cap efecte, la Sandra té setze anys i les nenes, a setze anys, sembla que portin a dins un bastó rebec, que no es doblega sota cap concepte. Com més la renya la mare, més es destapa la filla. Sembla mentida que la Leonor no se n'adoni; abans era una fleuma però ara s'hi està tornant encara més, o cega, o sorda, vés a saber, no veu res ni sent res i fa sempre aquella cara de cansada. A l'àvia li agradaria dir-li, descansa, filla meva, pren-t'ho d'una altra manera, però, és clar, no pot dir res de res. I així, ha de contemplar com se li marceix la filla a poc a poc, que no és tan gran, Déu del cel, que només té cinquanta anys, i ara, les dones a cinquanta anys són joves. Quan ella els tenia, els cinquanta, sí que eren tota una edat. Tothom la mirava com si ja no formés part del grup de persones actives que s'ocupen que el món es bellugui i doni voltes, com si ja s'ho hagués de mirar tot des d'una mena de balcó disposat per als que ja no poden fer que res canviï o modifiqui el seu curs. I quin mal que feia, que et miressin així. Quan veu la Leonor amb aquesta cara, li vindria de gust dir-li que al cap d'un temps li farà riure haver patit tant, haver-se deixat ferir per llances que, de fet, ara s'adona que eren de broma, de mentida, virtuals, com dirien actualment. Virtuals, sí.

Àvia, virtual vol dir que no existeix però ho sembla, en Martí pretenia introduir-la en això dels ordinadors, ja que no pot parlar almenys es distraurà amb la màquina. Deixa-la, li diu la Leonor en veu baixa, que no veus que és ciència ficció per a ella. Però no és pas ruca, l'àvia, i pensa molt, segur que se'n sortiria i es distrauria; si no, es pansirà, aquí asseguda en aquest racó. Del racó al llit i del llit al racó, arrossegant els peus. Deixa-la tranquil·la, hi insisteix la filla, que ella és feliç veient-nos a nosaltres anant amunt i avall, i sentint-nos parlar i tot això. No necessita res més. No, mare, no, que és intel·ligent, que no vol dir res que no pugui parlar. En Martí insistia malgrat tot a ensenyar-li informàtica, encara hi insisteix i, quan no hi ha sa mare, s'acosta a la vella i li explica alguna cosa d'aquestes màgiques, i li diu, vine, àvia, acosta't a l'ordinador, ja veuràs que divertit. És maco, el nét, no n'hi ha, de néts com ell, amb aquella paciència i mirant-la com no la mira ningú, no pas com passada de rosca sinó com una persona com les altres. La Dolors s'emociona quan ell l'ajuda a aixecar-se i la porta fins allà on hi ha aquella mena de robot amb una pantalla que no és de televisió, sinó de cine però petita, i es veu tot tan bé i de colors, i prems un teclat que és com el d'una màquina d'escriure però que no fa soroll, i aleshores a la pantalla hi ha una petita revolució i hi apareixen sorpreses de colors. En Martí comença a explicar, veus, això és el ratolí, es diu així perquè té forma de ratolí, amb cua i tot, i si prems aquí, veus què passa, que surt un gat. És cert, un gatet ha aparegut a la pantalla, un de tan bufó que l'àvia per poc no engega a plorar entendrida del tot. I el gatet va d'un lloc a l'altre, i salta, i la mira, i camina amb la cua enlaire, i s'asseu. La Dolors està al·lucinada. I aleshores en Martí diu, au, prou de gatet, anem per coses serioses, i fa un moviment amb el ratolí i apareixen lletres i números, i el gatet ha desaparegut. A l'àvia li agafa un desfici, on és el gat, voldria dir, però només emet uns sons incomprensibles, i treu el ratolí de la mà del nét i s'hi posa ella i prem molt de pressa els botons que té sota els dits, però el gat no apareix, només més lletres i més números. En Martí s'atura, se la mira, i acaba dient, vaja, ja veig que t'agrada més el gat, i això que ets una persona que sap tantes coses i que sempre en vol aprendre més... Però suposo que arriba un dia que un ja té ganes de descansar, oi? Té... au, juga. La deixa jugant amb la bestiola que passeja, per dalt i per baix, per tota la pantalla. L'àvia pensa, això és màgia, segur. Resulta que, passada la vuitantena, descobreix que la màgia existeix, ella que sempre havia estat tan escèptica, ella que tot s'ho explicava raonant. Doncs mira, ara ja no té necessitat d'explicar-se res, ara la màgia és la màgia i existeix i prou. Com segur que també existeixen les fades i les bruixes. Només que ara en diuen realitat virtual. Tot canvia, i també la manera d'anomenar les coses. El nét es desespera i se'n va. Al cap d'una estona la ve a buscar i la torna a la seva cadira del racó. Ella seu i riu una mica, això sí que ho pot fer, i sap que a en Martí li agrada, que és la seva manera de donar les gràcies, ara que no pot pronunciar cap paraula, però sí que pot riure. M'agraden les teves rialles, àvia, diu ell.

I ara se senten sorolls provinents de l'habitació de la nena. Sembla com si la Sandra s'ofegués, què passa? Oh, oh, de cop, la Dolors ho entén tot. Riu, quina gràcia, això ho hem fet tots, i, com que ara ho fan sense casar-se ni res, als setze anys i com qui diu davant dels pares... És clar que la Sandra ha convidat aquest noi —perquè és un noi, l'ha sentit parlar una mica— quan no hi havia ni la Leonor ni en Jofre. Tampoc no hi és el Martí. No hi ha ningú. Només la Sandra i un noi misteriós en una habitació. Què deuen estar fent? Deuen fer com ella i l'Antoni? Ara hi entraria amb un centímetre i li prendria la mida ben presa, a la néta, per això del jersei, ara que deu estar despullada que és quan va millor. A la Dolors li ve per riure imaginant-se arrossegant els peus i entrant de sobte a l'habitació de la Sandra amb un centímetre i una rialla. És clar que no seria el mateix, ni molt menys, que quan els van enxampar a ella i l'Antoni... Quina vergonya va passar, ai, Senyor, quan hi pensa. I quin terrabastall es va organitzar.

La Sandra i el seu noi deuen estar l'un sobre l'altra, i Déu n'hi do el soroll que fan, quina canalla, i tot als setze anys. Quan ella tenia setze anys encara es xumava el dit, no sabia què era la vida, les monges li havien ficat al cap que els nois es miraven però no es tocaven, perquè si es tocaven es trencava l'encant de la virginitat. I ningú no s'atrevia a demanar què era l'encant de la virginitat, una monja tancava els ulls i continuava dient que era perillós, molt perillós, que et podies condemnar per sempre, que molta absolució i molta història quan et vas a confessar però que hi ha pecats que Déu no pot perdonar així com així, t'ho miris com t'ho miris, i les dones som especialistes a cometre aquests pecats. I després, enganyem els homes. Com Eva, la de la poma, mira que creure això de la poma durant tant de temps. Un home és com una poma, deia la monja, molt lletja, nas guerxo sota una toga que li arribava pràcticament fins als ulls. I ja sabeu què passa amb les pomes, que, si les mossegues, se t'ha acabat el paradís per sempre. A més, a dintre de les pomes més boniques hi ha cucs. Uns cucs estrafets, horribles, grossos i inflats, que no podeu ni imaginar. La monja tancava els ulls altre cop, i elles es miraven les unes a les altres i reien una mica, per sota el nas, prou que s'ho creien, però tenien l'edat-del-riure-per-tot, eren unes quantes que acabaven el batxillerat, no gaires, no eren temps que massa dones completessin els estudis secundaris. I això de la poma ho portaven a dintre del cor. La Dolors, cada vegada que veia un home, se l'imaginava vermell i brillant, rodó i no gaire atractiu, perquè a ella les pomes no li feien peça, però es demanava quina mena de cuc era el que devien dur a dintre, aquell tan estrafet que comentava la monja.

És evident que la Sandra no té aquests dilemes, que ja deu saber com és el cuc estrafet, i no li deu semblar pas tan horrible, si s'ha de jutjar per les exclamacions que se senten, que no són pas precisament ni de por ni de fàstic. Deu estar mossegant la poma vermella, ella, a la Dolors se li torna a escapar el riure i, per primera vegada a la vida, es demana com ho devia saber la monja tot això del cuc estrafet, si era molt monja i si en aquell temps això no s'ensenyava ni a les revistes ni a la televisió, que estava prohibidíssim fins i tot ensenyar el colze i mostrar què hi havia més amunt, i la minyona l'havia de fregar amb força cada vegada que anava a passar les vacances a casa, perquè, de rentar-se, a l'internat, també estava prohibit més amunt del colze. O sigui que el contrast era sorprenent, blanc per fora i ben fosc per dins, quina pudor que devíem fer totes plegades, pensa la Dolors, i ara ens hem passat a l'extrem contrari. S'imagina ella, quan era jove, vestida com va la Sandra. S'imagina què hauria dit la monja de la poma i el cuc. No s'atreveix ni a pensar-ho, perquè segurament no hauria dit res, sinó que hauria fet avisar els seus pares, ho hauria explicat a tothom i hauria estat exemple de perduda. Vés a saber si hauria acabat al dormitori de les nenes pobres, les que cosien i servien el menjar a les estudiants com ella. Hauria pogut passar qualsevol cosa, realment, si ella s'hagués presentat davant la monja de la poma —com es deia, no ho recorda— amb una samarreta com les que porta ara impunement la Sandra. És clar que durant uns dies s'havia tapat de dalt a baix i s'havia posat un jersei de coll alt, com el que ella li pensava fer, perquè havia agafat una bronquitis, i la Leonor, dels crits que li havia fet, s'havia quedat afònica. Els crits els hi havia fet davant d'ella, perquè ni s'havia adonat que la Dolors era a la sala, no s'adona mai ningú que la Dolors és a la sala, perquè és com un moble per bé i per mal. És trist que ningú no et consideri com t'ha de considerar, d'acord, però també és interessant poder escoltar de vegades el que no escolta ningú; totes les situacions, per més negatives que siguin, tenen la seva part positiva, i aquesta és que, d'ençà que viu amb la seva filla, l'àvia Dolors n'ha vist i sentit de l'alçada d'un campanar, i ha observat el que no observa ningú.

Per exemple, el dia que la Leonor renyava la Sandra per haver agafat una bronquitis a causa, deia ella, de les samarretes, ella hauria volgut recomanar a la seva filla que es deixés estar de refredats i de febres i que controlés què menjava la Sandra. Perquè la Sandra menja ben poca cosa. Però la Leonor sembla que no se n'adoni. Com que no la veu a l'hora de dinar ni de sopar, i els caps de setmana encara es veuen menys perquè la nena aprofita sempre per fugir a casa d'aquesta o de l'altra, no té consciència que a la nena aviat no li aniran bé ni aquestes samarretes tan cenyides, que ja no troba pantalons de la seva talla i que continua sense menjar perquè diu que està grassa. De la cadira estant, l'àvia Dolors la contempla com es mira al mirall del passadís, com s'hi posa de cantó, i després de cara, i després es mira el cul i fa cara de fàstic. Però si no en té, de cul. Si només té ossos, la Sandra. Ai, com canvien les coses. En temps de la monja, la poma i el cuc, feies bona cara quan t'havies engreixat una mica, quan tenies unes galtes molsudes. L'àvia, que, com diu el Martí, pensa encara que sigui gran, dedueix que això de la bona figura deu dependre de si és temps de vaques grasses o de vaques flaques; tens una bona figura si menges quan no hi ha menjar. I si, en canvi, no menges quan et surt el menjar per les orelles. Deu ser això.

Doncs la Leonor no s'adona de res. La Leonor fa aquella cara de cansada que no s'explica d'on surt, però que hi és. I en Jofre... bé, en Jofre és en Jofre. Ell ha nascut per canviar el món a base de discursos que no entén ningú. De fet, és tal com ha de ser un professor de filosofia, perquè quan ella feia batxillerat, la professora que els impartia la matèria no n'era gens, de filòsofa, arribava a classe i deia obriu els llibres i llegiu. De cap al llibre tota l'hora. Devia haver estudiat filosofia i lletres, però més lletres que filosofia. I apa, elles a llegir i a intentar assimilar tot allò de Plató i Aristòtil i Sòcrates i poc més, perquè després venien els pensadors prohibits, que eren com forats negres en el temps. Misteris irresolubles. Noms inexistents que més endavant, al cap dels anys, de molts anys, va resultar que sí que existien i que tenien força importància en la història de la humanitat. Oh, i ella encara, perquè resulta que les seves monges li ensenyaven més coses que les monges que trobaria la Leonor a l'escola trenta anys després. Es veu que el temps, en lloc d'anar endavant, va tirar enrere. De cop i volta, tot era pecat i tot estava prohibit.

La vella riu una mica quan pensa que ella, de pecats, en va cometre molts. Pecats de totes les menes i maneres. I alguns de tan grossos que ningú no es pot imaginar que pogués arribar a cometre una dona com ella. Si la Leonor ho sabés, la tindria per un monstre i la faria fora de casa immediatament.

Amb quina mena de disseny podria fer el jersei de la Sandra. Amb quina mena de punt. La Dolors recorda que té en algun lloc una revista amb idees diverses per fer ganxet. Ai, iaia, que fa un tapet, oi, deia la dona que li enviaven els fills per netejar la casa un parell de cops per setmana, i comentava, oh, i és molt bonic, eh, aquella dona es pensava que ella era idiota, només perquè no podia caminar de la manera que es camina als seixanta, que devia ser els que tenia ella. Quan aquella dona parlava amb la Dolors, semblava que parlés amb un nen petit, i la vella li contestava secament, no és cap tapet, és una bufanda per al meu nét, que no ho veu que això no es pot posar damunt de cap taula. A més, no em dic iaia, em dic Dolors. Ella sí que semblava estúpida, mare de Déu, és ben bé que, d'on no n'hi ha, no en raja. Ah, ja, feia la dona, exclamant-se molt teatralment, i després la sentia com comentava per telèfon amb la Leonor o amb la Teresa, té el cap tan clar, tant, que sobta, no patiu gens que està molt bé, la vostra mare, molt bé. Molt bé, sí. I ben controlada contínuament. Mare, per què no véns a viure amb nosaltres, tenim una casa gran... Mira que feia temps que la Leonor li ho suggeria. La Teresa no li ho podia dir perquè viu a Madrid, ves què se li ha perdut, a Madrid, la política és així, mare, li diu ella, sempre li diu el mateix, però el cas és que amb la Teresa no hi podria anar mai. Sí, en canvi, amb la Leonor, però sempre havia dit que no, que no, és que pateixo, mare, perquè un dia et passarà alguna cosa i no ho sabrem, i, d'aquesta manera ho podríem evitar. Vinga insistir-hi, vinga insistir-hi, tant, que al final la Dolors li havia dit, amb un urc que li havia sortit de qui sap on de cop i volta, prou, si m'he de morir, em moriré aquí i ja està. A la meva edat faig el que em ve de gust, i em ve de gust quedar-me a casa meva. La Leonor s'havia ofès, és clar, perquè la Leonor és molt sensible i molt susceptible, i també molt bleda, i amb llàgrimes als ulls li havia contestat, doncs no pateixis, no t'ho diré més, s'ha acabat.

I mira ara. Per ella mateixa, la Dolors es diu que més val prendre-s'ho amb sentit de l'humor que d'això sempre n'ha tingut molt. D'un dia per l'altre, ja es va acabar tot i ja ningú més no li ha deixat fer el que volia. Després d'aquell ensurt, d'aquella aturada del món, d'aquell ressuscitar estrany i d'aquella sensació d'haver-se perdut en el túnel del temps, va venir aquell desconcert tan gran de no saber pronunciar cap mot, el desconcert previ a aquella tristesa infinita que la va portar a plorar i a plorar, dies i dies, i va ser llavors que va descobrir que sí que podia emetre sons, almenys això, encara que no els pogués ordenar ben ordenats per formar paraules. Es desconcerta una mica, amb el que ha passat, oi, li van demanar, i li van explicar que no se n'havia d'estranyar, que l'embòlia li havia sacsejat una mica els records, com si els tingués tots en una capsa amuntegats, i li costaria de posar-los un davant de l'altre en l'ordre corresponent. No pas els d'abans, vostè té una memòria històrica que ja m'agradaria tenir a mi, li havia dit el metge mirant enlaire. Però amb el passat immediat es farà un embolic, no s'hi desesperi, i ja li passarà, però ha de tenir paciència, li ho dic així de clar perquè sé que vostè és una dona intel·ligent i ho pot comprendre i prefereix que li ho expliquin així, directament. Ho ha entès, oi que sí. La Dolors va fer que sí amb el cap. Ja no plorava, feia dies que no plorava, i va agrair l'explicació del metge, que sí que la tractava de persona, i no de cosa o de nena o d'inútil. No com la Leonor. I la Teresa, que havia agafat el pont aeri amb urgència i ara també era allà a l'hospital amb ella. Dec haver estat a punt de morir-me, pensava la vella, perquè la Teresa no ve mai a mitja setmana. Potser encara estic a punt de morir-me.

Té, es veu que ja han acabat la feina. Quant de temps ha passat d'ençà que han entrat a l'habitació, una eternitat, era ahir o era avui, la Dolors no ho sap del cert, però sí que sap que hi han entrat fa molt, moltíssim, i que ara en surten i que ara ell se'n va. O no, potser no, que no se'n va, que vénen tots dos murmurant qui sap què.

—Vine, que et presento la meva àvia.

La néta ha entrat al menjador seguida d'un xicot alt, molt més alt que ella, amb cara d'haver-se menjat un plat de maduixes amb nata, pobra Sandra, quan s'adoni que els homes només volen una cosa d'una noieta adolescent.

—Jaume, aquesta és la meva àvia.

—Àvia, et presento en Jaume.

Ha estat clara, la Sandra, amb una veu una mica cridanera, això sí. En Jaume s'acosta i li dóna la mà. L'àvia riu i l'hi dóna, també, la d'ell és ampla i grossa i calenta, i la seva petita i tota ossos i freda, què deu pensar aquest noi. Amb gust ara diria, però Sandra, què fas presentant a aquest jove una vella com jo, i faria una broma de les d'abans per dissimular la seva torbació, però no pot dir res, i torna a riure, el jove deu tenir l'edat de la Sandra, ai, Senyor, si és un xicotet que encara no sap res de la vida, i ara l'àvia mira els ulls de la néta i s'adona que ella està enamorada del tot, del cap fins als peus, que no veu res més que el seu Jaume. Que ara mateix està convençuda que vivim al millor dels mons possibles, com ho estava el Crèdul aquell de Voltaire... o Confiat... Ah, no, no, Càndid. On tens el cap, Dolors. Doncs ara també li diria, ai, filla meva, que no veus que no et mira com tu el mires a ell, que no veus que tot en ell és desig i prou. Que és un home. Però encara que pogués parlar, no serviria de res, la Sandra continuaria fent el mateix i encara s'enfadaria amb ella, com s'hi va enfadar la Leonor el dia que li va dir d'en Jofre, aquest noi no fa per tu, i és que la Dolors veia d'una hora lluny que aquell noi no feia per ella, que només buscava una minyona que li tingués el menjar a punt i que li planxés les camises mentre ell pensava en la creació de l'Univers i la concepció del món de Russell. Que no, mare, que els temps han canviat, que no és el mateix que tu amb el pare, que ara tots ho fem tot perquè ara som lliures, mai no havia sentit un disbarat tan gran, en Jofre era filòsof de la revolució o no sé què, així és com li va presentar ella, mai no havia vist un embadocament tan gran, semblava que la Leonor s'havia tornat ruca, filla, reacciona, dimonis, treu-te la vena dels ulls, li deia, i l'havia fins i tot sacsejat per les espatlles, aquell Jofre que ara és l'amo de la casa que l'acull, se li havia begut l'enteniment amb tanta passió que també s'havia endut un tros de la Leonor, per no dir tota perquè la que va quedar ja era una altra, la Dolors se'n feia creus de com podia arribar a canviar una persona quan perd el cap per un poca-solta com aquell, a ella no li havia pas passat mai, això.

O potser sí.

La Sandra se'n va amb el seu mascle, ara que ja l'hi ha presentat. És estrany que ho hagi fet, si no se'n recorden mai que l'àvia existeix. Ai, ai, ara la Dolors pensa que no ha aprofitat l'avinentesa per fixar-se en les mides de la Sandra, per la qüestió del jersei. Ai, que se li ha escapat, mira que és badoca, això li passa per preocupar-se per si el noi li va bé o no li va bé a la néta. De tota manera, no es pot saber gaire perquè les dues criatures estan per fer, encara no han sortit de l'ou, tot i que ells s'ho pensen, és clar, són a l'edat de menjar-se el món, quan creuen que ja ho saben tot i que ningú no els prendrà mai més el pèl. I precisament perquè creuen això, els el prenen més que a ningú. Pobrets.

Ella no va sortir de l'ou fins als quaranta anys, que ja és dir. Fins que la Teresa i la Leonor eren ja una mica grans, fins que, després d'haver tingut durant tretze anys el cap ficat en el forat de les mullers i mares amatents, se li va acudir de sortir i mirar a fora i de veure que el món girava contínuament i que —i això era greu— s'atrevia a fer-ho sense ella. Com havia pogut ser tan poc dona i tan poc persona durant tretze anys, és una cosa que encara no s'explica. Riu sola, la Dolors, i pensa que llavors sí que era vella, i no pas ara. De fet, va començar a ser vella el dia que l'Eduard, amb el barret entre les mans, va venir a demanar-li si es volia casar amb ell, i es va treure de la butxaca un anell amb un brillant molt gros, un solitari que la va enlluernar del tot i que la va deixar enlluernada durant molt de temps, és que aquestes pedres t'enceguen els ulls sense pietat i ja no veus res més.

Era bon noi, l'Eduard. I donava voltes al barret, i s'havia ruboritzat del tot mentre li demanava, voldries casar-te amb mi, i aquell últim mi li sortia amb un gall de tan nerviós que estava. Abans de posar-se vermell estava molt blanc, molt blanc, i després li havien pujat tots els colors de cop. Divertida, la Dolors havia pensat, ui que aquest se'm desmaia. Tot això abans del brillant, és clar. Quan l'anell va fer acte de presència a les mans tremoloses del pretendent, la Dolors va perdre el nord perquè la pedra era francament cara i, amb tot el que havia passat, això volia dir molt.

Quan, anys més tard, es deia a ella mateixa que l'anell l'havia enlluernada, s'hauria volgut donar cops de cap contra la paret, fins que va descobrir, quan la Leonor es va casar, que no, que no havia estat l'anell, perquè en Jofre no n'hi havia pas regalat cap i ella s'havia quedat embadocada igual. O sigui que devia ser alguna altra cosa el que enlluernava les dones en un moment determinat de la vida, el que les feia dir que sí com unes bledes, el que les feia tirar-se de cap a la piscina de l'estupidesa més estúpida, fos per la raó que fos, i encara que tingués tota la justificació del món. I ara, una vella com ella, als seus vuitanta-cinc anys, havia de contemplar com, després de la seva pròpia estupidesa estúpida, havia vingut la de la Leonor i com ara era evident que vindria la de la Sandra. Viure per veure, i per adonar-se que hi ha coses que no canvien mai, Dolors.

La Sandra i el pretendent ja són fora. La Leonor també entrava i sortia amb el seu Jofre fa trenta anys, ella davant, ell darrere. Ell amb aquella cara de peix passat, sense dir ni hola ni adéu, ni res, que no veus que és un maleducat, i que et pren el pèl, la Dolors es feia tips d'advertir la Leonor, però ella ja era estúpida del tot, molt moderna, sí, i moltes flors i molt amor sense cadenes però, en el fons, la vida continua imposant les seves lleis, ja podem anar fent que totes hem passat pel mateix, pensa la Dolors, i amb una ungla es grata una mica a sota l'ull, li pica, hi tens una al·lèrgia, mare, diu la filla, i ella pensa que només li faltava això, una al·lèrgia, la malaltia de moda. Encara com no té una depressió, que és l'altra malaltia de moda. O com no és anorèxica, com la Sandra. Però això de l'ull ho té només d'ençà de l'embòlia. Li pica de tant en tant, és només un punt però li agafa com un desfici. Aleshores s'ho grata i s'ho deixa tot vermell. Després, el primer que arriba, la renya, què, avia, ja ens hem tornat a gratar, no tens remei, eh, si fins i tot el sòmines del Jofre la renya, però què s'ha pensat, ell no és ningú per renyar-la, si està per educar, vaja, home, si encara entra i surt sense dir res, sort de la Leonor, que ha ensenyat els fills a anar pel món com Déu mana.

Encara com s'ha tallat el cabell, el gendre. Abans el duia llarg, molt llarg, i amb una cua. La Leonor l'havia conegut al cau, al cau al qual la Dolors havia insistit a portar-la quan la va veure convertida en una senyoreta reprimida un cop va sortir de l'escola de monges. La Leonor sempre ha estat massa sensible, sempre s'ha deixat endur pel vent que bufa, ara cap aquí, ara cap allà. La Teresa, en canvi, tenia les idees molt clares... Vaja, les seves idees estranyes, però idees pròpies, al cap i a la fi. Es va enfrontar a l'Eduard, li va dir primer que no volia ser secretària, que volia estudiar lletres, i això va caure com un cop de martell al cap del seu pare. La segona martellada va ser quan va dir que faria la revolució. Evidentment, es va entendre immediatament amb en Jofre. Però s'hi va casar la Leonor, ella no. No, perquè el tercer cop de la Teresa al cap de l'Eduard va ser per anunciar que era lesbiana. I les lesbianes no es casen amb els homes, si poden evitar-ho. La Dolors encara tremola quan hi pensa, sobretot perquè a ella li havia sobtat, però hauria volgut parlar-ne, intentar entendre.

L'Eduard, en canvi, havia fet fora de casa la filla sense contemplacions. Li havia dit que una dona desviada no era una dona ni era res, que era només un tros d'home sense acabar de fer, havien cridat molt tots dos, la casa semblava que es bellugava i tot amb aquella baralla, la Leonor encara era una nena i s'estava amb la boca oberta sense entendre res i sense saber al costat de qui havia de posar-se, la Dolors se l'havia endut a l'habitació per protegir-la d'aquell desgavell i del desconcert que veia que s'estava apoderant de la pobra criatura. L'Eduard i la Teresa es van fer un tip d'escridassar-se mútuament, aquell dia. I la Dolors havia callat, amb el pensament glaçat pel descobriment que acabava de fer, que no deixava d'impressionar-la i, tot sigui dit, d'encuriosir-la també, aquell que la Teresa es mirava els homes de manera diferent de com ella se'ls mirava, com a companys devia mirar-se'ls, i no pas com a homes, Reina Santíssima, la Teresa lesbiana, la seva pròpia filla, quina sensació més estranya.

La tempesta havia acabat amb aquell llamp que havia fet malbé una collita de tants anys: l'Eduard no volia veure mai més la Teresa. Cert era que ella ja s'escapava sovint, ja no era mai a casa els caps de setmana i no hi havia manera de saber on anava i cada diumenge al vespre hi havia interrogatori per part de l'Eduard, i la Teresa no badava boca, la qual cosa exasperava encara més el seu pare. Que se'ns desvia la filla, deia després a la Dolors quan eren sols a l'habitació; semblava cansat, l'home. I què vols dir amb això, s'atrevia a demanar la Dolors, doncs que, si no vigilem, aquesta noia serà una perduda. Vinga, home, no serà tant. Ja ho veuràs, ja.

Després de l'ensurt, immediatament després de la declaració de principis sexuals de la Teresa, l'Eduard li havia dit, ho veus, ja t'ho deia, jo, que se'ns desvia. Ja s'ha perdut, ja no tenim filla. Aquestes van ser les seves últimes paraules parlant de la Teresa. De la Teresa que ja no era a casa, perquè no s'havia esperat a l'endemà a marxar, tot i que el seu pare li havia concedit el gran i exclusiu privilegi de dormir encara una nit allà perquè era molt tard i al cap i a la fi, no es fa de deixar una persona al carrer a aquestes hores. L'Eduard encara volia passar per ànima caritativa. Orgullosa i tanmateix caritativa. Però s'oblidava d'una cosa: la Teresa era més orgullosa i més tossuda, sospira la Dolors, i per això no es van entendre mai. Ves per què calia dir-ho, allò dels seus gustos sexuals, no calia fer-ho, però la Teresa volia fer mal a l'orgull de l'Eduard i sabia que això el feriria de mort. Iguals, tots dos. De dretes l'un, d'esquerres l'altra, què importa, vés a saber per què els divideixen, si són exactament iguals, si cada vegada que veu la Teresa sembla que vegi l'Eduard, són pastats. Ben pastats. I aquell dia, la nena havia fet un somriure d'aquells que perdonen la vida, i havia dit, no tinc cap intenció de dormir aquí, no en tinc necessitat. Altiva, havia anat a la seva habitació sense presses, i havia omplert amb la seva roba una bossa d'esport mentre la Dolors intentava inútilment convèncer-la que es quedés a dormir, que amb la claror del dia les coses es veuen d'una altra manera, que segurament en podrien tornar a parlar amb el seu pare de bon matí. Però la Teresa, impertorbable, continuava omplint la bossa amb el pijama, un parell de pantalons i samarretes i roba interior. I acabava dient, ja et trucaré per venir a buscar la resta. Li feia un petó i una carícia i li deia, no et preocupis, mare, no et preocupis gens per mi. I després, adéu, Teresa.

De genolls havia passat la nit, la Dolors, suplicant que la fes tornar, que què seria de la nena, que no la podia deixar al carrer. Però l'Eduard ja no tenia filla. Aleshores, després d'aquella nit llarguíssima, eterna, la Dolors s'havia alçat del terra, s'havia eixugat les llàgrimes i havia anunciat, doncs me'n vaig amb ella. I llavors, aquell mal tan cruel, tan profund, aquella ganivetada en forma de riure diabòlic de l'Eduard, seguit d'un vinga, dona, no pots anar perseguint la teva filla, se't traurà del damunt, que no ho veus que vol fer la seva.

Tenia raó, l'Eduard, i la Dolors s'havia quedat. Després d'aquella escena, hi havia hagut silenci. Un silenci llarg, de dies, de setmanes, entre ells dos, que s'havia convertit en frontera entre el passat i el present, o entre el present i el futur, una frontera infranquejable. La Teresa havia vingut a buscar les seves coses, mira, mare, me'n vaig amb unes amigues, tinc una feina i mentrestant estudio, ja m'espavilo, no et preocupis, ja et donaré un telèfon quan en tingui.

La Teresa i l'Eduard eren forts. De vegades pensa, la Dolors, que el va triar a ell, en lloc de triar l'Antoni, perquè era fort, només per això i no pels diners. Que el va triar perquè semblava que li donava una fortalesa que ella no tenia. Perquè li feia de paret entre la seva sensibilitat i el món. És clar que la paret va acabar tornant-se inaccessible.

S'imposava fer alguna cosa i de pressa, perquè aquella situació ja no s'aguantava per enlloc.

Les primeres passades

—No, Mònica, no, encara no li ho he dit. Que et dic que no. Que...

Una pausa. En Jofre parla fluix i des de la seva habitació, però se'l sent. No, de sorda no en té res, la Dolors. Només que després no sap exactament quan ho ha sentit. Però això és el de menys, què importa el temps, tant és que les coses passin abans o després, l'important és que passin i prou.

Tu, si veus que ve la Sandra, t'ho amagues aquí sota, en aquesta bossa, i si et demana què és, li dius que són coses teves, però no crec que s'hi fixi, la Sandra no es fixa en aquestes coses. La Sandra no es fixa en res, pensava la Dolors, només en el seu xicot, aquell de la mà calenta, aquell que no ensenya a la família perquè deu tenir por que no els agradi. I així, pot amagar la llana i el ganxet i tot dins la bossa de plàstic que té sota la cadira sense por que la néta la descobreixi. Havia estat senzill d'explicar, però perquè hi havia donat moltes voltes, hi havia pensat molt i havia acabat amb un llapis i un paper, escrivint a la Leonor, vull fer un jersei de sorpresa a la Sandra, m'hauries de comprar si us plau sis cabdells de la llana tal i un ganxet del número qual. La llana hauria de ser de colors vius.

La llana era de molts colors diferents, tots molt bonics i llampants. La Leonor s'hi havia lluït amb la selecció, té bon gust, això sí que és veritat, la noia sempre va guapíssima, quan li va passar l'època dels jerseis amples va començar a vestir-se bé.

—No puc parlar més, que estic sol però no ben bé... Jo també. Adéu, un petó.

Clic. En Jofre ha penjat el telèfon. La Dolors conté la respiració, allò del jo també podia ser la resposta universal al t'estimo proposat a l'altra banda del fil telefònic; al t'estimo proposat a milions d'amants de totes les generacions, estils i tendències a nivell mundial. Té una amant, en Jofre? Ha parlat fluixet, deu amagar alguna cosa. Aquesta Mònica és, evidentment, alguna persona més que interessant per al seu gendre.

—Com estem, Dolors?

Ara entra a la sala i li ho demana a ella gairebé cridant. La Dolors riu una mica i aixeca el polze, com ha vist fer a la joventut. En Jofre també riu.

Que curiós, es diu la Dolors, tenen tots aquesta mania de creure-la sorda, deuen relacionar el fet de no parlar amb el fet de no sentir-hi. I no hi té res a veure. Ah, no, realment no hi té res a veure. En certa manera, ja està bé que pensin això, perquè ella acaba acumulant un munt d'informació que no creia mai que pogués posseir tota sola. Tens una amant, li hauria agradat preguntar a la Dolors, i com és ella? Com és la Mònica? Se la imagina una altra professora, també de lletres, de l'insti, com diu en Jofre. Deuen parlar de llibres i d'autors i del que ara és el filòsof preferit d'en Jofre, Nietzsche. Un dels prohibits, abans no se'n podia parlar, d'aquest, era dolent per totes bandes, nazi per a uns, marxista per als altres, i qui els entengui que els compri. Un dia de fa uns trenta anys, veient que la Leonor no deixava anar el seu Jofre, que s'hi volia casar com fos, s'hi havia assegut a parlar, a mi també m'agrada molt tot això de la filosofia, havia dit encenent un cigarret, perquè abans fumava de tant en tant. I la Leonor s'havia arraulit al costat del noi dels cabells llargs i li havia agafat la mà. I què t'agrada, quins filòsofs, vull dir. En Jofre es tirava els cabells enrere, la Dolors li adreçava una directa amb els ulls, d'aquelles que ja sabia que desconcertaven els baliga-balaga del seu estil, i el noi no ho resistia i acabava desviant l'esguard i tornava a fer com si es pentinés els cabells amb la mà que li quedava lliure. Al seu costat, la Leonor se'l mirava amb la boca oberta, ben oberta, la molt fava, que a la Dolors li havien vingut ganes de dir-li, tanca la boca, dona, que t'hi entraran totes les mosques del món, li molestava moltíssim veure la seva filla amb aquell posat de bleda assolellada, i es proposava desmuntar aquella paret que en Jofre havia construït al seu voltant i que semblava de ciment, quan la Dolors sabia que no ho era pas, de ciment, perquè a aquelles altures de la vida, ella hi entenia ja molt, d'homes, sabia tot el que s'ha de saber d'aquesta espècie protegida que no hi ha manera que s'extingeixi. Deixa de dir disbarats, mare, comentava la Teresa rient a cor què vols un dia que ella havia deixat anar això en ple dinar de Nadal, davant d'ella, de l'amiga que tenia en aquells temps i de la Leonor, que encara era una criatura. L'Eduard ja era mort feia temps. Jo havia pensat que tu m'entendries, filla, havia contestat ella amb acritud, almenys tu que no necessites els homes per res. Vaja, ets més feminista que jo, contestava la noia, qui ho havia de dir de la meva mare, et podria proposar per liderar el partit. Sí, i què més, no en volia saber d'altra, la Dolors es posava vermella de la indignació, en aquella època tenia mania als homes —amb excepció de l'Antoni, és clar— i als partits polítics. Això va com va, i ara sacseja el cap divertida recordant aquell odi desenfrenat, devia ser quan estava amb la premenopausa, això de les hormones fa sentir coses ben estranyes, sort que ara fa segles que s'ha quedat sense.

Tot i així... ja li agradaria, ja, haver pogut fer amb el Jofre el mateix que va fer amb l'Eduard. Però potser la segona vegada no se n'hauria sortit tan airosament.

Vaja, ara s'ha equivocat. Haurà de desfer aquesta passada i tornar-hi. Però com és possible, si anava fent, si... Ah, ah, que aquí no era punt alt, sinó mig punt alt només, quin embolic, s'haurà de concentrar una mica més, i això que acaba de començar. S'ha de ser metòdic, amb això del ganxet, molt metòdic. Té, que bufó que queda amb aquests colors, la nena estarà contenta, segur, se'l podrà posar ara, aquest hivern, perquè és de llana autèntica i la resguardarà del fred. I li taparà les espatlles i el melic.

En Jofre no diu res més i se'n va, la porta del carrer s'obre i es tanca i ja l'han vist prou, fins al vespre. Ell és així. Maleducat, més que maleducat. Hauria d'haver callat el dia de la xerrada sobre filosofia en lloc de dir el que va dir, la Leonor continuava amb la boca oberta, ben oberta, mirant-se'l, i amb gust la Dolors li hauria ventat una clatellada per fer-la reaccionar. Trobo interessants Russell i Marx. S'ho havia pensat, per contestar. La Dolors, que llavors se sabia de memòria l'essència de tota la filosofia universal, feia una pipada, tancava els ulls i deia, del tot contraris, l'un i l'altre, no creus, deixava anar el fum i el mirava fixament. En Jofre desviava la mirada, no tant, en fi, potser sí, però són interessants. En quin sentit, demanava la Dolors, ben coneixedora del tema, caminant amb seguretat, trepitjant fort sobre un terreny sòlid. Doncs... en el sentit que ... que tots dos... no ho sé, que tots dos volen millorar el món. Ja l'havia dita, la bestiesa. La Dolors es va sentir guanyadora de la guerra ja en la batalla prèvia, i va mirar la Leonor per dir-li amb els ulls, ho veus, filla meva, veus de quin sòmines t'has enamorat, oi. Però la Leonor no veia sòmines ni veia res, o no havia sentit res, o feia veure que no havia sentit res o és que directament era totxa, perquè continuava mirant-se'l amb la boca oberta.

I ara en Jofre té aquella Mònica del jo també. Bé, res a dir, és clar, mentre no desatengui la seva dona. Mentre se l'estimi. Però a la Dolors li sembla que no se l'ha estimat mai.

La vida ens porta cap aquí i cap allà, i acaba asseient-nos en una cadira a fer ganxet. Sembla que ens digui, au, ara ja has actuat tu, doncs ara et toca observar i analitzar sense dir res perquè, encara que diguessis res, ningú no et faria cas, la joventut no fa cas de res i l'experiència d'un no serveix mai per als altres. O sigui que del que veus i aprens, muts i a la gàbia. Quina sensació d'impotència, sort que ara ja no es pateix com es pateix quan s'és jove, ara sí que una es pren la vida amb filosofia, amb la filosofia i el poder que atorga la veterania, és a dir, estar de tornada de tot, o sigui, haver viscut això del jo també, i haver dubtat entre un home i un brillant, i haver-se quedat finalment amb el brillant. La Dolors pensa que ella devia ser tan totxa com la Leonor.

Va dir que no a l'home de la seva vida. Després, quan ell li demanava per què amb llàgrimes als ulls, ella no va saber què contestar. No li podia dir que el brillant era tan bonic que l'havia enlluernada. No li ho podia dir, sobretot, per què l'havia enlluernada. No podia parlar, no podia explicar-li que el seu silenci valia tant com una vida. Havia de callar i ho va fer fins i tot després, quan es van retrobar. Mai no va dir la veritat a l'Antoni. I ara el brillant jeu abandonat a la capsa de les joies, de les poques joies que conserva, bones malgrat tot, perquè l'Eduard tenia la fal·lera de regalar-li joies, i vinga joies, i ella se les posava, i era feliç posant-se-les i lluint-les. Això durant un temps, és clar, mentre, per dins, era molt més vella que ara, mentre era al forat de les bones mares i les bones esposes que, quan treuen el cap al món, es mostren com un tresor secret amagat en una cova que ha trobat el marit i que ningú més no té dret a profanar. Ella lluïa collarets i brillants, i l'Eduard, al seu costat, somreia satisfet i l'ensenyava a tota aquella col·lecció de directius de fàbriques i de bancs que també ensenyaven dones amb brillants i amb collarets, perquè es tractava de veure qui tenia més poder adquisitiu, i també a quina model li quedaven millor. Li quedaven bé, a ella, les joies? La Dolors és conscient que mai no ha estat una dona maca, maca, d'aquelles que fa tombar. Però tenia l'atractiu de la joventut i sabia arreglar-se, això sí.

És perquè és ric? No m'ho crec, Dolors, tu no ets així, l'Antoni semblava completament desconcertat. I en realitat, es diu la Dolors mentre recomença la passada que ha hagut de desfer, s'hi va casar exactament per això, perquè era ric. Sí, sí, tal com sona. Que s'escandalitzi qui vulgui, ara les coses les veus clares com l'aigua i entens perfectament —i finalment— per què vas fer això i per què vas fer allò. Però has de tenir més de vuitanta anys per entendre-ho, i això és el més trist. Mentrestant, anem fent el titella i, com més joves som, més el fem, renoi, què és això, ai que s'ha enredat, coi, la Dolors tiba el fil i encara empitjora el nus. Ja l'hem feta bona, pensa, això tan petit no sé si ho veuré per desfer-ho, però potser sí, ho provaré. La Leonor li va haver de muntar els punts de cadeneta però era perquè no es podia concentrar i comptar fins a dos-cents no sé quants, es perdia a la meitat cada vegada. En canvi, ara no ha de comptar res, ara pot intentar desfer el nus tota sola. Al cap i a la fi, d'ençà que li van operar els ulls, s'hi veu perfectament, millor que en Jofre, per exemple, que no hi veu tres dalt d'un ruc si es treu les ulleres.

Amb l'Antoni s'havien conegut a la fàbrica. Com amb tothom, la vida de la Dolors era a la fàbrica, tots eren com una gran família. Feia l'efecte que els amos eren els pares, el director la mainadera, i els treballadors la canalla descarriada. El seu pare, doncs, era la mainadera, perquè era el director. La Dolors vivia i jugava sempre a la mica de jardí que hi havia al voltant de la fàbrica, com els altres nens, tots, els fills dels amos, o sigui l'Eduard i els seus germans, i els fills dels treballadors. L'Antoni el va conèixer més tard. Amb l'Eduard, quan eren petits, no es podien ni veure, a la Dolors li semblava que aquell nen era un tibat, no corria per no tacar-se i no embrutar-se, només jugava si es tractava d'una cosa tranquil·la i no reia mai. Això era abans de la mort de la mare, abans que hagués d'anar a l'internat de les monges.

L'Antoni va venir molt després, quan ella ja havia tornat,

als disset anys, convertida en una senyoreta instruïda, que sabia de lletra i també costura, que sabia una mica de música i parlava francès. En aquell moment hauria donat qui sap què per anar a la universitat, li havia agafat com una fal·lera amb els llibres i amb l'estudi, tot el que era literatura i filosofia la tornava boja. Ja ho havia demanat, ja, al pare, però ell li havia contestat que ella era dona i no necessitava res més per anar pel món, que ja sabia prou coses i que, si en volia saber més, llegís llibres, que era on hi havia tota la saviesa del món. En això tenia raó, el pare, era cert que els llibres li havien ensenyat moltíssimes coses, i amb el temps la Dolors va adonar-se que ell l'havia estat esperant mentre creixia, que necessitava una dona a casa ara que la mare no hi era i que, tornant de l'internat, l'havia convertida en mestressa de la casa. La Dolors manava a les minyones i cal dir que s'hi havia trobat força a gust en el temps que ho havia fet, malgrat que havia hagut d'ajudar alguna d'elles a fugir del seu propi pare.

I havia començat a freqüentar la biblioteca. I allà s'hi passava cada vegada més temps. I allà va conèixer l'Antoni, que també la freqüentava, i que la va reconèixer un dia i la va anar a trobar per dir-li, boina en mà, senyoreta perdoni el meu atreviment, vostè és la filla del director, si no m'erro. La Dolors havia dit que sí i l'Antoni, vermell tot ell, havia balbucejat, és que fa dies que la veig per aquí, li deu agradar això dels llibres. Aleshores s'havia atrevit a mirar-la directament als ulls. Segui, si us plau, va demanar la Dolors, a vostè també li agraden els llibres, em sembla.

Havien començat a parlar de lletres, com devia fer en Jofre amb la Mònica de l'insti, si és que finalment era la Mònica de l'insti, és clar. Però l'Antoni no es podia ni comparar a en Jofre, a aquest galifardeu que perquè ara vagi amb cabell curt no vol dir que hagi millorat, de porc i de senyor se n'ha de venir de mena i ja es veu de quina mena és el gendre. La tal Mònica té mal gust, francament. I la Leonor. Però és que la Leonor és una fava i sempre ho serà, tot i que ara sembla que pensa i perquè pensa, està cansada. És que pensar cansa i fa que et surtin més arrugues. I que se't marquin les ulleres a sota els ulls.

Ja està. Nus desfet. Ara ja pot continuar amb la feina. Avui hi pot treballar força estona perquè la Sandra arribarà tard, que té classe de no sé què, o això diu, perquè potser ara mateix és amb aquell semental que li manté les galtes enrojolades tot el dia, vés a saber, quan tens setze anys i uns pares com en Jofre i la Leonor, has d'acabar dient moltes mentides, perquè ni l'un ni l'altre entenen res, l'un perquè no en passa ni mitja de la filla malgrat Nietzsche i Marx i Russell, i l'altra perquè és cega i sorda o autista o alguna cosa així que li priva d'entendre res del que passa al seu entorn. Déu, quina filla més totxa m'has donat, es lamenta la Dolors amb el pensament. Però almenys això de fer-li un jersei a la Sandra ha servit perquè la Leonor sigui una mica conscient de l'autèntic problema de la néta, quan amb una excusa li havia pres les mides davant de l'àvia i aleshores, només aleshores, oh, miracle, semblava que s'havia adonat que eren unes mides ridícules. Com és que estàs tan prima, havia demanat amb un to preocupat. No estic prima, havia contestat la Sandra. I tant, que n'estàs. I la Dolors, des del seu racó havia volgut col·laborar fent que sí amb el cap, però ningú no l'havia vista, ni s'hi havien fixat. Mira això, se't veuen les costelles, les tens ben marcades, que no menges, nena? Ara, la Dolors feia que no amb el cap, però tampoc no li feien cas, intentava emetre un so per atreure l'atenció, però era inútil, era en el moment en què la Sandra gairebé cridava, i és clar que menjo, i la mica d'aire sonor que emergia de les cordes vocals de la vella quedava dissimulat amb l'exclamació de la nena, que no, que no menja, hauria volgut dir, que es posa a la boca un bastonet de pa integral i considera que ja ha esmorzat, que es pren una amanida i diu que ja ha dinat, que es menja un iogurt desnatat i assegura que ja ha sopat. I prou, Leonor, no menja res més. Ho va escriure, la Dolors, li costa molt escriure perquè s'ha de concentrar molt, però ho va fer, amb un no li diguis que t'ho he dit al final de l'explicació, perquè si la Sandra ho sap s'enfadarà molt amb ella, i això sí que no li agradaria gens, que la Sandra l'omple sempre de petons, és dolça com una nina i se l'estima molt. Què vols dir, que no menja, li va demanar la Leonor mirant-la als ulls. L'àvia, amb gestos i amb algun so gutural, intentava explicar-se millor. I la Leonor, que no ho acabava de comprendre, deia, condescendent, molt bé, molt bé, ja vigilaré.

Els caps de setmana vigila, sí: li posa un plat de pasta al davant i la Sandra se'l menja. Li posa un bistec després i ella diu és que no puc més. La Leonor hi insisteix i la Sandra exclama, ostres, mare, m'has posat un plat immens de macarrons i pensava que era plat únic, de debò que no puc més. Aleshores salta en Jofre i diu deixa-la, Leo, deixa-la, quina obsessió que tens per fer menjar la gent, el gendre tot el dia critica la seva dona pel que fa o pel que deixa de fer, sempre, no troba res bé. La Sandra ha triomfat, aparta amb la mà el plat del bistec. El diumenge més o menys passa el mateix. I diumenge al vespre, la Leonor diu a la Dolors, ho veus, mare, no s'ha menjat el bistec, però sí un plat de pasta tot sencer. No li passa res, té gana. Només és prima de constitució, dona.

I aquí s'acaba tot.

O la Dolors veu massa coses, o se les imagina, o els altres són cecs i no veuen res de res. Indiscutiblement, la més cega de tots és la Leonor, però això ja li ve de lluny. Mai no va veure com en Jofre s'aprofitava d'ella, i continua sense veure-ho. D'acord que ella tampoc no veia res quan era jove, d'acord que ha arribat a ser tan ruca com la Leonor. Però al cap d'un temps sí que hi va veure clar, i la filla, en canvi, no sembla que s'adoni de res, només fa aquesta cara de cansada.

Quan surten de casa, tots es miren al mirall. La Leonor i

en Martí només ho fan en aquell moment, miren si van ben arreglats, ella si va ben maquillada, ell si li queda ben posat el coll de la camisa. Però en Jofre i la Sandra sembla que no tinguin res més a fer que contemplar-se de dalt a baix. La Sandra, així que pot, comprova la seva silueta i, immediatament, fa cara de fàstic, sempre acaba fent cara de fàstic, es veu que no s'agrada gens. I en Jofre, quan s'assegura que ningú no el mira —l'àvia no és ningú i, a més, fingeix no mirar-lo—, s'analitza tot ell, es mira sobretot els cabells i s'hi entreté força estona com comptant quants en té de blancs. Després, ullada ràpida i suspicaç al voltant, prèvia a passar a contemplar-se la cara. Es fa un somriure de complaença; aquest és el contrari de la Sandra, aquest està enamorat de la seva pròpia estampa, a la Dolors li fa molta gràcia, això, i ha de fer esforços per aguantar-se el riure. El pas següent és el posat. Una altra llambregada al final del passadís i, immediatament, es col·loca de tres o quatre maneres diferents, totes provocatives, però no hi té cap gràcia, més aviat fa encara més riure a la Dolors, que ja no sap com contenir-se. Acaba amb repassada de dalt a baix. Això tres o quatre cops al dia. I, si està sol, moltes més. Si està sol amb l'àvia, és clar, amb l'ombra de la casa, amb el no-res misteriós que no té capacitat per altra cosa que no sigui estar-se quiet, ben quiet, al fons del menjador.

De vegades, la Dolors pensa en la seva iaia que s'estava així a casa la tieta. Que es va estar així fins que es va morir. Però aquesta sí que era sorda i, quan ella anava a veure-la, recorda una figura fràgil i trencadissa amb uns ulls que s'il·luminaven així que la veia, eren uns ulls carregats de tendresa però també d'experiència, vés a saber si pensava el mateix que la Dolors i no ho deia o no ho podia dir, però la iaia sí que podia parlar, o sigui que li passava a l'inrevés que a ella: no copsava res, però podia explicar el que volgués. Preferiria això? Ser sorda però no muda té els seus avantatges, és clar, perquè no t'has de contenir i, al mateix temps, no acumules informació, però la Dolors sempre ha tingut aquesta obsessió gairebé malaltissa, la d'acumular informació, encara que després no la pugui deixar anar.

Treballo a la fàbrica, jo, faig anar un teler, l'Antoni no s'atrevia a seure amb la filla del director, tot i que era la mateixa filla del director qui l'instava a fer-ho, però no hi havia manera i, finalment, ella l'amenaçava, si no seu vostè, m'aixecaré jo. Acabaven tots dos asseguts, l'un enfront de l'altra, un dia i un altre i un altre. I parlaven de literatura i de filosofia i de tot, també un dia i un altre i un altre. I l'Antoni, que tenia els ulls més intel·ligents del món, li deia, senyoreta Dolors, vostè és un cas únic, no n'hi ha com vostè, les dones no saben res de tot això, i miri, vostè és un pou de ciència. No serà tant, contestava la Dolors tota vermella, i li volia tornar el compliment, i vostè què, no n'hi ha de treballadors que es preocupin d'aquestes coses. L'Antoni li adreçava un esguard carregat de retrets inconscients, i responia molt a poc a poc, com si intentés no ferir-la o fer-ho el mínim possible, els treballadors no tenim temps d'aquestes coses i ningú no es preocupa d'ensenyar-nos-les, tampoc. Als meus companys amb prou feines els arriba el sou per mantenir la família i per intentar que els seus fills tinguin una educació millor que la que han tingut ells. I les dones encara ho tenen pitjor, i cobren menys. L'Antoni arrodonia aquella proclamació de la sentència de mort dient jo no tinc família, per això puc fer el que m'agrada, encara que, quan plego de treballar, estic molt cansat, francament.

A la vida hi ha tres o quatre fets que ens han ferit el tou de l'ànima, el de més endins, i que recordem amb una claredat còsmica. I aquest precisament havia estat un dels tres o quatre de la vida de la Dolors. Es recorda del tot ruboritzada i amb un mal intens, però molt intens, d'una banda, d'aquells que et deixa sense respirar; de l'altra, va ser aquest mateix mal el que li va il·luminar de cop tot el que tenia a dins i que era sensible d'absorbir en un instant tots els colors de l'arc de Sant Martí i totes les músiques que poden sonar a l'univers sencer en un moment determinat. La Dolors va intentar balbucejar un jo no pretenia que no li va sortir gaire bé, mentre s'adonava, amb complaença i horror al mateix temps, que s'acabava d'enamorar.

Sospira, l'àvia, quan pensa que, fet i fet, d'aquell enamorament va sorgir tot el que ha sacsejat la seva vida i la dels que l'envolten.

Els malucs

La nena no en té, de malucs. O potser ho hauria de dir a la inversa, o sigui que només té malucs, que és l'únic que se li veu de tota la silueta, perquè els ossos no s'aprimen. O sigui que gastarà ben poca llana. La Sandra té mides de nina, li cabrien els vestits d'aquestes que fan tan grosses. Els de la Nancy no, és clar, i els de la Barbie tampoc. Mira que li va agafar fort, àvia jo vull una Barbie que em portin els Reis de casa teva, i la Dolors s'havia quedat tan sorpresa que havia corregut a dir-ho a la Leonor. Oh, el problema de la Barbie, havia fet la filla contrariada, ho sento, mare, és que a casa li hem dit que no, i ara t'ho demana a tu. I què és una Barbie, havia demanat la Dolors. És una nina moderna, havia contestat la Leonor. La resposta de la filla encara l'havia sorprès més i s'havia estat uns instants quieta, pensant-hi, mentre la Leonor fugia d'estudi i es posava a parlar de llençols. Al final, l'havia mig obligat a explicar-li què passava. Amb un sospir, la Leonor ho havia deixat anar, doncs passa que a en Jofre no li agrada que la nena jugui amb aquestes nines, perquè ja té la Nancy, que és una altra nina moderna, i d'ençà d'aleshores diu que s'ha tornat cursi. Aquí la Dolors encara s'havia sorprès més: que el gendre tingués cura d'aquelles coses era un punt al seu favor, un punt que no hauria dit mai que li pogués atorgar, vaja, resulta que en Jofre no era tan poca-solta com semblava, resulta que almenys mirava per l'educació de la nena, que vigilava què tenia i què no i com es tornava. Caram.

A punt havia estat la Dolors de posar una medalla flamant de bon pare al pit del Jofre meravellós que ja s'estava imaginant, quan la Leonor havia deixat anar, per arrodonir l'explicació, la trista veritat del cas, és que ja saps com són els de la seva colla de l'institut, mare, tot el dia mirant-se els uns als altres com viuen i com eduquen els fills i això de les nines modernes no és pedagògic, diuen. Ja es veia que la Leonor estava en contra d'aquestes apreciacions.

Ara la Dolors pensa que aquest deu ser un dels temes preferits de conversa entre en Jofre i la Mònica del jo també, allà a l'insti, quan, entre classe i classe, deuen filosofar tots dos amagats del món en algun racó. Cadascú té el tema de conversa convenient amb cadascú, és a dir que depèn qui trobis o qui coneguis, tens un tema de conversa o un altre, i et tornes una mica com aquest o com l'altre, sense perdre mai l'essència de tu mateix, és clar, perquè si la perds, és evident que ets un pengim-penjam. Però és important trobar ponts que uneixin les persones, passant per sobre dels rius que les separen. Per exemple, en Martí parla de música amb el seu amic Dani, perquè aquest sí que és músic, i es posen tots dos sovint allà, al davant de l'ordinador, i l'àvia acaba deduint, després d'unes quantes frases soltes, que avui el que volen és ficar la música d'en Dani a dins de la màquina, que han portat no sé quin programa informàtic que sembla ser que fa miracles i que, com a miracle principal, introdueix les notes musicals a dintre d'aquella capsa misteriosa i surten totes a la pantalla i es poden manipular. I el gatet? També deu córrer per allà, la bestiola? La Dolors, amb la poca música que sap, se l'imagina intentant menjar-se sense èxit una clau de sol, pobre animaló, deixa-la, la clau de sol, que és massa gran per a tu, perquè no ho proves amb un sostingut o un bemoll, que són de mides més discretes, això és el que li diria al gat, si ara fos, com en Martí i el seu amic, davant de l'ordinador. Però no pot, perquè l'ordinador és al despatxet adjunt, allà on tots s'asseuen en un moment o altre del dia per... contactar-se, en diuen. Ah, no, per connectar-se. Es connecten i parlen amb no sé qui que també és a dintre la màquina, això ja fa un cert temps qui li ho va explicar en Martí, àvia, no és pas tan complicat, no et facis la totxa que no ho ets gens, és com el telèfon que també et permet de parlar amb qui és a l'altra banda de món. Però molt més bé de preu.

Quan podia parlar, la Dolors havia fet un munt de preguntes a en Martí sobre aquell tema de la comunicació per internet. En Martí, físicament s'assembla moltíssim a la Leonor, però és molt més espavilat, per descomptat. El seu amic Dani, que ja fa un parell de mesos que ve sovint per casa, és força més gran que ell, i és pianista i compositor, si ho va entendre bé el dia que li va presentar. Es van conèixer en un curs d'informàtica aplicada a la música, on hi havia, és clar, músics i informàtics. I allà es devien adonar que podien fer molta feina junts, perquè en Dani ve almenys un parell de cops per setmana. És clar que és com si no hi fossin cap dels dos, quan treballen, la feina els té completament abstrets i ja fa estona que la Dolors ha deixat d'existir per a ells. Els sent parlar, teclejar, discutir, entonar melodies, tornar a parlar i tornar a teclejar.

Com canvien les coses, Reina Santíssima. I quins malucs més ridículs que té la Sandra, quines passades més curtes, s'acaben de seguida. A l'època de la Dolors, quan ella era jove, tenir uns bons malucs ho era tot. Bé, tenir-los i saber-los bellugar, evidentment, que d'això ella en sabia un munt, però al davant de l'Antoni no ho podia fer gaire perquè es veien només a la biblioteca. Tot i així, ella ja no podia més d'aquella situació, perquè d'ençà del dia que s'havia enamorat es veia incapaç de concentrar-se en cap filòsof que no fos el mateix Antoni, en cap escriptor que no fos l'home que li havia fregat la pell i la hi havia tornat tan sensible, que li havia omplert els porus d'olors màgiques. Parlaven i parlaven, enrojolats tots dos, sí, de Berkeley, de Sant Agustí, de Victor

Hugo i de Cervantes, sí, però ja no n'hi havia prou, hi ha un moment en les relacions en què, o es va més endavant o s'acaben per sempre. Però tots dos eren conscients que no podien posar-se a passejar pel carrer com ho farien dos amics o una parella normal, perquè immediatament el pare de la Dolors s'hauria ocupat de tallar-ho en sec. De cap manera era un mal pare, el seu, però precisament perquè volia per a la seva filla el millor, hauria intentat de totes totes separar-la de l'Antoni i ajuntar-la amb algú de la seva classe. I també era cert que, com en Jofre amb la Barbie de la Sandra, no estava bé lluir depèn quins comportaments en públic, i encara menys, relacions amb els de classe baixa. Ell perseguia les minyones, però en privat, tot quedava a casa. A més, era un home, deia a la Dolors. No són com nosaltres, els treballadors són diferents, es preocupen d'altres coses i no pensen gaire.

L'Antoni pensava molt. Senyoreta Dolors, jo havia pensat que... suava, ell, i a la Dolors li havia fet pena, digui'm què havia pensat, senyor Antoni, que segur que m'agrada la seva idea. El noi empassava saliva i es decidia, doncs havia pensat que potser li podria ensenyar els quatre llibres que tinc a casa, un dia, si a vostè li interessés, és clar. Les últimes paraules les havia pronunciades amb un fil de veu. La Dolors havia somrigut, és clar que m'interessa, ben conscient que estava contestant sí a una declaració d'amor amb tota regla.

Quin jersei més esquifit que li surt. L'acabarà de seguida, hi ha tan poca llana... La Dolors es posa al damunt tot el tros que té fet. Ella en necessitaria dos com aquest, amb això només en té per fer-se una màniga, però la Leonor assegura que la seva filla és prima de constitució i d'aquí no la treus. I tot perquè es menja un plat de pasta el dissabte i un d'arròs el diumenge. I de dilluns a divendres, què. De dilluns a divendres no compta que s'alimenti bé perquè la Leonor no ho veu, i el que no es veu ja se sap que no se sent. Ara, però, la Sandra viu en un núvol, amb el seu Jaume, ja se li veu que s'ha enamorat i que ha entrat al paradís dels plaers amb ell; que, com passa quan ets tan jove, està barrejant el cap, el cor, el cos; els sentits, els sentiments, els pensaments. Naturalment, la Leonor i en Jofre ni se n'adonen, d'això: la Leonor perquè és a dalt de la figuera i en Jofre perquè només es veu ell mateix.

—Ho veus, home, com es podia fer...

—Sí, tenies raó.

—I no et molesta, aquest gat corrent per aquí?

—No. I no l'esborris que a la meva àvia li agrada molt.

Ara, la Dolors s'ha emocionat. La conversa carregada de tecnicismes entre el Martí i el seu amic s'ha acabat, sembla que ja estan de fer feina, i ara el nét ha pensat en ella. Es nota els ulls molls, una cosa és que pensin en tu perquè no et pots valer sola, i et tinguin i et mantinguin, que ja és molt, i l'altra és que, a més, tinguin detalls com aquest, com els que té en Martí, de no tocar-li el gatet amb el qual juga de tant en tant, quan ell li ho permet, quan l'ordinador està lliure, quan ningú no hi té res a fer. En Martí és sensible i delicat, encantador.

—Ets una joia, noi. Gràcies.

En Dani ha donat les gràcies al Martí amb un to de veu especial. És maco, en Dani, fa per casa. Ara hi ha un silenci i la Dolors pensa que està passant alguna cosa que no pot veure ni sentir. Ja no se sent teclejar ni se sent parlar, però sí que se senten uns sorolls petits i inconcrets, indefinibles per a l'àvia, fins que n'hi ha uns que sí que identifica clarament. Tan clarament que deixa de fer ganxet, completament astorada. Déu del cel, no pot ser veritat. El soroll es repeteix, és subtil però és el que ella ha cregut, no falla. És d'un petó d'aquests llargs, intensos. I després, altre cop la veu del Dani, primer, i després la d'en Martí.

—És la primera vegada, oi?

—Sí.

Ara sí que fan soroll, com de precipitació, com de plegarho tot i aixecar-se de pressa. S'acosten i l'àvia s'adona que s'ha quedat amb la boca oberta. La tanca i torna a fer ganxet. Pel seu davant, com una exhalació, passen tots dos sense mirar-la i sense dir res, davant en Martí, darrere en Dani. En Martí, ara, és diferent, no és el seu nét, és un altre, està pendent dels seus instints i no de res més, això sí que són instints revolucionaris, com els de la Teresa, però en home, a la Dolors el cor li va molt de pressa, res d'ensurts, res de coses estranyes, li havia ordenat el metge sortint de l'hospital. I la Leonor havia contestat, no pateixi, que a casa meva estarà tranquil·la, a casa no passa mai res, ui, la Leonor, si es descuida, qui tingui orelles que hi senti, en Martí i en Dani acaben de desaparèixer a l'habitació del nét, com la Sandra desapareix cada vegada més sovint a la seva habitació amb el Jaume de la mà calenta, coneix bé els horaris de feina dels seus pares i sap quan pot estar sola, ben sola, amb ell.

I ara, en Martí. Però, és clar, això ja és més complicat. Com s'ho prendrà, la Leonor, quan ho sàpiga? I en Jofre, que sempre parla dels homosexuals amb aquell menyspreu, els diu directament marietes, i no vull ofendre la Teresa, eh, havia dit un dia perquè quedés clar que la Teresa és diferent perquè és una dona. Amb les dones és una altra cosa, com que són com homes, s'hi pot parlar. En canvi, els marietes semblen nenes, no fotem, Leo, no fotem, aquella conversa havia tingut lloc a l'hora de dinar de fa ben poc quan parlaven d'un amic de la família que acabava de sortir de l'armari, sort que tot això la Dolors ja sap què vol dir, està ben familiaritzada amb aquestes expressions gràcies a la Teresa. La Dolors no recorda haver vist la cara d'en Martí perquè no s'hi havia fixat, perquè ni li havia passat per la imaginació que pogués ser de l'altre bàndol, i mira que ara ho ha vist clar de cop, és clar, el noi tan sensible i tan amable és diferent, la mira amb tendresa i la comprèn. Es veu que s'ha de ser marieta per comprendre'm, pensa amb una mica de tristesa la Dolors.

Tan amics com havien estat la Teresa i en Jofre, i un dia per poc no s'estiren els cabells, era a casa l'àvia, quan encara tenia casa i coses, i un llit, i una habitació amb seus llibres estimats i un escriptori on guardava tots els secrets del món. No t'hem tocat res, mare, de debò, tot és al seu lloc, s'haurà de refiar de la filla, no voldria que els seus secrets sortissin a la llum, perquè els seus secrets només són seus i segur que escandalitzarien almenys la Leonor. I a la Teresa, la deixarien al·lucinada, pobra Teresa, ella sempre s'ho ha cregut, això de la política i del feminisme, la Dolors l'admira perquè és una dona amb una fortalesa impressionant, que segueix els dictats del seu cor, que fa exactament el que pensa que ha de fer, i que mai no trairia ni els seus principis ni un amic. Però parla massa clar i fa por als contraris, per això té tants enemics, i per això sempre en diuen pestes als diaris i a la televisió. La gent no suporta que un altre parli clar. I la Teresa va parlar clar davant del Jofre, li va dir que ja no era com abans, que s'havia tornat un burgès acomodat amb totes les de la llei. Li ho va dir rient, però en Jofre s'ho va prendre molt malament, i li va contestar que t'has d'adaptar a les circumstàncies, i que ella no s'hi adaptava perquè només calia veure-la, que era un homenot i ja no estaven de moda els homenots. Aquell dia, la Dolors va pensar que la seva filla i el seu gendre arribarien a les mans. Afortunadament, no hi havia els nens, que encara eren petits i que no haurien entès res. Però sí que hi havia la Leonor, que feia cara d'esverada i no sabia on mirar ni què fer. I ella, la Dolors, que va ser la que va acabar posant pau i dient allò de prou, a casa meva no vull baralles, si us voleu matar aneu a fora. Van callar en sec i, com que són tots dos vius, dedueix que no es van matar a fora, però aquell dia es va acabar la seva relació. En sec. I mai més no s'han tornat a parlar.

Reina Santíssima, això sí que és impressionant. Sort que només hi és ella, i haver de fer veure que no sent res se li fa molt difícil, sobretot perquè és impossible no sentir res i perquè en Martí és l'únic que no la pren per sorda. I com s'exclamen, la Dolors es posa nerviosa, el ganxet li cau i fa un soroll metàl·lic en picar contra les rajoles, però, és clar, no és res comparat amb el rebombori d'en Martí i el Dani. Ara s'ajupirà a collir-lo, però té el problema que no el veu, perquè és d'aquest color no t'hi fixis i la rajola també i costa de distingir-hi res. No pot ser, no hi és, no el veu per enlloc. Si ha fet clinc allà mateix, sota els seus peus, si li ha semblat notarho. Ai, que perd l'equilibri, això de ser vell és una llauna, mira que estaria bé tenir l'edat que té si pogués parlar i si no tingués el cos tan rebregat, perquè el que es veu als vuitanta-cinc no es veu ni als quaranta ni tan sols als seixanta, no senyor. Quan en tens vuitanta-cinc, veus finalment la vida tal com és, però aleshores no tens força ni per enfrontar-t'hi ni per recomanar als altres que s'hi enfrontin. Ai.

La Dolors ha caigut de cul a terra. Afortunadament, ja estava molt ajupida, així que no s'ha fet mal enlloc. Qualsevol altra dona de la seva edat s'hauria trencat el fèmur, pensa, però ella no perquè ja li va dir el traumatòleg que té els ossos inusualment forts, no, senyora Dolors, si ja m'agradaria a mi arribar com vostè a la seva edat, que està com un roure, que no li fa mal res, aquell metge del dimoni sempre mira d'animar-la. I tots es pensen que és una nena petita, tots excepte en Martí, però ara ell té feina, i tanta feina, quin escàndol, evidentment no l'ha sentida ni la sentirà mentre no acabi el seu joc desenfrenat de passions il·lícites. I, mentrestant, la Dolors es queda on és, perquè ni pensaments d'aixecar-se... O sí? Ho podria provar. Però primer, el ganxet. Ah, ja el veu i ja l'agafa, des d'aquí és molt més fàcil distingir-lo. Un cop el té, és hora d'intentar posar-se dempeus. Agafantse a la cadira, ho prova. A veure. Encara li fa mal la cama del coàgul aquell que després se'n va anar de passeig pel cervell.

Vinga, Dolors, s'anima ella mateixa. Vinga, Dolors, això es deia el dia que anava a casa de l'Antoni, el primer de tants dies que hi aniria, estava jugant amb foc i ho sabia, però en això consisteix la joventut, a jugar amb foc fins a cremar-se, arriscar al màxim, tastar un munt de sensacions per anar destriant amb quines et quedes al llarg de la vida. Sí, sí, però allò era molt fort, no eren temps aquells, tot just acabada la guerra, de fer el que estava fent, caminava pel carrer amb un cistell i feia com si anés a comprar, bona tarda, senyoreta Dolors, la saludaven les dones dels treballadors, bona tarda, contestava ella, i, al final, una de caritativa l'advertia, ja han tancat, senyoreta, no podrà comprar res. Oh, la Dolors ni havia pensat que la botiga fos tancada, es ruboritzava fins a la punta dels cabells i responia amb el primer que li venia al cap, vaig a veure si cullo castanyes, era el temps de les castanyes, però de castanyes no n'hi havia a casa de l'Antoni, passi per darrere, senyoreta, així ningú no veurà que entra, el dia abans la mirava amb uns ulls amarats de tendresa, desig i també d'una mica de por, per què no dir-ho, ella sabia que l'Antoni també tremolava a dins de casa seva, ella s'hi jugava la vida, però ell la vida i també la feina, allò de les castanyes havia estat providencial perquè darrere d'aquella porta que duia al cel, hi havia un munt de castanyers, sort que li havia vingut al cap l'excusa en el moment precís.

S'hi adreçava decidida i, quan era allà, mirava cap a totes bandes, cap a les cases. Cap no tenia portes, ni finestres al darrere, només la de l'Antoni tenia una porta petita. Amb les dents espetegant-li les unes contra les altres, ben bé no sabia per què, per tot i per no res, potser, acabava acostant-s'hi de pressa, trucant i entrant de seguida que ell li obria.

La Dolors ha aconseguit alçar-se tota sola. Bravo, ja pot tornar a seure. Ara, si fos a casa amb aquella dona que en tenia cura, ja s'haurien barallat, hauria vingut ella corrents a dir-li, però què fa, senyora Dolors, que s'ha begut l'enteniment, i ella li hauria contestat de mal humor, vostè sí que s'ha begut l'enteniment, Fuensanta, mira que dir-se Fuensanta, és filla d'una que va venir del sud a servir i ella ha continuat servint i vigilant avis, com la vigilava a ella, que un dia l'havia enxampada explicant fil per randa a la Teresa per telèfon tot el que feia, però vostè què s'ha pensat, l'havia renyat la Dolors enfadadíssima, la meva vida és la meva vida i ningú no n'ha de saber res, ni tan sols les meves filles. Fregui, que és el que li pertoca. Aquell dia s'havia enfadat molt i hauria volgut acomiadar la Fuensanta, però no ho podia fer perquè no era ella qui li pagava, així que va provar de demanar explicacions a la Teresa quan va venir el cap de setmana, mentre la Fuensanta treballava, fins llavors silenciosa, amb llàgrimes furtives que li mullaven els ulls i que cuitava a eixugar-se si la Dolors s'hi acostava massa, perquè ja es veia que aquell cop d'efecte de la Dolors l'havia afectat de veritat. Oh, mare, no siguis així, patim per tu i demanem a la Fuensanta com estàs, no fem pas mal fet. Tu també demanes a la meva companya i al Jofre com estem la Leonor i jo, oi? Al Jofre no, havia contestat instintivament la Dolors, i a la Teresa se li havia escapat una rialleta i per uns instants s'havien sentit còmplices. Ara la Dolors se sentia culpable, pobra Fuensanta, només mirava per ella, se la devia estimar molt, i ella l'havia ofès. Pobra dona. Aleshores va venir allò de no saber com demanar perdó sense demanar-lo realment amb totes les lletres de la paraula, perquè són lletres que fan de mal dir ordenades d'aquesta manera i perquè, a més, dir-ho precisament a la Fuensanta, que no deixava de ser l'equivalent modern d'una minyona de davantal i còfia, se li feia com una muralla inaccessible, i la Dolors es va passar la resta del diumenge pensant com ho podia fer perquè la dona entengués que li estava demanant perdó sense demanar-ho. Diumenge al vespre li sortia fum del cap i encara no havia trobat la solució.

S'ha acabat el soroll. Ara parlen fluixet, es deuen estar fent promeses d'amor, ai, promeses d'aquelles que se les emporta el vent, que queden en no-res, sort que aquest, en Dani, sembla bon noi, però és força més gran que en Martí i la Dolors té por de tota manera que li prengui el pèl o que se'n cansi aviat i que el nét rebi la primera castanya de la vida.

N'havia collit alguna, i l'Antoni es va quedar parat mirant-se-les. En vol, l'havia convidat precipitadament la Dolors. No, no, havia fet ell. Anava molt ben afaitat i ben vestit, passi, si us plau, aquesta no és una casa com la seva, feia, nerviós, ja ho veu, oi, però tinc llibres, això sí, vingui, vingui, la Dolors el seguia a través d'un passadís petit i fosc, amb bombetes tremoloses que feien fer pampallugues a la llum. Tinc dues habitacions, deia ell, una per a mi i una per als llibres. I entraven a la dels llibres i a la Dolors se li escapava una exclamació, n'hi havia molts, i molt antics, es veia que l'Antoni s'inflava de vanitat ensenyant la seva col·lecció, ben col·locada en uns prestatges, els he fet jo amb fustes de la fàbrica d'aquelles que no fem servir, el seu pare em va donar permís per agafar-les, la Dolors havia sentit que se li escapava la mirada, i el cor i l'ànima i tot cap a aquells prestatges, d'on els ha tret, els llibres. L'Antoni somreia, els anaven a cremar i els vaig rescatar, miri això, són llibres prohibits, no ho ensenyo a ningú. Una veu interior innocent duia la Dolors a demanar, i com és que els anaven a cremar, i ara l'Antoni tornava a somriure, però aquesta vegada amb condescendència, perquè el règim ho ha decidit així, perquè hi ha llibres que parlen de coses que no interessa que se sàpiguen o que diuen que ens poden pervertir. Va semblar que dubtava un moment i va acabar dient, li diré un altre secret encara més gran. Va sospirar, la va mirar i ho va deixar anar, són els que no hi ha a la biblioteca. La Dolors no ho entenia, i ell acabava dient-ho clar, eren d'allà, de la biblioteca. La Dolors va obrir uns ulls com unes taronges i va acostar-se als llibres després de deixar a terra el cistell amb les quatre castanyes que havia collit. La biblioteca de la fàbrica, en realitat, era només un reducte amb uns quants llibres i un parell de taules per poder seure a llegir-los, era una donació de l'antic director, el que hi havia abans de la guerra, un home lletrat, explicava l'Antoni. Jo no el vaig conèixer però sembla que va ser ell qui va muntar la biblioteca i, quan va morir a la guerra, van trobar escrit al seu testament que la deixava amb tots els llibres als treballadors, perquè deia en el mateix testament que en els llibres hi ha la cultura, i, en la cultura, la llibertat. Pensava que vostè tot això ho sabia, va concloure l'Antoni. No, ningú no m'ho havia explicat, va respondre la Dolors, i va pensar que el seu pare prou feina tenia a perseguir minyones com per interessar-se per biblioteques i llibres.

Aquella tarda, la Dolors va ficar el cap a dins d'un mar de lletres i es va trobar fullejant autors catalans que havien hagut de fugir a l'exili o a qui aleshores no es permetia d'escriure en la seva llengua; i es va trobar també navegant entre Hume, Kant, Wilde, Freud, Lorca... Ni es va adonar que l'Antoni la deixava fer, que se n'anava, i que, al cap d'una estona tornava i li deia, senyoreta, ha passat una hora, potser el seu pare la busca. Oh, Déu meu, portava massa temps fora del món, se n'havia d'anar de pressa, i demanava, podré tornar, amb ansietat. Demà mateix, responia l'Antoni amb delit. Demà, repetia ella. I, abans de marxar feia una cosa que no entén, encara ara, com es va atrevir a fer, tenint en compte els temps que corrien, i les circumstàncies de l'època, i tenint en compte tot un seguit de consideracions que ella sí que no va tenir gens en compte. Va fer un petó a la galta de l'Antoni després de dir-li adéu.

La Dolors se'n fa creus, quin atreviment, i tot per quatre llibres. És ben bé que això de les lletres sempre l'ha embadocat, ja li ho deia l'Eduard, la renyava perquè llegia massa, no li agradava gens que llegís i no estigués per ell com ell ho hauria volgut. Això era, és clar, mentre ella era vella, o sigui, mentre només veia filles i marit. Després, es va acabar i la Dolors li va contestar que s'hi posés fulles, que no pensava pas deixar de llegir, que era el que més li agradava en aquest món. I l'Eduard es va quedar planxat.

Que diferent l'Eduard dels últims temps de l'Eduard que ella havia conegut de jove. El recorda en llargues i avorrides vetllades a casa els amos, els diumenges d'hivern, ella havia d'acompanyar el seu pare i s'havia d'engalanar i empolainar per l'ocasió, i quina filla que té més maca, feia la seva futura sogra així que la veia entrar, ja festeges, bufona? La Dolors responia, no, senyora, i pensava que festejava més que qualsevol altra, però d'allò amb l'Antoni potser no se'n podia dir ben bé festejar, perquè, de fet, no es tractava de cap festeig pròpiament dit. La futura sogra atacava immediatament, ah, podràs parlar amb l'Eduard, vine, cridava el noi, Eduard, Eduard, i l'Eduard venia a saludar-la, li donava una mà sense vida i s'inclinava una mica davant d'ella, per què no parleu de les vostres coses, feia la mestressa de la casa, i deixava la Dolors amb un interrogant al pensament, es demanava quines devien ser les seves coses amb l'Eduard, si no en tenien, ells dos, de coses en comú, no es coneixien de res, i aquell noi de pell blanca i posat tan seriós més aviat li causava una mica d'angoixa, no sabia què dir-li ni com tractar-lo, i ell a ella ja es veia que tampoc, seien l'un al costat de l'altra en unes cadires en un extrem d'una sala on hi havia els amos i la seva família propera i llunyana, i tots mirant què feien ella i l'Eduard, a veure si se somreien, a veure si feien un intent de donar-se la mà. La Dolors recorda amb horror aquelles escenes en què no sabia on posar-se i no sabia què fer ni de què parlar amb aquell noi. Al final, ella provava sort, a vostè li agrada llegir, demanava, i aleshores sí que a l'Eduard se li posava una cara com si hagués vist un extraterrestre allà mateix, encara se li esblanqueïa més el rostre i responia, alguna cosa llegeixo, sí, però a mi m'agrada el tennis, a vostè no? La Dolors havia jugat a tennis alguna vegada, i ja veia que havia de tirar per aquí, perquè de conversa literària, aquell noi, res de res. Així que s'embrancava a parlar de regles del joc i també de tennistes, perquè l'Eduard sí que ho sabia tot sobre això, i, al final, acabava amb un monòleg animadíssim i llarguíssim que la Dolors fingia escoltar, i la gent comentava mira com se'l mira, ella, ja es veu que li fa el pes, i mira com xerra, ell. Més tard, la Dolors havia entès per què l'Eduard es feia tips de xerrar amb ella. Era perquè la seva sogra no el deixava parlar. La sogra no deixava parlar ningú, sempre era la reina de la festa, i sempre tenia coses per dir i per explicar.

Amb l'Antoni sobraven les paraules. La següent vegada que la Dolors va entrar a casa seva amb el cistell de les castanyes, encara amb les quatre o cinc que havia collit el dia abans, ell li suggeria si volia una mica d'aigua o, fins i tot, una mica de llet. Era molt que li oferís llet. Ella n'acostumava a tenir a casa seva, però a casa d'un treballador, en plena postguerra, era un luxe que n'hi hagués. També tinc vi, feia ell, nerviós, una ampolla, en vol una mica? Temps després, li confessaria que l'hi havia ofert perquè ella no havia contestat si volia llet i ell s'havia quedat tallat. Però a la Dolors, allò del vi li havia agradat. Ah, sí, d'acord, havia respost, davant la sorpresa de l'Antoni. Perdoni, és que em pensava que no bevia, vostè. No bec mai, però avui em ve de gust fer-ho, contestava ella. Ell la mirava fixament uns instants i després se n'anava a buscar l'ampolla d'un vi que era el que es repartia entre els treballadors i que no era ni bo ni dolent perquè no es podia comparar amb cap altre. Era l'únic que hi havia. Una altra dansa al voltant d'un foc que cremava, la Dolors no bevia mai alcohol, no sabia ni quin gust tenia i no tenia ni idea de què podia passar-li bevent un got d'allò que el seu pare sí que prenia als àpats amb una certa moderació.

La Dolors torna a riure ara, incapaç de contenir-se. Aquell vi li havia pujat al cap amb només dos glops. En recorda exactament el gust, semblava alcohol pur. El va trobar horrible i, després d'aquells dos glops, va tornar-lo a l'Antoni, ho sento, és que... No pateixi, va excusar-la ell, agafant-li el vas, ja me l'acabaré jo. Li havia posat un plat al damunt i l'havia deixat en un racó de la cuina, ara ningú no guarda les sobres però en aquell temps es guardava tot; quan no hi ha pa una engruna esdevé un tresor.

Sembla que en Martí i el seu amic surten de l'habitació. Vindran cap a la sala o l'amic se n'anirà? La Dolors sent la porta del carrer que s'obre i es tanca, en Martí es queda sol, doncs, des d'aquí no el veu, però se l'imagina quiet, allà mateix, amb l'esquena contra la paret, o contra la porta amb el pensament dalt d'un núvol, del núvol que es crea el primer dia que ens hem llançat als braços de qui fa que sonin mil campanes a dintre nostre, és un núvol de sensacions diverses, contradictòries i barrejades, no exemptes de mal a la consciència. Ella també s'havia quedat, no pas enganxada a la porta de casa l'Antoni, sinó a la de casa seva, abans d'entrar-hi.

Què deu passar ara mateix pel cap d'en Martí? Què deu sentir? Què deu imaginar? S'hi ha estat ben bé dos minuts, i després ha caminat lentament pel passadís i ha entrat també lentament al menjador. La Dolors, aparentment capficada en la labor, no se'l mira, perquè no sap realment com mirar-se'l. Veu de reüll la seva ombra, això sí, i sent com les passes s'aturen en sec. Amb els nervis, l'àvia s'entortolliga amb els punts alts, en desfà dos, hi torna. Li pica l'ull al·lèrgic, deixa la labor i se'l grata. En Martí continua aturat a tres passes d'ella, i a la Dolors se li dispara el cor, és evident que el noi s'ha adonat ara que no estava sol, és evident que no hi havia pensat fins a aquest moment. Incapaç de reprimir-se més estona, la Dolors finalment se'l mira. En Martí està blanc, pàl·lid, mort de por. No l'havia vist mai així, ell que sempre sembla tan segur d'ell mateix, però ara es deu demanar si, amb el que ha passat, ha perdut per sempre els favors de l'àvia.

D'on surts, a aquestes hores. De collir castanyes, deia la Dolors. Ella també estava morta de por, però ho dissimulava. De collir castanyes, dius? El pare no s'ho acabava de creure, i la Dolors ensenyava el cistell, amb les quatre o cinc o deu castanyes. N'hi havia poques, encara, hi tornaré a veure si en trobo més. Era mentida, n'hi havia moltes, però ella sabia que el pare no aniria a passejar pel camp per comprovar-ho i confiava que no aniria tampoc demanant als treballadors si ja hi havia moltes castanyes per terra. No són hores perquè una senyoreta com tu vagi sola pel carrer, què pensarà la gent. Au, vinga, pare, que no és pas tan tard, no exageris, ara m'ocupo del sopar, no pateixis. La Dolors deixava la jaqueta i el cistell i anava a veure la cuinera per veure si el sopar estava a punt, s'adonava que era això el que volia el pare, la trobava a faltar, no era pas que sospités que ella fes res de dolent, però això que no fos a casa quan s'estava començant a fer fosc no li agradava gens. La Dolors havia recuperat la seguretat en ella mateixa, entrava decidida a la cuina i demanava, què sopem avui, i com està tot. Després, quan s'asseien a taula tots dos, anunciava amb tota la tranquil·litat del món i fent una carícia a la mà del pare, no et preocupis que sempre tindràs el sopar a punt, però és que he descobert que el camp és preciós a aquesta hora, espero que no et faci res que hi vagi a passejar de tant en tant, és que és molt poètic, pare. El mirava directament als ulls, sense parpellejar, i pensava, Mare de Déu, Dolors, és la primera vegada que menteixes tan descaradament.

Mentir o no mentir. Una mica de tot, pensa la Dolors mentre esguarda en Martí. Sinceritat mentre parlant clar no es fereixi ningú. Si s'ha de fer mal a algú, per això s'han inventat les mentides; ella n'ha dit moltes i no es penedeix de cap. I la intuïció la porta a creure que el millor és que en Martí, de moment, amagui la seva condició sexual als seus pares. No estan preparats per entendre-ho. Oh, però ja sap què dirà, ell, àvia, els ho he d'explicar, no puc viure amb la mentida, etcètera. Els joves d'avui tenen aquesta obsessió de no viure amb la mentida, i no s'adonen que a ells sí que els menteixen, que els omplen el cap de demagògia amb unes intencions generoses que deixen d'existir el dia que perilla el mar de benestar en el qual naveguen els adults amb iots ampul·losos d'experiència que els joves, naturalment, no poden ni somiar abastar en un futur pròxim. Pobra canalla, pensa l'àvia. I fa l'únic que pot fer, que és somriure, perquè en Martí entengui que està de la seva banda, que el comprèn.

A en Martí sembla que se li ha obert el món amb aquell somriure que ell li torna immediatament. Ah, però tot té un preu, la Dolors deixa el ganxet i la llana a dins la bossa i assenyala l'habitació de l'ordinador amb el cap, mentre fa un intent d'aixecar-se. En Martí ho entén immediatament i corre a ajudar-la: és evident que l'àvia vol jugar amb el gatet de la pantalla.

Per més que hi pensa i intenta recordar-ho, no li ve al cap exactament qui va ser el primer a abraçar l'altre, a tocar l'altre. Després de deixar el got de vi a la cuina, l'Antoni havia tornat on era ella, o sigui, al passadís petit i despullat, tan despullat al costat del de casa seva, que era tan ple de quadres de valor i d'altres objectes com el rellotge de pèndol que marcava parsimoniosament els quarts. Aquella casa petita, humida i fosca no tenia res, però per a la Dolors s'havia convertit en l'objecte de valor més preuat del món, pels llibres i per l'Antoni, que eren les dues coses que més li interessaven de la Terra.

Recorda, això sí, que es van quedar parats l'un davant de l'altra. I recorda que, amb el cor accelerat, es va trobar donant-li la mà, però no sap qui va buscar primer la de l'altre. També recorda que ella es va sentir amb la necessitat d'acostar-s'hi molt i molt, però li fa l'efecte que ell també s'hi va aproximar. I té claríssim que, quan els seus llavis es van tocar, un llamp carregat d'electricitat els va travessar tots dos de cop i els va unir per sempre.

—Vinga, àvia, som-hi. Ja tens molt bé la cama, eh...

En Martí es refereix a la cama on se li va fer el trombe, que en el seu dia s'havia endurit tant que semblava una pedra.

L'agafava del braç i caminaven tots dos, xino-xano, cap a l'ordinador. De la seva història d'amor, ni mitja paraula, en Martí havia canviat de tema, i ara tocava parlar del gatet que deambulava per la pantalla. Ui, mira-te'l, que bufó. La Dolors s'asseu amb precipitació, amb tanta precipitació com li permet la cama del dimoni, i agafa el ratolí. En Martí riu.

—És ben bé una obsessió, això teu amb el gatet virtual.

Ara la deixa sola, i ella ja sap que s'hi pot estar una estona, amb el gat. A veure si avui no l'espífia com l'última vegada, quan va prémer qui sap què i va sortir un requadre amb tot de números i lletres que va restar allà immòbil tota l'estona i amagava el gat, i el Martí era lluny i la Dolors es va posar nerviosíssima. Això sí que ho té, el seu humor ha anat canviant a mesura que s'ha fet gran, s'ha anat tornant cridanera i cada vegada més insuportable. Potser Déu, si existeix, li havia enviat l'embòlia per això, perquè callés d'una vegada, perquè deixés d'ofendre la Fuensanta i la Leonor. A la Teresa no l'ha pas ferit mai, perquè és molt forta, però també perquè amb ella s'hi entén, malgrat que es diguin l'una a l'altra les coses pel seu nom, i malgrat que, quan es van saber els seus gustos sexuals entre tiets, tietes i avis, la Dolors va haver d'aguantar el cop, un munt de sermons morals i d'intents benintencionats d'ajudar-la a redreçar el mal camí d'una filla perduda. Havia estat una època horrible, realment, i en aquell moment, la Dolors hauria agraït que la filla no fos tan clara expressant sentiments a tort i a dret; llavors pensava, i per què no calla, no cal explicar-ho, ningú no explica qui o què li agrada per ficar-se al llit i qui o què no. Però ara està contenta que tot hagués anat com va anar, la família paterna es va quedar corglaçada, ells que miraven tant les formes i el què diran, que ja les miraven en aquells berenars de diumenges a la tarda a la fàbrica, vols una mica més de xocolata, Dolors, demanava la futura sogra, perquè ja portava mig minut callada i no s'hi sabia estar. No, gràcies, senyora, responia ella, sempre el no, gràcies, i això que se'n moria de ganes de prendre'n una altra xicra, era tan bona i hi havia tan poca gent que s'ho pogués permetre. Aleshores l'Eduard feia una cosa sorprenent, vingui, li deia, i se l'enduia a la cuina mentre els altres estaven distrets parlant, escoltant un dels discursos de la mestressa de la casa. La Dolors intentava queixar-se però no acabava de fer-ho perquè l'Eduard es posava un dit sobre els llavis demanant silenci. A dintre de la cuina, la noia amb davantal i còfia que sempre servia el berenar somreia nerviosa quan els veia entrar. Cinta, dóna una mica més de xocolata a la meva amiga, si us plau. La Cinta del davantal, sense dir res, agafava una xicra i anava per omplir-la, quan l'Eduard saltava, no, dona, que en una xicra n'hi cap molt poca. Amb una tassa grossa, que així n'hi cap més. Tingui, senyoreta, tasti.

Aquell era el punt de bogeria de l'Eduard. Un punt que en algun moment l'havia fet dubtar, li havia fet sentir un corrent de simpatia sobtat per aquell senyoret de casa bona, això era ben cert. Era com un rei d'aquells que trenca el protocol quan passeja per acostar-se al poble, i, quan va adonar-se que la debilitat de la Dolors era la xocolata, va procedir a atacar per aquesta banda. A ell també li agradava, la xocolata, però no tan apassionadament com a la Dolors. Sempre més li va regalar bombons que a ella se li feien irresistibles. I, quan se'ls menjava, ell se la mirava i reia mentre li deia que feia una cara d'anunci.

Entre l'Eduard i ella sempre hi va haver xocolata.

Entre l'Antoni i ella hi havia llibres.

La Dolors entén perfectament quins són els sentiments d'en Martí en aquests moments, si és que entre dos homes hi ha la mateixa mena d'amor que entre un home i una dona. Però no és igual l'amor siguin quines siguin les persones que l'experimenten? Canvien les persones però no canvia l'amor. L'amor es manté inalterable i es deixa agafar per aquí o per allà. I també hi ha molta gent que es pensa que el té agafat i realment no el té. Però el cas és que, tingui la derivació que tingui l'afecte que uneix en Martí i en Dani, la Dolors sembla que nota el fil de plata estès entre els dos joves, i l'emociona també a ella, i fa que oblidi el gatet quan hi pensa, i que tanqui els ulls i recordi que aquell mateix fil de plata es va estendre entre ella i l'Antoni en una casa rònega d'un pobre treballador, en un món de misèries que era el de la postguerra espanyola. El petó va començar com una incitació poruga i es va tornar una necessitat, la Dolors es va sentir empesa cap a un deliri que li va semblar que no podria aturar mai, mai, mai. Les monges deien que els homes no es podien tocar, que passaven coses terribles si ho feies, però aquelles coses terribles devien estar molt ben dissimulades perquè allò era meravellós, allò era pujar al cel i quedar-se allà penjada per sempre, perquè aquell petó no es podia acabar de cap de les maneres, no.

—No estic segur de què sento, àvia. No n'estic gens segur. Evidentment, dec tenir algun gen de la tieta Teresa.

En Martí ha deixat anar això per sorpresa però molt serenament, quan ha vingut a veure com anava amb el gat. La Dolors obre els ulls i s'adona que hi ha altre cop un requadre d'aquells de lletres i números que roman immòbil a la pantalla i que amaga l'animaló.

—Àvia, per què no m'avisaves? Ja sé que no pots parlar, però podies haver picat a la taula, com fas altres vegades quan necessites ajuda... A veure, deixa'm el ratolí... Molt bé. Té, ja tornes a tenir el gat. El vols o prefereixes anar a seure?

Amb gestos, la Dolors li indica que prefereix quedar-se una estona més davant de l'ordinador. Se'n fa creus, com ha canviat tot, com això de la informàtica s'ha apoderat dels pensaments de les persones i dels animals, almenys dels gats.

Abans no n'hi havia, d'ordinadors. Però el millor de la vida ho va trobar abans. Aquell petó intens va ser el bateig per a un nou estadi de sensacions que no hauria dit mai que ella pogués arribar a assaborir amb aquella intensitat.

La cintura

Això d'haver de minvar punts és perillós perquè no et pots passar, perquè, si t'excedeixes, segur que el jersei no li entra a la persona que se l'ha de posar. És clar que, en el cas de la Sandra, ja pot anar minvant, ja, que el jersei no arribarà mai a assolir la mida de cintureta de vespa de la nena. És possible que faci aquesta mida, només? No pot ser. La Dolors s'ho mira i s'ho remira, s'ha d'haver equivocat per força, aquesta mida de cintura no és de persona, és de mico. Treu de la bossa el paper on la Leonor li havia apuntat les mides exactes de la seva filla i s'ho mira bé. Sí, sí, això és el que hi diu. De tota manera, abans de tirar endavant ho comentarà amb ella, amb la Leonor, no fos cas que s'hagués equivocat, perquè la Sandra sí que és prima, però tant potser no. O sí? En temps de la joventut de la Dolors, només feien aquestes mides els nens desnodrits, els pobres ben pobres que no tenien res per posar-se a la boca. És clar que la Sandra és una nena desnodrida o, dit com es diu ara, anorèxica. Una cosa i l'altra tenen els mateixos resultats. L'única diferència és que els desnodrits no poden menjar, i els anorèxics no volen fer-ho. Un desgraciat d'aquells que s'arrossegava demanant caritat a plena postguerra hauria quedat realment astorat de saber que mig segle més tard els que tenien prou diners per fer un banquet diari serien capaços de tancar la boca, creuar els braços i dir doncs ara no vull menjar.

Abans tot era diferent, molt diferent. I, quan es va acabar

el temps de collir castanyes, ella va haver d'improvisar una altra excusa, com ara que li venia de gust passejar pel camp de tant en tant per respirar aire pur encara que fes tant de fred. L'Antoni i ella es trobaven més o menys un cop per setmana. Quan ella veia que li anava bé d'arribar-s'hi, penjava un mocador a la seva finestra, que ell veia des d'una altra finestra de casa seva. Si el mocador era blanc volia dir avui; si era blau, volia dir, demà. Si era vermell, paciència, ja t'avisaré. La Dolors vivia immersa en una bogeria perpètua que contravenia totes les indicacions i ensenyaments de les monges de l'internat. El primer dia havia estat només un petó, aquell petó que marcava un començament del que no semblava que mai hagués de tenir un final. Ruboritzada fins a la punta dels cabells, la Dolors havia sortit d'aquella modesta casa amb el cor que li fugia per la boca, sense dir ni tan sols adéu a l'Antoni, perquè no sabia ni si li ho havia de dir ni com li ho havia de dir.

El segon dia, el petó havia arribat tot just tancar la porta, sense un mot, sense prèvies, sense res, l'Antoni l'havia mirada d'una manera estranya i allà mateix, enganxada a la porta del carrer, l'havia besat pertot arreu, que ella ja no sabia què més donar-li perquè besés, li hauria donat tot el seu cos sencer, i aleshores ell se la va endur al seu llit, a un llit tou i calent. Tot era màgic fins que li va fer mal i ella es va recordar de les monges i va pensar que potser tenien raó. Li va venir per plorar, es va separar d'ell, es va vestir i se'n va anar de pressa, sense parar-se a escoltar el que ell li deia, Dolors això és normal la primera vegada, no pateixis, ja no et passarà més, tranquil·la, Dolors, tranquil·la.

La Leonor acaba d'entrar a casa i s'acosta al menjador. Ara li podrà comentar això de la cintura de la Sandra, amb gestos, és clar, perquè d'altra manera no pot explicar-se. Però quan es disposa a fer-ho, s'adona que la Leonor té els ulls plorosos. De fet, ara mateix està plorant. La Dolors s'espanta, d'acord que la filla és una bleda, però tampoc no és freqüent veure-la plorar i, si ara està així, deu ser per alguna raó. La mira interrogativa i deixa el ganxet i la llana a una banda. La Leonor també la mira a ella i engega a plorar més fort. La Dolors no sap què fer, intenta aixecar-se de la cadira i vol acostar-s'hi, però la Leonor, quan la veu, li diu que no cal que ho faci, que ja li explicarà què passa. S'asseu en una cadira a prop i espera uns instants abans de decidir-se a parlar.

—M'han ascendit, sóc cap d'administració de l'empresa des d'avui mateix.

Ho diu i plora més fort. La Dolors no entén res i es demana si plora de l'alegria, però no ho sembla. La Leonor s'eixuga les llàgrimes i, sense mirar-la als ulls, continua parlant.

—He fet una cosa terrible, mare. Terrible. I per això m'han ascendit.

Ai, Mare de Déu, què deu haver fet? Ha robat? Ha matat? La Leonor s'aixeca parsimoniosament i, mentre agafa la capsa de Kleenex amb una mà i n'estira un amb l'altra, explica la qüestió entre sanglot i sanglot.

—El director, que també és l'amo, s'havia obsessionat amb mi, saps? I, al final, em va donar a entendre que, si no accedia a fer-li els favors que em demanava... i que ja et pots imaginar quins són..., doncs em trauria de la feina. Sí, ja sé que no hauria d'haver cedit, ja ho sé. Però em vaig imaginar explicant per què m'havien tret, i en Jofre és tan gelós que hauria estat capaç de fer-ne una de grossa, i no volia donar-li un disgust. A més, a la meva edat costa molt trobar una altra feina, i jo ja saps que no sóc tan intel·ligent com en Jofre i no l'hauria trobada, segur.

La Dolors està al·lucinada, però no per la col·lecció de favors carnals que la seva filla deu haver dispensat a l'amo de l'empresa, sinó per l'admiració i la fe cega que la Leonor continua professant al seu marit, el poca-solta del Jofre que, mentre s'ho fa amb la Mònica del jo també, es preocupa d'esbocinar dia a dia la poca autoestima que té la seva filla, perquè aquesta és la manera de tenir-la dominada i d'aconseguir ni més ni menys que cedeixi al xantatge de l'amo que s'ha pensat que encara som a l'època del dret de cuixa. Ara, ara sí que li sap greu no tenir veu, perquè ara li faria un discurs, un discurs d'aquells de mare, i li ventaria un parell de clatellots i li diria que ella, malgrat ser tan fava, val molt més que el ganso del Jofre. Li diria, mira't al mirall, filla, fes com el teu marit i com la Sandra, contempla't de dalt a baix, no hi passis per davant de pressa i corrents com si tinguessis por de tu mateixa, de la teva pròpia imatge. Mira't una estona i pensa en tu mateixa, i adona't que, si t'ho proposes, pots ser molt atractiva malgrat aquesta edat que dius que seria la causant que no t'agafessin enlloc més. Li diria, alça el cap, Leonor, i demostra't a tu mateixa que ets algú.

Però no pot dir res de tot això. Simplement ha de callar i escoltar.

—Ja fa temps que dura... Quan em crida al seu despatx, ja tremolo. Diu a la secretària que no ens molestin i allà, a sobre el sofà, es desfoga de gust. Quin fàstic, mare... Jo miro cap a una altra banda i intento pensar en altres coses i espero que s'acabi aviat. No sé què li ha agafat, amb mi.... Però avui no m'ha tocat. M'ha cridat al despatx i, somrient, m'ha anunciat que jo era la nova cap d'administració, que l'altre que hi havia ha estat destituït. Li he dit que no volia cap càrrec, que gràcies, però ell hi ha insistit. He tornat a dir que no, i aleshores ell ha deixat de somriure i m'ha dit que no era optatiu, que era una obligació i que no admetia una negativa. He callat doncs i, quan me n'anava, l'últim que m'ha dit, ha estat, així podrem fer viatges de negocis junts, dona, ja veuràs que bé ens ho passarem.

La Dolors no sap què dir ni què fer. Torna a tenir ganes d'aixecar-se, de fer-li un discurs, i pensa a agafar un paper i intentar escriure malgrat la dificultat que això li suposa, però es diu que no sabrà dir el que vol dir per escrit, o que la

Leonor no ho entendrà com ho ha d'entendre. La Leonor només entén les paraules parlades, no és com la Teresa que sí que entén allò que està escrit i també el que no està escrit o el que es llegeix entre línies o el que es diu amb els ulls. La Leonor s'ho agafa tot al peu de la lletra, no, no li pot dir res per escrit. Com podria explicar-li que tot això que li passa és, en el fons per culpa seva, perquè en lloc de presentar armes i d'enfortir-se sola quan era jove, va optar per posar-se sota l'ala protectora d'un home que no l'estima però que necessita tenir-la subjugada per créixer ell mateix, per sentir-se realitzat com a home o com a bèstia, perquè això és un comportament de bèstia, encara que a tothom li sembli que és el pare i el marit ideal, i tan culte i tan refinat i tan intel·ligent, i tan amant de Nietzsche. Com explicar a la filla que, si no visqués la situació que viu a casa i si li caigués el teló dels ulls, amb el seu Jofre, hauria optat per un altre camí a l'hora de respondre a les insinuacions de l'empresari, i li hauria pogut acabar muntant un bon escàndol mediàtic que és el que es porta ara, allò que a en Martí li agrada tant comentar, ell que sempre llegeix tots els diaris i es diverteix portant la contrària al seu pare i dient-li *hippie* reciclat, li ho diu de broma però al Jofre no li agrada gaire, no, deu pensar que aquests adolescents d'ara no són tan autèntics com els de la seva generació.

Autèntics o no, totes les generacions han vibrat sota les mateixes carícies, sota les mateixes promeses d'amor. I, en un moment o altre, totes les generacions hi han cregut. Quan la Dolors anava a casa els amos de la fàbrica, quan va començar a parlar-se amb l'Eduard, l'Antoni ja feia temps que li havia promès la lluna en un cove. Bé, la lluna en un cove era l'amor etern i prou, l'Antoni no tenia res més per prometre. Havia trigat una mica a tornar-hi, després d'aquell primer embat, perquè s'havia sentit malament, i tenia a dintre tot un seguit de sentiments contradictoris. El cèlebre cuc estrafet de les monges l'havia impressionada més en sentit negatiu que positiu, venia a ser una cosa tan voluminosa i tan rígida que pugnava per ficar-se a dintre seu, que l'havia foradat i li havia fet mal, que havia fet perdre de cop tot l'aire romàntic de la seva relació amb l'Antoni. Que ruques érem abans, pensa la Dolors. Però ella tenia excusa perquè eren altres temps i perquè era jove. La Leonor, en canvi, no en té, d'excusa, ni per una raó ni per l'altra.

Ara la Dolors voldria dir-li allò de la Mònica del jo també, la de l'insti, perquè s'adonés que en Jofre, en realitat, no és exactament com ella es pensa. Però després beneeix per una vegada l'embòlia que l'ha deixat sense capacitat per parlar, perquè s'adona que això ho hauria engegat tot en orris: no hauria pas aconseguit trencar l'admiració idòlatra de la Leonor per en Jofre perquè no l'hauria cregut, perquè entre la mare i el marit, ella sempre s'ha posat de la banda del marit, i hauria pensat que la Dolors, un cop més, intentava fer una mala propaganda del gendre. I hauria anat a demanar-li-ho directament a ell i tot hauria acabat pitjor de com estava. O sigui que beneïda embòlia, per una vegada. Però tant de bo la Leonor ho arribés a descobrir per ella mateixa. Tant de bo.

No havia dormit, la nit que havia perdut la virginitat. Amb els ulls ben oberts, s'havia posat entre les cames una tovalloleta per si encara perdia una mica. És normal la primera vegada, li havia dit l'Antoni. Volia dir això que per a ell no ho era? Volia dir que sabia què passava? A la sensació de terror i estupefacció per l'agressió física tanmateix desitjada, s'hi ajuntava ara un sentiment de gelosia que minimitzava l'altre. Cada sentiment intens nou que tenim es menja l'anterior, en fa miques i aconsegueix que ens n'oblidem. Així és la vida, sospira la Dolors.

La porta del carrer s'obre i la Leonor s'eixuga les llàgrimes amb precipitació.

—Ni una paraula, mare. Si us plau.

La Leonor no s'adona de la bestiesa que acaba de dir perquè ara es troba que no sap què fer, ha entrat en Martí i ve decidit cap al menjador, està content i cantusseja una melodia coneguda. La Dolors salva la situació traient de cop el full amb les mides de la Sandra i indicant a la seva filla que s'acosti i que comprovi si ho ha escrit bé. Quan en Martí entra, la Leonor està molt ocupada intentant entendre el que l'àvia li vol dir amb gesticulacions, o sigui, que troba molt estreta la mida de la cintura de la Sandra, que hi ha d'haver una error. La Leonor agraeix la possibilitat de posar-se les ulleres i no haver de mostrar els ulls enrogits al Martí. Li diu hola, com desmenjada, i, quan el noi entra a l'habitació de l'ordinador, ella es retira de pressa cap al lavabo no sense abans haver assegurat a la Dolors que sí, que aquelles són exactament les mides de la Sandra.

Mare, llàstima que sempre estiguis de mal humor, perquè tens els ulls més intel·ligents que he vist mai, li deia la Teresa. La Dolors se sentia afalagada i no sabia què dir ni com actuar. No diguis bestieses, deixava anar finalment, i se n'anava cap a una altra banda. Això li ho havia dit una de les últimes vegades que havien parlat abans de l'embòlia, s'havia barallat amb la Fuensanta per variar, i la Teresa havia intentat posar-hi pau. No pot ser que la Fuensanta sempre estigui trista, no li pots amargar la vida d'aquesta manera. Però jo no necessito un policia que em vigili, responia prestament la Dolors. La Teresa sospirava, i li deia allò dels ulls intel·ligents i la seguia o, millor dit, la perseguia dient, mare, segurament perquè ets molt intel·ligent seràs capaç d'entendre que a la teva edat hi ha d'haver algú que estigui una mica per tu, només una mica. Perquè si et passa res, necessitaràs ajuda, que no tens vint anys. No la vull per res, l'ajuda. La Teresa es plantava a la porta del lavabo i, amb un somriure irònic, deia, ara, mare, sembla que tinguis cinc anys.

Què deu voler dir tenir els ulls intel·ligents? Deu voler dir tenir un cervell intel·ligent. I això què és, exactament? Quan et diuen que aquest o l'altre és molt intel·ligent, no saps si posar-te a tremolar o creure que vol dir que ho sap tot de la vida. La Teresa segurament confon intel·ligència amb experiència, perquè això de la intel·ligència deu ser innat i ella, de jove, era ben ruca. O potser és simplement que intel·ligència vol dir experiència, vés a saber.

L'Eduard havia començat a galantejar-la amb bombons. Després de la tassa de xocolata de la cuina, ell i la cuinera de la còfia s'havien posat a riure, per bé que tots dos havien intentat no fer-ho, ai, Dolors, miri's al mirall, que ara porta bigoti. La Dolors no s'havia mirat al mirall perquè no n'hi havia cap, sinó que s'havia llepat els llavis, i havia acceptat després un drap cedit per la minyona per eixugar-se'ls. Aleshores, l'Eduard se l'havia mirada d'una manera que no li havia agradat gens, però gens, perquè era com la mirava l'Antoni quan la tenia al seu costat, al llit. Però de l'Antoni li agradava i, de l'Eduard, en canvi, li feia angúnia. De l'Eduard només li agradava aquell desig de transgressió per sota mà, allò d'endur-se-la a la cuina i donar-li xocolata sense que ningú no se n'adonés, sobretot sa mare, que no s'ho hauria pres gaire bé. L'Eduard era un trapella. I ell sí que li semblava intel·ligent, perquè ajudava el seu pare amb la fàbrica. Somreia i la Dolors no hi veia res, en el seu somriure.

En el somriure de l'Antoni, en canvi, hi veia la lluna. La lluna daurada que baixava cap a l'habitació on aquell hivern havien compartit somnis de cotó fluix tantes vegades, i els posava just a sobre el llit i feia que estimar-se es convertís en un deliri. El llit no tenia llençols de lli, però a ella li era igual. Hi havia tornat al cap d'uns quinze dies. S'havia trobat l'Antoni un dia pel carrer i un altre en una botiga. Ni s'havien mirat, i la Dolors sabia que la botiguera havia pensat que la filla del director era una tibada, i que si la saludava a ella segurament devia ser només perquè li convenia que li vengués el millor producte. Aquell dia li havia semblat que l'Antoni se n'anava arrossegant els peus, i el soroll que feia en caminar li havia arribat al cor, l'havia ferit, li havia fet rajar una miqueta de sang. Va ser quan es va decidir a tornar a visitar-lo l'endemà mateix. I es va posar davant d'ell i el va mirar fixament als ulls i li va demanar, com és que saps tan bé què passa la primera vegada. L'Antoni havia estat sincer, perquè l'única dona amb qui he estat abans que tu, també era verge. La Dolors havia sentit una punxada intensa de gelosia travessant-li l'estómac, i l'Antoni se n'havia adonat, els meus pares servien en un casal de Sarrià i jo vaig néixer i créixer allà, va ser la senyora de la casa qui es va preocupar que jo anés a l'escola i que llegís. Quan tenia setze anys, em vaig embolicar amb una minyona que en tenia vint, ens hi vam trobar tots dos, era l'únic cos jove del meu entorn i jo devia ser un marrec impertinent per a ella, però es va llançar als meus braços. La cosa va durar un any, més o menys. Després, l'empresa de la família va fer fallida i el senyor va morir d'un atac de cor. La senyora ja no va estar més per llibres ni per res. S'ho va haver de vendre tot i es va pansir a poc a poc. La minyona se'n va anar, va trobar feina en una altra casa de Barcelona i es va oblidar de mi, i jo d'ella. No m'importava gaire.

S'havia fet un silenci transparent entre tots dos, un d'aquells silencis que reconcilien finalment dos esperits que han estat enfrontats. La punxada de gelosia va esdevenir menys intensa. La Dolors sentia vergonya encara que no sabia ben bé de què, i va demanar el primer que li va venir al cap, i què va passar amb els teus pares. Oh, viuen amb la mestressa en un pis petit de la ciutat. Són grans i s'entenen bé tots tres. Les coses canvien... i les relacions entre les persones, també. Li havia estès una mà oberta i la Dolors hi havia posat la seva a sobre, l'Antoni l'havia estirada cap a ell i li havia dit fluixet, no tinguis por, mentre una mica d'alè dolç que li acariciava el coll la feia tremolar lleugerament. Aquell dia, la relació entre ells dos havia fet un pas endavant, o, més ben dit, un pas cap a una banda concreta, obrien una nova porta que fins ara estava tancada i que només els estava permès d'obrir-la a ells dos.

Ha tornat la Leonor amb els ulls vermells, petits, i molt blanc tot al voltant, quin munt de maquillatge s'ha posat, pensa la Dolors, i es diu que les dones això ho tenim més fàcil, podem disfressar que hem plorat amb un bon feix de crema. En els homes, la cosa és ja més complicada, si fessin això tothom els diria transvestits. Però els homes no ploren. Bé, si que ploren però només d'amagat. No tenen permís per fer-ho en públic, no queda bé. La Dolors fica el cap en la labor, la Leonor passa de llarg i entra al despatx, ni se l'ha mirada, deu tenir vergonya i es deu demanar per què li ha explicat això del dret de cuixa de l'amo, perquè és ben bé dret de cuixa com el que el seu pare exercia amb les minyones, només que, si en aquella època ja no era gens lícit, ara és immoral del tot, ara ja no es permet ni de sotamà.

De vegades, el seu pare li feia fàstic; d'altres, pena. Mentre ella va ser a l'internat, ell havia festejat una cosina llunyana per consolar-se de la pèrdua de la seva dona. Però quan s'anaven a casar, la cosina s'havia fet enrere perquè s'havia enamorat d'un altre. Així, el pare s'havia quedat sol, ben sol, i, en l'entorn de la fàbrica i del club on només es permetia l'entrada als homes, no hi havia altres dones de la seva classe a qui pogués seduir la idea de casar-se amb un vidu que ja era gran, hereu d'una fortuna dubtosa perquè massa ric el pare no ho havia estat mai. I al final només li quedaven les minyones, alguna de més complaent que l'altra. Alguna de més espantadissa que l'altra. I alguna de fugitiva, que s'escapava a una altra casa on no hi hagués vidus desesperats sinó homes casats i amb els instints ben satisfets.

Sort que ara ho tenen més fàcil, els homes, es diu la Dolors. Si totes les dones són tan permissives com la Sandra, no deuen tenir problemes per desfogar els seus instints. I ara una dona no s'ho pren com abans. Ara, una dona s'enamora. És després quan s'adona que ha donat el seu cos a qui no el mereixia. Però més que el cos, és l'ànima el que no es pot donar sota cap concepte. En el fons, el cos què importa, es diu la vella mentre decideix que ja ha minvat prou.

Treu el centímetre i medeix la minicintura, Mare de Déu, Sandra, si no tens cos ni tens res. La miqueta de carn que tens ja l'has donada a un home, imagina't, reina, jo tenia vint-i-sis anys quan em vaig donar per primera vegada, o sigui, deu més que tu, en què estava pensant no ho sé pas, però sí que sé que no n'havia tingut gaire necessitat, la Dolors als vint-i-sis ja feia temps que creia que seria sempre soltera, que sempre viuria en aquella casa gran amb el pare i que salvaria les minyones fins que ell ja no tingués esma per espantar-les. Quantes vegades les més jovenetes havien dormit a la seva habitació per no caure en mans del senyor. I com se l'estimaven, sí, per haver-les salvat, sobretot la Mireia, la Mireia menuda i fràgil, espavilada tanmateix, que li havia confessat el seu amor per un dels treballadors amb qui va acabar casant-se gràcies a la intercessió de la Dolors.

I la Dolors havia estat soltera fins als vint-i-set. Fins un any abans de casar-se no tenia cap pretendent i, de cop i volta, en van aparèixer dos. L'Eduard dels bombons, l'Antoni dels llibres. Però l'Eduard dels bombons no era res. A la repulsa inicial va succeir-li una onada de simpatia pel tema de la xocolata, perquè a la Dolors li queia simpàtic tothom qui li regalés xocolata, i més si era bona, que, després de la guerra, costava moltíssim trobar-ne. Així, l'Eduard s'estava convertint en un bon amic. Al cap d'un temps, reia i tot amb ell, i li deia, vaja, no hauria dit mai que fossis tan divertit, si el primer dia que et vaig conèixer semblava que no haguessis de riure mai, de tan encarcarat com anaves pel món; i fins i tot havien acabat agradant-li els diumenges a la tarda.

A més, hi havia una altra cosa. Una altra cosa que no podia evitar: la història de l'Antoni amb la minyona de Sarrià, la duia clavada al cor. Prou que sabia que era aigua passada, prou que sabia que l'Antoni només n'estava d'ella, però s'havia obsessionat amb això, no s'ho podia treure del cap, s'imaginava contínuament l'Antoni amb una altra dona al llit, fent el mateix que feia amb ella, i instantàniament es posava de mal humor i hauria esgarrapat el primer que se li posés al davant. Bé, doncs, les tardes de diumenge amb l'Eduard li servien una mica de revenja per al mal impertinent que li feia rajar aquella ferida poca-solta del cor, que no li permetia de viure tranquil·la. I se sentia satisfeta quan, després de fer l'amor amb l'home de qui estava enamorada, després de parlar de llibres, de filosofia o del que calgués, deixava anar com qui no vol la cosa, el diumenge passat m'ho vaig passar molt bé. I dient això notava com el cor de l'Antoni també el travessava una agulla fina i dolorosa, la mateixa que tenia ella, i així li semblava que, per una estona, apaivagava la intensitat del seu propi mal.

Riu, la Dolors, i es diu que aquella era una manera molt innocent de venjar-se de l'Antoni per no ser verge. I també una manera molt innocent de creure que la major part dels homes també eren verges fins que trobaven la dona de la seva vida. Ai, senyor, els homes. La Dolors torna a riure.

—Sents l'àvia, com riu?

—Sí, deixa-la. Recorda coses, suposo.

La Leonor i en Martí parlen a l'habitació del costat. La Leonor és la que ha dit que recordava coses, deu dir-ho per dissimular perquè ara mateix segur que pensa que l'àvia riu del que li ha explicat, que es riu d'ella, i res més lluny de la seva intenció, evidentment, i ara li sap greu que la Leonor cregui això, la deu haver ferit, després li dirà que reia d'una altra cosa, que es reia d'ella mateixa, li ho escriurà en un paper perquè quedi clar, que a la pobreta Leonor només li falta pensar que la seva pròpia mare es riu de l'abús d'autoritat de l'amo de l'empresa. És molt jove, la Leonor, encara. A més de ser bleda, encara és prou jove com perquè li faci mal una cosa d'aquestes. I està en una edat delicada, amb les hormones que van i vénen arrauxades. Ella, en canvi, té la pell de paper d'estrassa, quan ets una vella et fereixen coses relacionades amb la família, amb els fills i els néts. Els homes poc importen, ja. Ella, ara, es deixaria fer el que fos per qui fos, sense immutar-se el més mínim. Però... qui voldria endur-se'n al llit una vella de vuitanta-cinc anys? A la Dolors li torna a agafar un atac de riure. Déu n'hi do, quins disbarats, pensa. Déu n'hi do, Dolors no tens remei.

L'hivern del 46 va ser un hivern càlid, almenys en un sentit. Després d'una guerra dura, després d'uns primers anys de postguerra tristos i plens de carències, el 46 la Dolors entregava la seva joventut i tot el que duia al cor a l'home que estimava, a l'únic home que ha estimat amb passió. I, un cop a la setmana, les tardes esdevenien dolces, privades, prohibides. S'havien acabat les castanyes però era igual, les tardes que sortia a passejar ho feia per observar la natura, per respirar aire pur, per trepitjar l'herba freda, ben tapada, això sí, amb botes, abric i guants. Agafaràs un refredat, li deia el pare, preocupat, o, encara pitjor, una pneumònia, filla, no són temps de córrer pel camp, que no veus que fa fred, que fa molt de fred. Bah, no siguis així, pare, i no et preocupis per la teva filla, et preocupes massa, li feia un petó al front i li deia, vaig molt tapada, no passo pas fred, i era cert que no passava fred, però no era per caminar una hora pel camp, sinó perquè durant aquella hora estava en braços d'un home que era com una estufa i que la rebia en un llit calent, no pas en una casa calenta, perquè allà només hi havia els fogons de la cuina i la casa estava glaçada, però sí que hi havia un munt de mantes i un secret a sota els llençols que els escalfava a tots dos.

Amb el bon temps, va arribar el tennis amb l'Eduard. S'havia presentat una tarda qualsevol a casa, havia demanat per ella a la Mireia i, quan la Dolors havia sortit, l'havia trobat al rebedor, neguitós, fregant-se les mans, i mirant a totes bandes, movent els ulls molt de pressa d'aquí cap allà. No portava xocolata i li demanava si volia anar amb ell a jugar a tennis. La Dolors no sabia què contestar, no en tenia gens de ganes, ella només volia anar a casa l'Antoni, però això seria l'endemà, i hauria quedat lleig no acceptar aquella invitació que segur que havia sorgit una mica instigada per la seva futura sogra i el seu pare, segur que s'havien posat d'acord a veure si els casaven a l'estil d'abans, amb allò de eh que es cauen bé, doncs a veure si aconseguim que acabin a l'altar, que tots dos ja són prou grans per continuar sols i, si s'esperen massa ja no podran ni tenir fills. Quina obsessió, això dels fills, és clar, ella era filla única i l'Eduard, l'hereu d'una bona fortuna; una i altra família veien perillar els néts i, als vint-i-sis anys no tenir ni tan sols xicot volia dir quedar-se ja per vestir sants.

Reina Santíssima, tot canvia, i mira la Sandra, que haurà de triar entre el seu Jaume gros de mans calentes i els que conegui d'ara endavant, perquè en coneixerà molts. Quan ella era jove, una es casava amb el primer que li recitava una poesia i li regalava xocolata. Ara, les noies deuen arribar als vint-i-cinc avorrides de tants homes, sense saber amb quin quedar-se i potser decidint que millor no quedar-se amb cap i ser una mica de tots o no ser de ningú, això de perdre la virginitat als setze anys sí que és inèdit per a l'àvia Dolors, si quan ella els tenia, no podia ni preguntar sobre determinades qüestions, tot era tabú i només es podia contestar quan et demanaven alguna cosa, i encara així, amb una frase educada, breu, acabada en senyor o senyora, que això les monges li ho havien ensenyat prou bé, els explicaven sempre que el seu futur i el seu objectiu havia de ser el d'esdevenir una senyora, que els seus marits estarien molt contents de tenir una dona culta al costat, una dona que havia acabat el batxillerat; que, malgrat tot, mai no havien de fer veure que sabien més coses que ells, mai de la vida, perquè l'home amb qui es casessin ja els diria què havien de fer. A elles els tocava manar les minyones i prou. La Dolors es moria de ganes de demanar a la seva mare exactament fins a quin punt era correcte tota aquella teoria de les monges, però la mare no hi era, ja havia mort, i al pare ni pensar-hi a demanar-li una cosa d'aquestes, això no eren coses d'homes. Així que va anar escoltant el que li deien les monges i, com que era d'esperit inquiet, va decidir comprovar per ella mateixa el que li havien dit, i així assegurar-se si tenien raó o no.

Va esclatar la guerra i a ella encara li quedava un any per acabar el batxillerat. Com que no semblava que la cosa anés de veritat, es va quedar, doncs, tot aquell any a l'internat, va acabar el que li faltava i va fer la revàlida amb les seves companyes. Va treure un set i mig i va tornar a casa amb el cap ple de filosofia i a punt per dir al seu pare que voldria entrar a la universitat, com alguna de les seves amigues, molt poques, que tindrien aquesta sort. I aleshores va ser quan el pare va dir que ni parlar-ne, que una dona no calia que estudiés més; quan la Dolors va començar a pensar que potser sí que les monges tenien raó, i el seu objectiu havia de ser el d'esdevenir senyora; quan, després de molta insistència de la filla, el pare havia acabat dient, esperem que acabi la guerra, que de tota manera, ara tot s'acaba, la Dolors prou s'adonava de la seva inconsciència demanant això al pare quan estava a punt de marxar cap al front, però necessitava insistir-hi, i el pare tornava a dir, tot s'acaba, que no ho veus.

No ho veia, la Dolors, només veia la seva filosofia, tenia el cap ple d'autors que preconitzaven idees estranyes, que es demanaven el perquè de l'existència i que només eren admesos fins a un punt, com el braç, que només es podia destapar fins al colze però el colze ja no, que era indecent. Una nit, al dormitori de l'internat, els havia agafat a totes una passió desenfrenada per veure's el colze les unes a les altres, un sempre acaba volent desesperadament allò que té prohibit fer, aquella nit havien descobert que totes tenien un colze similar, i més o menys tan brut com les altres, o sigui molt brut, amb una bona crosta de brutícia. Doncs això que la filosofia fos indecent, també provocava el mateix que els colzes en el pensament transgressor de la Dolors, un deliri per descobrir l'indescobrible, per veure si també hi havia una crosta de brutícia en la filosofia més oculta, o si era com un tros de carn suau, flexible i polit. Va esperar que s'acabés la guerra mossegant-se les ungles. En va veure de tots colors, i també en va patir de tots colors, eren en una altra fàbrica, llavors, el pare dirigia una colònia lluny de la ciutat, i el temps que va ser fora, la fàbrica se'n va anar una mica en orris, i millor que fos així perquè els temps no estaven per continuar dirigint una empresa, amb revoltes contínues dels treballadors i alçaments perillosos contra tothom qui era sospitós de ser de dretes o de creure en Déu.

La Dolors havia passat els dos anys que quedaven de guerra a casa, sola, amb poca cosa per menjar i encara menys per fer, intentava guanyar-se la vida cosint, els milicians els ho havien pres tot i ara només li quedava intentar sobreviure. Així havia passat dos anys i potser no havia sentit xiular les bales i esclatar les bombes, però n'havia vist de tots colors, encara ara té una mena d'amnèsia que li priva de recordar segons què perquè no ho vol recordar, perquè va voler oblidar, perquè va tirar terra sobre determinades escenes que havien tingut lloc massa a prop d'on era ella, això de la guerra és l'única cosa que encara li fa mal.

I després... un vent sec ho va escombrar tot, va tapar les orelles dels que quedaven vius, els va obligar a mirar a terra per buscar engrunes sobreres amb què alimentar-se, i això els va privar de veure què tenien al davant del nas. Va tornar el pare i se la va endur a l'altra fàbrica dels pares de l'Eduard, en un barri dels afores de la ciutat. La fàbrica de la colònia també era d'ells, però ja no en quedava res. Era una bogeria pensar a tornar a posar-la en marxa.

I després de passar por i gana, quan la vida semblava que tornava a ser vida, la Dolors ho va tornar a intentar. Pare, voldria estudiar, te'n recordes, li va dir. El pare estava cansat, encara no perseguia minyones perquè no tenia esma per posar-se a córrer i el suggeriment de la filla va semblar que l'horroritzava, Dolors dius disbarats, va deixar anar, i la va ferir una mica, tot i que ella ja entenia que en aquelles circumstàncies quedava una mica surrealista, però els anys passaven i el temps per estudiar també. No dic disbarats, es va queixar la Dolors, i tu em vas dir que en parlaríem després de la guerra. Doncs la guerra ja s'ha acabat. Fa un any que no hi ha guerra, pare.

Aleshores va ser quan ell li va tornar a dir que no, però que hi havia una biblioteca en aquella fàbrica, que hi podia anar quan volgués i llegir el que li vingués de gust.

La Sandra sempre diu que vol estudiar per actriu. Es veu que hi ha una escola o un institut o una cosa semblant, però encara li falten dos anys per acabar el batxillerat, i, amb els ocellets que té al cap, li està costant una mica. Abans, quan l'àvia era jove, les actrius eren actrius, eren d'una raça diferent i no anaven a cap institut a aprendre res. O es naixia actriu o no s'hi naixia. I no era actriu qualsevol persona, no. O, millor dit, sí que era una qualsevol la que volia ser actriu, i no pas algú com ella que venia de casa bona. Quan eres actriu se suposava que duies una vida alliberada, per no dir llibertina. Per no dir escandalosa.

Que fàcilment que ens escandalitzem. Quan alguna cosa surt del preestablert, ja és motiu d'escàndol. T'han vist entrar a casa d'un treballador, el pare havia deixat caure aquella frase de la seva butaca estant, i no s'havia mogut ni un mil·límetre. Era com una sentència lapidària pronunciada clarament, de manera que s'entengui i, encara més, de manera que colpeixi, que és la missió principal de les sentències lapidàries. La cosa havia vingut de cop, sense res més, un dia que la Dolors arribava de comprar amb la minyona Mireia. Tampoc no era que el pare hagués fet cap entonació especial per dir allò, de fet, no calia, l'entonació la portava incorporada, la frase. I va produir l'efecte esperat, va espessir l'aire de tota l'estança fins a tornar-lo irrespirable. La Dolors s'havia quedat de pedra. No havia contestat res, no s'ho esperava, no sabia què dir, i tampoc no tenia esma per pronunciar cap mot. El pare, que fins al moment, mirava a terra, va alçar el cap i la va mirar directament. La Dolors no veia bé els seus ulls, però suposava que a dins hi havia un orgull de pare ferit.

Una cosa així és el que sembla que experimenti en Jofre quan la Sandra parla de ser actriu. Ja fa un parell o tres de mesos que la nena té aquesta idea al cap i possiblement la canviarà, però podria ser que no, perquè setze anys ja comencen a ser una edat per decidir què és el que un vol fer. I el seu pare, el gran filòsof de la revolució, li diu que faci tant teatre com vulgui però d'aficionada, que per anar per la vida s'ha de tenir una llicenciatura respectable a la butxaca. Normalment d'aquestes coses se'n parla a taula. I aquí, la Sandra, que no viu immersa en la llei silenciadora de fills i filles que sí que regia la joventut de la Dolors, contesta aïradament que la d'interpretació és una carrera tan respectable com una altra. A continuació es fa un silenci durant el qual en Martí continua menjant tranquil·lament i sense immutar-se, la Leonor mira l'un i l'altra amb cara de conillet immobilitzat pel pànic que prega perquè el caçador erri el tret, la Dolors es mira atentament la sopa, molt atentament, en Jofre es toca les ulleres —quan ha de pensar, es toca les ulleres per fer temps, sempre—, i acaba disparant, no saps res de la vida, Sandra. Aleshores, fa comèdia, endolceix els ulls i la mira tendrament, jo era com tu, reina, me li diu, i sort que vaig fer uns estudis respectables, perquè si no, no hauria anat enlloc. La Dolors aixeca el cap de la sopa esperant la resposta de la Sandra, que arriba presta, àgil, lleugera, directa: pare, però què dius, tu no has estat mai actor. I la Dolors es diu per ella mateixa, però què dius tu, Sandra, si el teu pare no ha fet altra cosa que actuar, en aquesta vida.

El paper del pare era el d'un executor, a contrallum no se li veia bé la cara ni els ulls ni l'orgull ferit, i les cortines tancades al seu darrere encara confegien un aspecte més tètric a l'escena. El silenci s'havia fet feixuc però es va començar a trencar quan la Dolors va tornar a respirar, i amb un fil de veu es va atrevir a demanar, com vols dir. El pare responia amb veu perillosa, que no vas a passejar pel camp ni a collir castanyes, que vas a casa d'un treballador. A hores d'ara, ja ho deu saber tothom.

Aquesta era la frase clau, a hores d'ara ho deu saber tothom. La resta poc importava. La Dolors va obrir la boca per dir i tu, amb les minyones, què, però la va tornar a tancar sense haver pronunciat un sol mot. De tota manera, va ser com si el pare li hagués llegit el pensament, a dintre casa es pot fer tot, va dir. A fora, un s'ha de comportar.

Era clar que s'havia descobert la jugada. La Dolors va abandonar les armes i va posar-se l'escut al davant per defensar-se de l'atac enemic. L'estimo, pare, va dir. Llavors, el pare es va enfadar molt, i va dir, però si tu no saps què és estimar, què has de saber tu de les coses de la vida, t'acabes de perdre, Dolors, t'acabes de perdre. Tinc vint-i-sis anys, va replicar ella com si això fos qui sap què que la defensés contra qualsevol cosa. El pare continuava enfadat, la tensió pujava i pujava, per mi com si en vols tenir quaranta, ets la filla del director i t'has de comportar com a tal, no pots embolicar-te amb un treballador com si fossis una qualsevol, no t'he ensenyat que són diferents de nosaltres, eh, no t'he ensenyat res de la vida, jo, o què. No, va estar a punt de dir la Dolors, però també va callar. I l'Eduard què. L'Eduard? Què li passa, a l'Eduard? La Dolors havia fet la pregunta sincerament estranyada. Que no festeges amb l'Eduard, a què ve això, ara. Jo no festejo amb l'Eduard, va contestar aïradament la Dolors. Ah, no, i com en dius del que feu, de parlar i de jugar a tennis i tot això? El que passa és que aquest és un festeig normal, com ha de ser, i no això de perdre's amb un qualsevol, però com és possible, filla, què et penses que dirà l'Eduard quan sàpiga que no ets verge.

Si ara, a l'entrada del segle XXI, un home trobés una dona verge als vint-i-sis anys, segurament pensaria malament, es diria que alguna cosa passava, que no podia ser que a la seva edat encara no sabés res dels plaers de la vida, que la dona, o tenia problemes per relacionar-se, o era monja i no ho volia confessar, o no hi era tota. Imagina't tu, si la Sandra ja no ho és als setze i, de la manera que la Dolors va sentir que s'ho passaven amb aquell Jaume a la seva habitació, és evident que no l'ha desflorat ell, que ja estava ben desflorada. Reina Santíssima, com han canviat els temps.

Però hi ha coses que no canvien mai, això també és veritat i també s'ha de tenir en compte. Per exemple, no canvien els sentiments. Potser abans eren més càndids, més ingenus, però eren els mateixos. I ara, jo no festejo pas, amb l'Eduard, som amics i prou. El pare s'havia exaltat encara més, amics, dius, en quin sentit, noia, no pots ser amiga d'un home i jeure amb un altre. No has de jeure amb cap abans de casar-te, però encara menys amb un amb qui no festeges. El pare va sacsejar el cap i va murmurar molt més suaument, com derrotat, ai, filla meva, no només t'has perdut tu, també m'has perdut a mi, seré la riota de tothom. Sort que sóc el teu pare, i no el teu marit.

S'obre la porta del carrer, ha arribat la Sandra. La Dolors amaga precipitadament la labor. La Sandra, mentrestant, entra, es treu l'abric, s'emmiralla, i la Dolors aprofita per acabar-ho de desar tot a dins la bossa. La néta s'hi està una bona estona, davant del mirall, com sempre. La Dolors la distingeix de lluny, ja es posa de perfil i es mira el cul, i fica la panxa endins, però si no en té gens, de panxa, ara sí que està lletja, se li marquen les costelles i fa molt mal efecte. Nena, Leonor, diria ara, mira't la teva filla i digue'm que està ben alimentada, si tens valor, perquè això no és tenir una filla sencera sinó només mitja, o un quart, no queda gairebé nena, i sí, sí, és clar que té la cintura que diuen les mides del paper, o sigui, no res, una misèria, Déu del cel, Leonor, com és que no te n'adones.

Els pares i les mares sempre són els últims a assabentar-se de les coses. Més tard, els substitueixen en el paper de babaus els marits i les dones. Això passa perquè són els més pròxims a una persona i els que de cap manera no poden creure que aquesta persona s'hagi comportat tan malament o de la manera que ells creuen que és incorrecta. Em casaré amb l'Antoni, pare, va anunciar la Dolors, amb un valor desassenyat, sorgit com per miracle dels seus intensos sentiments. Aquí, el pare va esclatar a riure, i aquell riure li va fer molt mal, i s'havia acabat amb una exclamació, no en volia saber d'altra, Dolors, si no vols passar gana, et casaràs amb l'Eduard, i no amb l'Antoni. El valor de l'amor havia tornat a parlar, l'Antoni no passa gana, i a mi no em fa res viure com una treballadora. El pare tornava a l'atac, no, si al final em sortirà una filla vaguista. S'aixecava de la butaca i se li acostava a poc a poc. La Dolors no es movia d'allà on era, intentant no parpellejar. Final del primer acte: el pare semblava haver guanyat la batalla quan li deia, ja no hi és, el teu Antoni, ahir el vaig fer fora. Ja no viu aquí. Ja no treballa a la fàbrica.

Ara ha arribat en Jofre. Ja hi són tots, a casa. La Leonor acaba de passar per aquí, i la Dolors li ha indicat la bossa de sota la cadira, perquè entengui que ja està tot guardat, que la Sandra no descobrirà res. La Leonor somriu, ja té els ulls més o menys bé, ja no sembla que hagi plorat, sinó només que estigui una mica refredada. Tan bleda que és i també sap fer comèdia, ves per on.

La Dolors no havia plorat davant del seu pare, però, tancada a la seva cambra, s'havia fet un tip de vessar llàgrimes, fins que, ben entrada la nit, havia vingut la Mireia a veure-la, havia trucat suaument a la porta i, en obrir ella, li havia dit, de part del seu Antoni que no s'inquieti, senyoreta, que està bé i que, si vostè ho vol, es trobaran demà, a les cinc de la tarda, a les roques del mar.

Gairebé és hora de sopar. La Dolors s'aixeca amb una mica d'esforç i se'n va a buscar un tros de paper i el bolígraf que hi ha al costat del telèfon. Leonor, hi apunta, no reia pas de tu, sinó de les meves coses. El que et passa a tu ho trobo molt greu. S'ho mira, guixa greu, i ho canvia per trist. Després, porta el paper a la cuina, la Leonor és allà fent el sopar. L'hi dóna i ella el llegeix.

—Ja ho sé, mare, ja ho sé.

Li somriu, trenca el paper i el llença i després, amb els ulls altre cop plorosos, li fa un petó i li diu que vagi al menjador, que de seguida estarà el sopar.

Les roques del mar eren unes que trencaven l'hegemonia de la sorra d'una platja que ja no era de Barcelona. Des de la fàbrica, s'havia de caminar tres quarts d'hora ben bons per arribar-hi. A l'estiu, els nens hi jugaven a fet i a amagar, hi havia molts racons al mig, però, si el mar no era en calma, s'havia d'anar amb compte per no acabar xop de dalt a baix. Quan la Dolors s'hi va arribar l'endemà, no es veia ningú enlloc, i la mar estava força tranquil·la. La Mireia l'havia acompanyada i s'havia quedat vigilant que no vingués ningú, no passi ànsia, senyoreta, ja l'avisaré si hi ha roba estesa. Confiada, la Dolors va entrar en aquell petit laberint natural on el seu Antoni l'esperava i on es van poder abraçar i on, amb llàgrimes primer i amb l'esperança dibuixada als ulls després, van decidir casar-se i anar a viure allà on els volguessin, en les condicions que fos. Si convenia, demanarien caritat. La relació tornava a canviar i, lluny de debilitar-se, s'enfortia cada dia una mica més.

Érem ben bojos, pensa ara la Dolors.

Un per passada

L'Antoni se'n va haver d'anar a buscar feina lluny, on no el conegués ningú. Havia viscut una setmana a casa d'uns parents tan proletaris com ell, que li havien cedit un racó en una habitació compartida. Els parents sí que estaven contents de saber que l'Antoni s'havia embolicat amb la filla d'un director de fàbrica, i estaven més que disposats a ajudar-los a buscar una feina i un lloc per viure, no serà pas tan difícil, l'Antoni és un noi intel·ligent i sap fer moltes coses, deien. Però l'Antoni va decidir que preferia buscar-se ell una feina i tornar oferint, si més no, una vida estable a la Dolors. I l'havia trobada a la construcció. I allà li van permetre de viure en una barraca humida i desangelada a prop de l'obra, era impossible anar i venir cada matí de casa els parents, i ell va dir que sí, per començar. I es va mirar la Dolors i li va dir trigarem una mica a casar-nos, preciosa, però al final ho aconseguirem.

És un punt, el que s'ha d'augmentar per banda, i durant tres passades, per arribar a la sisa. O sigui, un per passada, tres vegades. A dreta i a esquerra. N'hi haurà prou? Segurament, segurament, però això no ho sabrem fins que no haguem fet les tres passades.

A casa la Dolors hi havia silenci. El seu pare callava i la Mireia i l'altra minyona, també. Al carrer hi havia silenci. I a les botigues. De cop, ningú no li deia gaire res i sentia murmuracions pertot arreu. I l'Eduard semblava que havia desaparegut, es van acabar els berenars de diumenge i es va acabar tot, el pare s'havia barallat amb els amos i ara tenia por que el fessin fora, ara que s'havia trencat aquell festeig que no ho havia estat mai, de festeig, entre l'Eduard i la Dolors, ara que havia quedat demostrat que la filla del director no era tan pura i casta com calia esperar d'una noia de la seva condició.

Les roques de la platja es van convertir en el recer romàntic de la parella enamorada, encara que cada cop de manera més espaiada en el temps, perquè l'Antoni només podia acostar-se als barris de la fàbrica un cop al mes, li costava tot un dia de viatjar, en una època en què només tenia un dia de festa i encara gràcies.

Aquell temps va ser erm, eixut, aspre. D'enyorament intens d'una banda; de mal a la consciència de l'altra, pel que passava amb el pare i pel que li podia passar per culpa de la seva passió il·lícita. Van ser tres mesos durs, només trencats pels tres dies que va poder veure l'Antoni, que el va poder besar i acariciar, que es van llançar tots dos als braços de l'altre allà, entre les roques, mentre la Mireia duia a terme una vigilància curosa i atenta de tot el voltant. La Dolors es deixava anar tota i sentia que, cada vegada més, necessitava aquell home com necessitava l'aire per respirar.

—Guarda la labor, mare, que la Sandra està a punt d'arribar.

La Leonor sembla més tranquil·la, ja no està tan preocupada o almenys això és el que se li veu als ulls. Potser ha assumit la seva condició perquè no li queda altre remei. La setmana passada va anunciar al Jofre que l'havien feta cap d'administració i avui ja fa la maleta per marxar demà cap a Alemanya amb l'espavilat de l'amo. A tu, t'han fet cap d'administració?, va fer sincerament sorprès el marit. Ella va semblar una mica ofesa, doncs sí, què passa, i el Martí, que també hi era, va mirar d'arreglar-ho, fantàstic, mare, segur que ho fas molt bé, ja era hora que algú s'adonés del que realment vals. Aquí van ser la mateixa Leonor, el Jofre i també la Dolors els que es van quedar sorpresos. La Leonor va acabar dedicant un somriure al seu fill, un somriure de gràcies, devia ser la primera vegada que algú creia en ella, i això va fer pensar a la Dolors que potser sempre havia estat massa dura amb la seva filla, que potser no li havia permès de ser ella, que potser havia crescut amb complex d'inferioritat sota les ales protectores d'un pare director de fàbrica i una mare que s'havia acabat traient la filosofia a la universitat a distància. Per primera vegada a la vida, la Dolors es deia que potser no havia sabut ser una bona mare o que potser havia mirat massa per la Teresa i massa poc per la Leonor, perquè la Teresa era l'estranya i la Leonor semblava que creixia normal i bé i que no tenia problemes. I això l'havia deixat preocupada uns quants dies.

Ser mare ho canvia tot.

Quan la Dolors va adonar-se de què passava realment, que no hi havia volta de full, que era innegable, una angoixa sense mesura li va oprimir el cor. S'imaginava vivint en aquella barraca insalubre i malsana on deia l'Antoni que vivia, ella, ell i la criatura, pobra criatura, naixent i vivint en aquelles condicions, sempre malalta, no era lloc per viure un nen, un fill seu, i ara, i aleshores es va adonar de la bestiesa que havia fet, eren uns temps en què no hi havia protecció ni hi havia res, no com quan la Leonor va començar a sortir amb en Jofre i es va atipar de pastilles per no quedar-se embarassada, ah, si hi hagués hagut llavors aquelles pastilles, però en aquell moment, de tot això, res.

Aleshores tot va succeir de pressa, molt de pressa: dos dies abans de tornar a veure l'Antoni, quan ja pensava que li hauria de dir que se n'anava amb ell a la barraca, es va presentar l'Eduard a casa amb l'anell. Havien passat ja tres mesos de silenci, primer de silenci tens i després de silenci tranquillitzador, com si tot tornés al seu lloc, com si mai no hagués passat el que havia passat, com si algú amb capacitat per decidir el futur s'hagués presentat amb unes quantes pales i, davant del forat que s'havia fet en la vida de tots plegats, hagués dit, apa som-hi, tots a tirar-hi terra, amb una mica d'esforç d'aquí a molt poc ja no es notarà res. És clar que aquest algú que organitzava l'enterrament del passat no tenia ni idea de les galeries subterrànies que ja existien a sota, que la Dolors no era que estigués penedida del que havia fet, sinó que simplement no havia deixat de fer-ho i ningú no ho sabia. I, quan el forat aparentment havia estat tapat, ja, quan no es veia, va aparèixer l'Eduard amb la intenció de plantar-hi unes flors que encara ho dissimularien més tot plegat.

Senyoreta Dolors, l'ha vingut a veure el senyoret Eduard, la Mireia anunciava la visita que acabava de trucar a la porta, deia només això amb paraules, però amb la mirada deia moltes altres coses, coses que callava per la seva condició de minyona, com ara que l'Eduard, gaire bé, no li queia. El timbre de la porta havia sonat per sorpresa, feia molt de temps que no sonava i havia trencat de sobte la monotonia opaca i silenciosa del casal. Ningú no s'acostava a dir res, ningú no s'atrevia a fer-ho, ningú no volia ser el primer i, per donar encàrrecs, s'esperaven a veure les minyones pel carrer i així fer-los arribar al senyor director. I, en canvi, l'Eduard s'havia presentat sense manies un matí de primavera i havia demanat per ella. Anava molt arreglat i la Mireia l'havia fet passar al saló, un saló com aquest on ara l'àvia fa ganxet, però dels d'abans, dels de veritat, amb cortines vellutades i butaques pelfades. La Dolors s'hi havia presentat al cap de poc pensant que s'hauria d'armar de paciència perquè segurament l'Eduard venia a dir-li el nom del porc. Déu vos guard, el va saludar, i es va quedar parada perquè va veure que ell es posava nerviós. Com que no deia res, la Dolors hi tornava, digues, què vols. Aleshores, l'Eduard s'havia tret l'anell de la butxaca i li havia donat amb la mà tremolosa. La Dolors, amb el cervell convertit en un caos, havia obert el paquetet i després la capseta i després s'havia trobat el brillant que l'havia enlluernat. Era en el mateix moment en què l'Eduard deia, casa't amb mi, Dolors. Si us plau.

De vegades passen coses ben insòlites. A veure si ara resultarà que la Leonor canvia gràcies a ser cap d'administració. Quan ho va haver explicat a casa, va asseure's al costat de la seva mare en un moment que estaven soles, i li va dir, saps, els companys també estan contents que m'hagin fet cap a mi. Jo pensava que no servia per aquestes coses, però ells han portat cava i tot per celebrar-ho, perquè l'altre que hi havia era un dèspota i ens feia anar tots com baldufes. M'he quedat parada, mare, no m'esperava que... No sabia com dir-ho, la Leonor, o, més ben dit, no sabia si dir-ho, però al final ho havia deixat anar amb totes les lletres de l'expressió, no m'esperava que m'estimessin tant. Els abusos del director, ni tan sols els havia esmentat.

Perquè una cosa important, molt important, de vegades queda eclipsada per una altra cosa que ens sorprèn. Així, la Dolors s'havia quedat bocabadada amb el brillant, incapaç de dir res, mentre l'Eduard s'afanyava a dir, sí, sí, ja sé tot el que ha passat, ja sé que has estat amb un home que, a més, era un treballador, sí. Però jo t'estimo. Mentia i la Dolors ho sabia. No l'estimava, però hi havia d'haver alguna raó poderosa perquè l'Eduard es volgués casar amb ella. Les cames de la Dolors van fer figa i, mentre s'asseia i convidava l'Eduard a fer-ho també, deixava anar com si res, no em puc casar amb tu perquè estic embarassada. Ens hem vist en secret i... ja veus. Recoi, saltava ell, incapaç de contenir-se. Ja veus, repetia la Dolors, i feia per tornar-li la capseta i l'anell. Però l'Eduard el rebutjava amb un gest i, després de pensar una mica deia, escolta, i si et digués que ens faríem un favor mutu, a tu et semblaria bé? La Dolors es començava a interessar en el tema, a quina mena de favor et refereixes. L'Eduard s'havia fregat les mans abans de començar a parlar, la meva mare va voler que et conegués per desviar la meva atenció d'una minyona. També la van treure, ja fa temps. N'estava enamorat, ho vaig passar molt malament. La van treure perquè... En fi, perquè es va quedar prenyada. Aquí, la Dolors mateixa hauria exclamat recoi. En lloc d'això va dir, no ho sabia. I, ingènua com era llavors, es demanava per què no havia corregut la veu d'això de l'Eduard i, en canvi, tothom sabia el que havia passat amb ella. I tan ingènua, pensa ara la Dolors, el que fan els homes no té cap mena d'importància, és només una relliscada. Això de l'amo de l'empresa de la Leonor també deu ser només una relliscada.

El que fem les dones és un pecat gran i imperdonable, però això ja se sap. Sort que la Leonor l'ha advertit que la Sandra arribava perquè ara acaba d'entrar. Però no ha dit hola amb aquella alegria amb què ella acostuma a anar pel món, no. Avui calla, alguna cosa deu passar, però només la Dolors ho veu, els altres estan cadascun amb les seves coses i ni s'han adonat del canvi de comportament de la petita de la casa que, sense dir res, se'n va a la seva habitació. Ni tan sols s'emmiralla. O ha suspès l'examen que es va preparar tan a fons o s'ha barallat amb el seu Jaume.

La meva mare no sabia què fer perquè em tragués la Cinta... la minyona... del cap. Oh, la Cinta de la xocolata, va fer la Dolors recordant l'escena a la cuina. Sí, la Cinta de la xocolata. L'Eduard havia abaixat el cap i s'havia posat vermell, era una excusa per entrar a la cuina... Ho sento, Dolors. Llavors tot era diferent, la Cinta encara no havia dit res, encara no se li notava, la mare sabia que jo n'estava, d'ella, i per això va decidir convidar-vos a tu i al teu pare els diumenges a la tarda. Així cadascú pensava en un altre mentre xerràvem, va comentar la Dolors amb un somriure perquè el fet tenia la seva gràcia. A continuació vaig pensar que em convenia que anessis venint perquè així podia fer veure que t'anava a tu al darrere i la mare es tranquil·litzaria. I, quan a la Cinta se li va començar a notar, ara fa més o menys quatre mesos, i se'n va haver d'anar, em vaig fixar realment en tu, Dolors. T'hi vas fixar però perquè tenies necessitats fisiològiques imperioses, poca-solta, va pensar la Dolors, quina història d'amor més poc romàntica al costat de la seva. Aleshores em van explicar què havia passat amb tu, i a la meva mare se li va desfer el castell a l'aire perquè ja no ens podríem casar. Ja saps com són les mares.

L'Eduard havia callat, i la Dolors s'havia atrevit a demanar, i què va passar amb la Cinta. L'Eduard va abaixar els ulls, el papà li va donar diners perquè es pogués mantenir, i un pis i tot, i em va dir a mi que n'havia de tenir cura perquè al cap i a la fi, era el meu fill. I tenia raó, se li va escapar a la Dolors. Jo ja no estava enamorat d'ella, però el nen era una altra cosa. I... En fi, que la Cinta no s'hi va veure amb cor i... En fi, que va avortar i per poc no s'hi queda, sort que una veïna la va trobar desmaiada i va córrer a avisar el metge. Ara ha tornat al seu poble, amb els seus pares, i ja no l'he vista més des de fa un parell de mesos; ja no m'importa gens. L'Eduard va aixecar el cap i la va mirar directament als ulls, aquesta és la història, va dir. I com és que ningú no n'ha sabut res, va demanar la Dolors, i, en canvi, la meva és en boca de tothom? Ho demanava a l'Eduard però ell no en tenia la resposta. En canvi, va ser llavors que la mateixa Dolors la va veure claríssima, és que tu ets un home, va acabar dient.

Sempre s'arriba a la mateixa conclusió. Com amb l'amo de la Leonor, vaja, de fet hauria de dir l'amo de l'empresa de la Leonor, mira-la com va amunt i avall fent la maleta, ara no sembla tan pansida, potser li agrada i tot això de ser el rotllo del llefiscós que se la beneficia al sofà del despatx, dona, ep, que tampoc no és això, tampoc no es tracta de permetre alegrement que aquest element abusi de tu d'aquesta manera tan indecent. En Jofre s'havia quedat encara més parat quan la dona li va dir que marxava de viatge, i havia tornat a dir allò de tu, de viatge, com si la Leonor no fos capaç d'agafar un tren o un avió sense ell. Bravo, havia fet en Martí, així m'agrada, mare, passeja una mica que no vas mai enlloc. En Martí s'adona del que passa a casa, s'adona que el seu pare ha estat fins ara el gran Jofre i la seva mare la Leonor no-ningú. Però en Jofre, per primera vegada a la vida, veia perillar el seu acomodat *modus vivendi*, i saltava immediatament, Leo, no ens deixaràs aquí tirats. La Dolors no podia creure el que sentia, però encara menys la reacció de la Leonor, que es doblegava un cop més davant de l'espòs totpoderós, que callava perquè no sabia què dir i que semblava un ratolí esporuguit, atrapat en un esquer i amb el tros de formatge fora del seu abast. Altre cop en Martí havia salvat la situació, aquesta vegada amb una mica d'ironia, i és clar que ens deixarà aquí tirats, pobres de nosaltres, sense menjar, sense aigua i sense res, perquè no sabem fer anar el microones i no sabem ni fer-nos una truita. Silenci. El fill havia fet callar el pare. La Leonor mirava l'un i l'altre, i la Dolors tornava a fixar la vista en el ganxet. Finalment, en Jofre demanava, i bé, quant falta per sopar.

Filòsof de la revolució, Déu del cel, l'àvia recorda perfectament quan la Leonor s'havia presentat a casa amb aquell element de la barba i la melena, amb un gran somriure, us entendreu, la meva mare també és filòsofa. La Dolors s'havia fet creus que la seva filla la conegués tan poc ja en aquell moment, no tenia res a veure la seva filosofia amb la de l'amic de la Leonor. De fet, eren radicalment contràries. Amb la Teresa, en canvi, s'havien entès bé, la Teresa encara era molt jove i encara creia que es podia canviar el món. Ella i el Jofre van passar de ser molt amics a anar-se distanciant a poc a poc i finalment a barallar-se definitivament. Ara, quan ve la Teresa a veure-la, ja hi ha una mena de pacte perquè en Jofre no sigui a casa. Això passa normalment els diumenges al matí, arriba la filla amb aquella empenta que sembla que hagi de tirar les parets a terra i li explica com li va per Madrid, com està l'Eli —que és la seva parella des de fa molts anys—, que la política està cada dia més embolicada i el pont aeri cada dia més ple. I li diu, mare, et veig molt bé, i ella li ensenya el ganxet i aleshores la Teresa diu, quan acabis amb això de la Sandra, me'n fas un per a mi, eh, que a Madrid fa molt de fred, a l'hivern. Però jo estic una mica més plena que la meva neboda, veus, s'aixeca i li ho ensenya, sí, s'ha engreixat una mica, tan prima que era, però, és clar, l'edat no perdona i la Teresa ja en té uns quants. Riuen les dues una mica, s'enyoren de les baralles, d'ençà que la Dolors no parla, ja no es poden tirar els plats pel cap com ho feien abans. Llàstima.

M'havia fet il·lusions de tenir un fill i em va saber molt greu el que va fer la Cinta. Però això encara es pot arreglar, oi. A la Dolors l'havia sorprès el canvi de to de veu de l'Eduard. Què vols dir, s'havia atrevit a demanar. Doncs que... el teu Antoni ens pot haver deixat la casa perquè ens hi trobéssim... que tu no tenies un embolic amb ell sinó amb mi... i que ara t'he deixat prenyada... i que ara em caso amb tu, què te'n sembla.

Que què li semblava. Ai, Senyor, aquella escena era del tot absurda. Naturalment, això seria a canvi que tu deixessis de veure'l a ell. I jo et tindria a tu i tindria el fill que vull. Ens casaríem de seguida i no tindríem problemes amb la família cap dels dos. La Dolors s'estava quedant de pedra, cada vegada més. I no et molesta, va acabar demanant, que estigui embarassada d'un altre i que n'estimi un altre. L'Eduard va callar un instant. Dona, no dic que no em molesti, però els sentiments canvien dia a dia, a poc a poc, ja aprendràs a estimar-me. Aquestes coses van lentes.

Temps després, la Dolors havia sabut el perquè de tanta sol·licitud: la minyona Cinta estava escampant per tot el món empresarial què li havia fet el fill de l'amo, i no hi havia cap dona respectable —o sigui, de condició social d'una certa altura— que s'hi volgués acostar. Per tant, només li quedava la

Dolors, que també havia caigut en temptacions vergonyoses. Però, a més, ara resultava que es podia arreglar de manera que ella hagués perdut la virginitat als braços de l'Eduard, als ulls del món.

La Dolors recorda que va sentir fàstic, tot i que encara no sabia això de la Cinta. Però va sentir fàstic que algú pogués proposar en matrimoni algú altre sabent que aquest altre no se l'estimava gens. Estava a punt d'aixecar-se i acomiadar l'Eduard amb una negativa educada quan li va venir al cap el nen i la humitat de la barraca de l'Antoni. Va tornar a obrir la capsa de l'anell, va mirar-se el brillant i va quedar ben enlluernada. La lluentor d'aquell anell tenia prou força per lluitar contra les males condicions de vida de qualsevol, i contra tota mena de malalties derivades de la misèria. Va alçar el cap i va demanar, i, si és una nena, què passarà. L'Eduard no hi havia pensat, en això, segur que ell ja s'imaginava que tindria un hereu. Una mica desconcertat, va trigar a respondre, doncs si és una nena serà una pubilla tan espavilada com tu.

No et sembla, àvia... No et sembla que la meva mare viu una mica oprimida pel pare? En Martí s'havia assegut al seu costat la setmana passada, després de la reacció d'en Jofre a l'ascens de categoria de la seva dona. La Dolors no s'havia pogut estar de fer que sí amb el cap. En Martí havia continuat dient, ja sabia que pensaries el mateix, i segur que també penses que això de ser cap d'administració li anirà molt bé perquè se li enfili aquesta deplorable autoestima que té. Aquí, la Dolors va tornar a moure el cap, però aquesta vegada lentament i no va quedar gaire clar què venia a dir perquè, de fet, no estava gens segura que fos bo que la Leonor s'hagués convertit en cap d'administració; però, és clar, en Martí no sabia res del tema de l'assetjament sexual de l'amo. El nét la mirava directament als ulls i acabava dient amb un deix de decepció a la veu, vaja, àvia, ja veig que no estàs convençuda que la mare pugui exercir aquest càrrec. Va sospirar, en fi, ja ho veurem, espero que t'equivoquis. Jo també, va pensar la Dolors.

Ara, tot plegat és ben surrealista. Sur-re-a-lis-me, moviment que va afectar primordialment la poesia i la pintura i que proposa l'automatisme psíquic, mitjançant el qual es pretén expressar el funcionament real del pensament, basant-se en els somnis i el subconscient. Tornem-hi: sur-re-a-lis-me, moviment que va afectar primordialment la poesia i la pintura i... Quin rotllo. Quin tip de repetir-ho, amunt i avall de casa, en veu alta, perquè si no, no se li quedava, ja callaràs, deia l'Eduard, que pesada. No callaré, feia la Dolors, perquè em fa gràcia dir-ho i repetir-ho. I de tant repetir-ho, se li ha quedat enganxat al cervell per sempre. Ara riu, la Dolors, quina gràcia, no tanta definició i sí una mica més de surrealisme autèntic, com aquest de veure la Leonor ficant coses a dintre la maleta per anar-se'n a Alemanya alegrement amb aquell fastigós de l'amo, i haver-s'hi de ficar al llit si us plau per força. Cantusseja, la filla, qui l'entengui que la compri, la setmana passada plorava i ara sembla feliç de marxar. Realment, viure per veure, Dolors.

Té, una altra que ha plorat, arriba amb els ulls ben vermells, la Sandra. Però abans de fixar-se en això, la Dolors li ha mirat la cintura, ben mirada, i tota la part que va de la cintura a les cises, com es va eixamplant, sí, sí, és un per passada, sí, sí. Somrient per dintre es diu que deu ser deformació professional això de fixar-se primer en com li quedarà un jersei a una persona, abans de mirar-li la cara. I aleshores és quan aixeca el cap i li veu els ulls plorosos.

I ara surt la Leonor de la seva habitació.

—I ara, Sandra, no t'havia vist. Ja ets aquí? Però... Però què passa....

Li ha vist els ulls, i aleshores la Sandra ha engegat a plorar i s'ha abraçat a la seva mare. El Martí treu el cap preocupat i també demana què passa.

—No res, no res...

—Vaja, si fos no res no estaries així, Sandreta.

En Martí de vegades li diu Sandreta.

—Això, no estaries així. Has suspès un examen? És això?

La Leonor li fa carícies al cap. La Sandra, sense deixar de plorar i sanglotar, nega amb el cap. Immediatament, la Dolors es diu, el nòvio, doncs, han partit peres: primera lliçó de la vida.

—Doncs què passa? A veure, Sandra, calma't, calma't...

La Leonor s'aixeca per agafar la capsa dels kleenex, d'aquells Kleenex que els eixuguen les llàgrimes de tots, i en dóna un a la Sandra. Ella es moca, s'eixuga els ulls i, amb una veu de nas terrible, s'explica:

—Oh, mare, tenia un nòvio i m'ha deixat. Se n'ha anat amb una altra perquè diu que jo ja no li agrado.

Així de simple. La Leonor deixa d'acariciar-la, la mira als ulls i parla amb una mica d'agror a la veu.

—No sabia que tinguessis un nòvio. No me n'havies dit res.

—Te l'anava a presentar, mare. El volia portar a dinar la setmana que ve.

—Ja.

Ara resulta que la Leonor s'ha empipat, només faltava aquesta. Deixa la Sandra, s'aixeca i fa per anar-se'n mentre li diu amb evident rancúnia:

—Si me n'haguessis parlat abans, t'hauria pogut ajudar. Per això serveix l'experiència i les dones ens hem d'ajudar les unes a les altres. Em sembla, Sandra, que t'hem educat prou obertament i sense tabús, no calia que amaguessis això del nòvio, que per això sóc la teva mare.

La Leonor desapareix passadís enllà com una reina ofesa. Apa, quants disbarats has dit, filla, un darrere l'altre, i com has ferit la Sandra amb la teva estupidesa. Realment, no hi ha com l'estupidesa per ferir els éssers més sensibles. La Sandra s'ha quedat amb la boca oberta, amb les llàgrimes aturades a mig camí entre la tristesa i l'astorament. Fa per anar darrere la Leonor, però ella ja ha entrat a la seva habitació i el cop de porta que se sent a continuació parla per ell mateix, ha quedat prou clar que no vol ser molestada. La Sandra observa la seva àvia, perquè segurament acaba de recordar que és a la cadira de sempre, i la Dolors fa l'únic que pot fer, o sigui, somriure. La corda es destensa una mica, el suficient perquè la Sandra es desfogui amb ella.

—Creus que n'havia d'haver parlat el primer dia, àvia? No m'ho esperava, això... Deu ser culpa meva, suposo, i ara no sé com arreglar-ho, no m'agrada que la mare estigui enfadada. Em sento molt malament, però, no ho sé, no se'm va acudir de dir-li...

I és clar que no, pensa la Dolors. Hi ha coses íntimes i hi ha coses que es diuen als amics, però mai als pares, perquè els pares no són amics, sinó pares; encara que molts es pensin que ser pare vol dir ser amic, els fills, d'amics, ja en tenen prou i no en necessiten més. En canvi, sí que necessiten uns pares. La Leonor està criant una doble d'ella mateixa amb aquesta actitud tan totxa. Vol dir això que ella va fer el mateix; ara la Dolors realitza un examen de consciència, no, no, ella sempre s'ha comportat d'una altra manera amb les filles, mai així, és la Leonor que ha sortit com ha sortit perquè Déu ho ha volgut, i prou. Ai, filla meva, es diu, mira que ets complicada. Afortunadament, ara surt en Martí de l'habitació de l'ordinador amb tota una altra actitud. Aquest noi és una joia. Agafa una cadira i s'asseu al costat de la Sandra, li envolta les espatlles amb el braç i li diu:

—Ell s'ho perd, Sandreta. Ja en trobaràs un altre, no et preocupis. Si se n'ha anat és que no ha sabut veure què hi havia dintre teu i això vol dir que tu vals molt més que ell i que ell no et mereix. Oi, àvia?

La Dolors fa que sí immediatament amb el cap. La Sandra mira en Martí als ulls i li somriu mentre li diu gràcies. Hi ha admiració, també, als ulls de la Sandra; en Martí és tan decidit i sembla tan segur... I sempre és la mateixa història, perquè en Martí estima la Sandra, però el noi per qui ella acabi perdent el cap de veritat no se l'estimarà, ho farà veure i potser s'ho creurà ell mateix i tot, però en realitat serà com en Jofre amb la Leonor, ja t'ho dic, sempre la mateixa història.

Què ha passat, Dolors, què ha passat. L'Antoni estava desesperat, no m'ho crec, el que em dius, no pot ser que t'hagis deixat enlluernar per un anell, per aquest anell, la Dolors el duia molt ben posat, tu no ets així, Dolors, hi ha alguna altra cosa, però la Dolors saltava, no, no hi ha res més, adéu. No s'explica encara com havia estat capaç de ser tan freda. Deu ser que quan portes un fill a les entranyes, deixes de mirar per tu, deixes els teus interessos a una banda, no podia dir a l'Antoni la veritat perquè ell vés a saber què hauria dit o fet si ho hagués sabut, vés a saber si no ho hauria proclamat als quatre vents, si no se l'hauria endut si us plau per força a la barraca, ell no era de classe respectable i, per tant, segurament no tenia cap vergonya d'haver fet Pasqua abans de Rams, les festes només les celebren en l'ordre convenient els qui es poden permetre el luxe de fer-ho.

El somriure de l'Antoni en veure-la se li havia glaçat als llavis de seguida que ella havia dit, s'ha acabat, m'he promès amb l'Eduard, ens casem el mes que ve. I després, l'havia perseguit per la platja quan ella se n'anava, prou, vés-te'n, li va dir perquè ja no ho aguantava més, però per què, per què, què ha passat, l'Antoni havia perdut de vista la prudència i s'hi acostava cada vegada més. La Dolors s'havia girat un moment per ensenyar l'anell i dir, em sembla que viuré millor amb ell que amb tu, i l'Antoni primer no havia dit res, aquella frase li havia arrencat de cop el do de la paraula, i li havia esquinçat l'ànima, sí, la Dolors ho havia notat perquè de seguida se li havia esquinçat la seva, també, de rebot, perquè tot el que li passava a l'Antoni li passava també a ella, i, si ell estava ferit de mort, ella passava a ser una morta en vida per sempre. A punt va estar de girar-se i engegar-ho tot en orris, de llençar l'anell a l'aigua, de suplicar que la perdonés, de dir que se n'anava amb ell, però no ho va fer. Va interpretar estoicament el seu paper fins a casa i, fins que no es va haver tancat a la seva habitació, no va vessar ni una sola llàgrima. L'últim que li havia dit l'Antoni havia estat t'estimaré sempre.

Ho vaig fer per tu, Teresa. Per tu, que tan poc t'entenies amb el que et va fer de pare, malgrat que, cal reconèixer-ho, ell va fer els impossibles per no diferenciar-la de la Leonor, per estimar-les igualment totes dues; però no se'n va sortir, no, que, quan la nena va pronunciar aquella declaració de principis sexuals i polítics, l'Eduard va adreçar a la Dolors una mirada de retret que volia dir, ja veus a qui ha sortit, la revolucionària.

I què tenia a veure la manera de ser de l'Antoni amb la manera de ser de la Teresa. No res. L'Antoni no era ni homosexual ni dels que buscaven brega sindicalista. Però l'Eduard volia dir que era diferent, que no era de la seva classe, i que la Teresa tampoc i per això feia coses estranyes. La Dolors li havia tornat la mirada de retret, havia estat una jugada d'escacs en silenci que ella havia rematat amb un mat. I tota la nit suplicant, sí, però en cap moment no havia sortit l'Antoni a la conversa. Només que la Teresa era per ella mateixa l'ovella negra.

Quines tragèdies, pensa la Dolors. I ha de passar tant de temps perquè no et faci mal recordar-les... El temps ho guareix tot, sembla mentida, i no hi ha com tenir vuitanta-cinc anys per veure-ho amb una claredat meridiana, per adonarnos que tot ha format part d'un camí que ens porta a intentar superar tota mena d'obstacles, alguns petits i d'altres més grans, i que ara que som al final, ara ens adonem que tot plegat no tenia tanta importància com això. La Dolors mira la Sandra i en Martí abraçats, ara la Sandra plora dolçament i en Martí l'acarona, i, quan el seu esguard es creua amb el de l'àvia, posa un moment els ulls en blanc, com per buscar-ne la complicitat, és maco, en Martí, a la Dolors se li humitegen els ulls de pensar-ho, tant de bo tothom fos com ell, que té més cervell que els seus pares, tots dos junts, deu ser per això que és dels de l'altra banda, perquè en un home és difícil que es pugui arribar a ser tan coherent, amb perdó de l'Antoni, que sí que ho era.

—Per què somrius, àvia?

Es veu que la Dolors ha somrigut inconscientment i la Sandra aixeca el cap quan sent en Martí fent aquesta pregunta. L'àvia els assenyala tots dos, com si somrigués de felicitat per veure'ls units. I així arrenca un somriure també de la Sandra, que ara fa un petó a la galta del seu germà.

—Ai, Martí, per què no són com tu, els altres nois? Quina sort que tindrà, la noia que t'enxampi!

Ara, la mirada de complicitat entre el nét i l'àvia ha dit moltes més coses que abans. La Dolors abaixa el cap i, com que no pot dedicar-se a fer el jersei davant de la Sandra, es grata l'ull al·lèrgic que fa dies que no li molesta, però és que és l'únic que li queda per fer ara mateix, en aquesta situació tan incòmoda per a ella i per al Martí.

Les mirades que també li resultaven incòmodes eren les de la Mireia. L'Antoni havia desaparegut del mapa però no del cap i del cor de la Dolors. La família de l'Eduard havia decidit creure que la futura jove s'havia vist en secret amb l'Eduard, perquè s'havia adonat que era el més convenient, donades les circumstàncies. Quedava fins i tot bé que el fill dels amos i la filla del director s'haguessin penedit dels seus pecats i haguessin decidit redimir-se conjuntament en un matrimoni *comme il faut,* com deia la sogra, que sempre deixava anar expressions en francès per impressionar. Però la ferida al cor de la Dolors havia trigat molt de temps a guarirse, molt. Anys. Pensava contínuament en l'Antoni i, quan va haver nascut la Teresa, va estar a punt d'anar-se'n amb ella, a intentar retrobar el seu pare. No ho va fer perquè es trobava malament, se sentia molt feble i altre cop patia per la criatura. Les dones tenim un excessiu instint maternal. Si fóssim més persones i no tan mares, les coses anirien d'una altra manera, potser faríem més disbarats però seríem molt més felices.

No em miris així, Mireia, havia dit una tarda a la minyona, incapaç d'aguantar ni un sol minut més el seu esguard acusador, estic prenyada. La Mireia no havia parlat, havia obert uns ulls com unes taronges, i la Dolors havia continuat, sí, noia, és de l'Antoni però l'Eduard s'ha ofert per casar-se amb mi i fer veure que ell n'és el pare. L'Antoni viu en una barraca humida i l'Eduard en una mansió, a mi això m'és igual, però per al nen no crec que sigui el mateix. S'havia fet el silenci i la Mireia no es movia de lloc, fins que la Dolors s'havia adonat que plorava. I, quan ella li acostava un mocador, la minyona murmurava, perdoni'm, senyoreta, perdoni'm si us plau. La Dolors no sabia ben bé què havia de perdonar, si la fidel Mireia havia fet exactament tot el que ella li havia demanat sense protestar en cap moment, i va aprofitar per dir, em faràs un favor si no en parlem més, d'acord. La Mireia havia fet que sí amb el cap, després de mocar-se de manera força sonora, ja ho tenia això, ella, era molt fineta i delicada per depèn de què, però no tenia en compte la delicadesa en determinades coses. De porc i de senyor se n'ha de venir de mena, va pensar la Dolors.

Ara deu ser tothom de procedència porcina, perquè la delicadesa s'ha perdut, amb l'excusa de la sinceritat ningú no té gaire en compte ni les maneres ni l'educació, on anirem a parar, això ho havia dit més d'una vegada a la Teresa, queixant-se de la Fuensanta. Vinga, dona, havia fet la Teresa rient, no n'hi ha per tant, no diguis que la Fuensanta és maleducada perquè no ho és. No, és clar, feia la Dolors, però no és com nosaltres. Se li escapava, això, com podia haver-ho dit, Verge Santa, deu ser que l'educació ens marca més del que ens pensem, després de tot el que havia passat amb l'Antoni, com podia dir allò, se n'havia adonat quan ja ho havia deixat anar. Apa, mare, no siguis classista, saltava la Teresa francament enfadada, i llavors la Dolors es recordava que la seva filla formava part d'un partit polític d'aquests tirant a comunistes. No vull dir això, vull dir que, no ho sé... Jo ja sé què em dic, havia acabat sortint del pas així, i per dins es deia que la veritat era que es passava el dia observant què feia, què deia, com es movia i com treballava la Fuensanta per tenir-ne motius de crítica. Aquesta era la veritat, però no tenia cap intenció de reconèixer-ho. De fet, el que li molestava de la Fuensanta només era una cosa: la sospita que era allà per vigilar-la. I se la volia treure del damunt, però no podia, les filles li deien que no, que la Fuensanta no vigilava res, que només feia les feines de la casa i prou, que agafava el telèfon si era el cas i que, si elles li demanaven que com està la meva mare, doncs ella responia si estava bé o no, com faria qualsevol persona normal.

Arriba un moment que ja no pots fer el que et sembla, perquè ja no hi tens dret, perquè ets gran i tothom mira per tu. És ben cert que hi ha molta gent de la seva edat que vol que li ho facin tot, però la Dolors amb això sempre ha estat de les que no ha volgut que ningú l'ajudés. Per això, quan es va adonar que s'havia acabat viure sola perquè ara sí que no hi tenia remei, va sentir que es desesperava. L'única que li havia endevinat el pensament era la Teresa, quan havia vist llàgrimes als seus ulls en aquell llit d'hospital, llàgrimes que mullaven el coixí, tu et saps expressar molt bé amb gestos, li deia la Leonor per consolar-la, no et preocupis que ja ens en sortirem, però ella no plorava per això, no, i era la Teresa la que havia dit, mare, no t'agrada gaire això d'haver de viure amb algú, oi, no et preocupis que ningú no es ficarà massa en la teva vida, oi, Leonor. És clar, és clar, responia la filla bleda.

És clar. De fet, era veritat, i ara estava potser millor que amb la Fuensanta anant amunt i avall de casa seva. Li sap greu reconèixer-ho, però, de la seva cadira estant, descobreix un món nou i ple de sorpreses que no hauria dit mai que poguessin existir a dintre de la seva pròpia família. Aquí cadascú va a la seva i cadascú té un secret i tots els secrets deixen de ser-ho si s'expliquen, com ara ha passat amb la Sandra. Perquè la Sandra és com la Leonor, no com ella o com la Teresa, no és de les que callen, sinó de les que necessiten explicar què els passa a qui les escolti, tot i que el seu Jaume se l'ha amagat durant prou de temps, però la Dolors sap perfectament que ha dit la veritat quan explicava a la Leonor que estava a punt de presentar-l'hi, la Sandra no en sap, de tenir secrets, i la Leonor l'obliga a tenir-los, perquè a partir d'ara, la Sandra no confiarà mai més en la seva mare, això se li veu als ulls, l'ha desconcertat la seva reacció. La Leonor, amb el seu rampell de mare protectora, ha provocat en la seva filla l'efecte contrari del que li volia provocar. En canvi, és molt possible que el Martí es converteixi, també a partir d'ara, en el confident de la seva germana; la Dolors s'adona, emocionada, que els dos germans s'acaben de descobrir mútuament, ara que ja s'han fet grans, un cop superada —o més o menys— l'etapa aquella en què els nens i nenes es tornen homes i dones i passen per una mena de bogeria ridícula i sense sentit que els distancia els uns de les altres; ara que ja són lluny les baralles infantils que els duien a esgarrapar-se l'un a l'altra, com fan tots els germans del món, ara la Dolors constata que la Sandra acaba de trobar en Martí, i en Martí acaba de trobar la Sandra. I que això és per sempre.

La vida amb l'Eduard no va ser fàcil. Casar-s'hi i penedir-se d'haver-s'hi casat van ser tot un. Per sort, la parella se'n va anar a viure lluny dels sogres perquè l'Eduard tenia una fàbrica per dirigir ell tot sol, una altra de la família. La Dolors havia temut els primers temps veure's obligada a conviure amb els pares del seu marit i només li hauria faltat la sogra ficant el nas en la seva vida, si ja l'hi havia ficat prou tothom. No, el matrimoni va estrenar pis a l'Eixample, el pis on ella va viure fins que li va passar això que l'ha portat a la cadira del menjador de casa la Leonor. I l'Eduard, amb un cotxe nou, flamant, acabat d'estrenar, anava i venia cada dia de la fàbrica, que era a mitja hora de la ciutat. La Dolors es va endur la Mireia al centre de la ciutat. Minyona o no, era l'única persona que la comprenia i, tot i casar-se, va continuar treballant a casa amb ella.

I és la millor amiga que he tingut mai, es diu ara la Dolors. L'única que realment he tingut a prop, l'única que ha entès què volia a cada moment, encara que hagi portat còfia. Però la Mireia és diferent. Ella i la Teresa i en Martí són les úniques persones que m'han sabut comprendre, però la Teresa i en Martí no compten perquè són de la família.

—Au, vinga, ja està, això ens ha passat a totes.

És la Leonor que acaba de passar pel menjador i ha fet un petó a la Sandra, encara abraçada a en Martí, mentre li deia això suaument, molt suaument. És la seva manera de demanar perdó o de mostrar que se sent penedida pel que li ha dit abans. La Sandra torna a somriure. Que maca estarà amb el jersei, a veure si té temps encara de posar-se'l aquest hivern. Finalment, és de quatre colors, i la Dolors hi està dibuixant unes sanefes que queden molt bé, d'un disseny que ha trobat en aquella revista especialitzada que té també a dintre la bossa de sota la cadira.

Quan era vella, es va fer un tip de fer ganxet. I mitja. I tot. Abans de sortir del cau, de l'ou o del que sigui, va buscar-se distraccions que precisament la distraguessin del que passava al seu voltant. O que la fessin concentrar-s'hi, depèn com es mirés era una cosa o una altra. En tot cas, era no pensar en el món de fora, era no veure res que anés més enllà de la nena i després de les dues nenes, i també de les seves obligacions de mestressa de casa acomodada. Era fer cada dia més gran la distància entre ella i el record de l'Antoni, que semblava que s'havia empassat la Terra i que ella imaginava a la seva barraca humida, o potser ja en una casa digna, amb una altra dona, amb nens. Fora, fora, vés-te'n, la Dolors buscava desesperadament un altre recurs a dintre del pensament quan aquest li venia al cap, després de tantes nits de plorar i de demanar-se per què ho vaig fer, per què, i mirava la Teresa que afortunadament no s'hi assemblava gaire, i es deia que realment no hi ha amor més gran que el d'una mare pel seu fill. No saps el que he fet per tu, Teresa, no ho saps, li diu de vegades amb el pensament. I aleshores ella riu, mare, de tant en tant t'embadoques mirant-me i no sé per què, només et passa amb mi, dec tenir micos a la cara.

Micos, mira, mira quins micos, deia a la Sandra, un dia que la va portar al zoo quan era petita. I la Sandra, que només devia tenir quatre o cinc anys, en lloc de quedar-se amb la boca oberta mirant-los com tots els altres nens, es va posar a fer el mico, també, li va venir per imitar els simis que s'enfilaven pertot arreu i per intentar fer el mateix soroll que feien ells. I, al cap de no res, la canalla observava també la Sandra amb la boca oberta. La Sandra, que molt seriosament s'havia ficat a dintre el paper d'un animal. Ja era actriu als cinc anys. Ja feia teatre.

En canvi, ara no en fa pas, de teatre. Ara plora de veritat. La pobra Sandra, l'única comèdia que no sap interpretar és la comèdia de la vida.

Les cises

La Dolors ha hagut de desfer quatre vegades el que havia fet. D'acord, la primera ha estat perquè no havia calculat bé els punts que havia de minvar. Però les altres tres és perquè s'ha descomptat, perquè és impossible estar pendent del que fa si tot al seu voltant es torna boig. La Dolors es fa creus del que ha passat aquest cap de setmana en aquesta casa, han estat dos dies o tres força moguts. Si no fos la mare de la Leonor i l'àvia de la Sandra i en Martí, riuria, però com que ho és, li sap greu que tot trontolli d'aquesta manera i que es precipiti cap a un desgraciat final del tot previsible, perquè aquí hi haurà alguna cosa que petarà aviat, no s'aguanta per enlloc, això. I la Dolors, ben agafada al ganxet, minva i minva, i compta o ho intenta, perquè si no l'encerta li queden unes cises enormes i molt poca esquena, un ara, un després, molt bé, era realment el cap de setmana, això ja no ho pot assegurar, no sap mai quan han passat les coses, si fa unes hores o ahir o fa uns minuts, l'únic que sap és que encara ningú no dedueix res del que li passa a l'altre, i també que ara estan soles ella i la Leonor. La Leonor que canta i no diu res, la Leonor que es deu haver enamorat del fastigós de l'amo, sembla mentida, filla, com pots ser així. Ai, ai, ep, que ja ens despistem, que era només un punt, i no tres, torna a desfer... Ara, ara, vinga, Dolors, estigues per la labor que, si no, se't farà primavera i s'haurà acabat el jersei de llana per a la pobra Sandra, no se'l podrà posar fins l'any que ve, així que concentra't, Dolors, i deixa de pensar disbarats.

És molt fàcil dir-ho, però no tant complir-ho. Amb el que passa en aquesta casa, n'hi ha per llogar-hi cadires. La Dolors no hauria dit mai que pogués haver-hi tant de moviment en una de suposadament normal com és la de la Leonor i la seva família. Sempre arriba el dia de les sorpreses, sempre, sempre arriba el dia en què dius no pot ser el que m'està passant. Dolors. Sentia Dolors però com que hi ha tantes Dolors pel món, ella no en feia cabal. El seu nen també volia pujar a la nòria, des d'allà és tan bonica la vista de Barcelona. Les coses no anaven gaire bé a la fàbrica i l'Eduard no tenia ni tan sols diumenges per portar les seves filles a les atraccions. O sigui que els hi havia de dur la Dolors. I aquell dia, la gran era a casa d'una amiga; hi ha un moment a la vida dels nens i les nenes en què el deliri més gran és anar a passar el diumenge a casa d'un amic o amiga, i això és el que passava amb la Teresa, per sort, perquè si l'Antoni l'hagués vista i hagués sabut que tenia dotze anys, hauria sumat dos més dos, que tothom sap que fan quatre. I per què fan quatre, dos més dos. I per què no poden fer, per exemple, vint-i-cinc, què en diuen els empírics, d'això. No m'estranya que hagis estudiat filosofia, mare, li deia la Teresa de vegades rient, et fas unes preguntes que no es faria ningú més que tu, a qui se li acut de demanar-se per què dos més dos són quatre en lloc de vint-i-cinc, a la Dolors li agradava discutir aquestes coses amb la seva filla, eh que tothom ho creu, doncs ja està, obria els braços, la Teresa, i després els deixava caure, i la Dolors li deia amb ironia, és clar, és clar, mentre tothom ho cregui, ja n'hi ha prou, ja es nota que et dediques a la política, filla, sou capaços de fer empassar qualsevol mentida impressionant al poble, mentre us tornin a votar. Depèn quins partits, sí, responia la Teresa. Aquí, la Dolors era encara més irònica, ah, perdona, és que tu i els teus aneu sempre amb la veritat per davant, no me'n recordava.

La Teresa encara no pensava en aquestes coses quan tenia

dotze anys, era amb la seva amiga i tornava a casa a la nit, ja tenia la menstruació i també uns pits que anaven creixent. Mentrestant, la Leonor només tenia quatre anys i assenyalava la nòria amb un dit, i deia que volia pujar-hi, i després a l'avió i a tot arreu, cridava una mica, tenia una veu estrident que es ficava a l'orella, d'acord, d'acord, accedia la Dolors, i, quan ja havia fet gairebé tota la cua sentia el seu nom darrere, molt a prop, però no es girava fins que no el sentia per segona vegada, perquè si et dius Dolors i et gires a la primera, segur que no l'encertes, segur que no va per tu. Però aquesta vegada sí que anava per ella i, quan va reconèixer qui la cridava, les cames li van fer figa. Amb bigoti, amb la marca inequívoca del pas dels anys a la pell, però amb el mateix esguard, amb el mateix somriure. Antoni, va fer ella, i el món es va fondre al seu voltant. Quants anys, va dir ell després d'un silenci. Molts, va respondre ella. Qui és, va demanar una veueta que corresponia a uns ulls que la miraven amb fixesa des de molt avall. Una amiga del pare, va explicar l'Antoni a una criatura d'uns set o vuit anys. Aleshores, la Leonor, per no ser menys, havia demanat també, qui és, i la Dolors havia contestat, un amic de la mare, i llavors s'havien posat a riure tots. I havien pujat a la mateixa cistella de la nòria i, mentre els nens miraven avall, ells dos es demanaven com va tot amb un to de veu aparentment indiferent, mira la mama, maaaama, cridava el nen, i una mà des de baix el saludava, és la meva dona, feia l'Antoni, era menuda i almenys de lluny semblava amable, a més, estava embarassada, tornaré a ser pare, tens més nens, tu. Una altra filla, que és a casa d'una amiga. És més gran. No deia res més de la Teresa, la Dolors, només això. On treballes, li demanava ella. Tinc una botiga. Somreia i acabava dient, una llibreria. A la Dolors se li escapava una exclamació i demanava on, i resultava que era relativament a prop de casa seva, tot i que ella no hi anava mai, perquè durant molts anys sempre havia anat a comprar a una altra llibreria, sempre a la mateixa. L'Antoni es treia una targeta de la butxaca i la hi donava, vine un dia, hi sóc sempre, et faré descompte. Ella somreia, i hi havia temps per poc més, s'acabava el viatge i se separaven, s'adonaven que tot havia canviat molt i que cap dels dos no era el mateix.

Àvia, en Dani i jo t'hem anat a buscar uns quants llibres més. A la Dolors li sembla que era divendres a la tarda quan el nét i el seu amic o nòvio o com es vulgui dir es presentaven a casa amb un parell de capses plenes de llibres dels prestatges de casa la Dolors. Llegir la cansa molt, però s'enyora dels seus llibres, i en Martí li va prometre que els hi aniria portant a poc a poc. Com es troba, senyora Dolors, havia demanat en Dani, que simpàtic que és aquest noi, llàstima que, com que és d'aquests de l'armari i, a sobre, s'ha embolicat amb en Martí, s'ho passaran tots dos malament a la vida, sempre lluitant contra el món i les conviccions socials, i ja veuràs el dia que se n'assabenti en Jofre. El món no perdona que algú sigui diferent i fugi de la normalitat. Tot el que surt del preestablert fa por. A la pregunta del Dani, la Dolors havia fet un gest amb la mà que venia a dir que es trobava bé. Així m'agrada, responia ell, i el jersei de la Sandra queda molt bonic.

Li ho deia quan encara no s'havia equivocat, quan encara no havia començat les cises. Després és quan es va començar a enredar tot, quan va arribar la Sandra dient que havia convidat la seva amiga a dinar, era divendres o era dissabte, quin embolic, devia ser dissabte perquè en Jofre era a casa, bé, tant és, el cas és que havia dit que venia aquella noia que també semblava que s'hagués embolicat amb la Sandra, perquè tot el dia estaven juntes sobretot ara que la Sandra ja no tenia nòvio, la Dolors havia començat a pensar que tothom tenia gustos estranys a la família, però no, no era així, la Sandra i la seva amiga eren amigues i prou. L'amiga que la Dolors no recordava mai com es deia. Precisament avui que no hi seré, es queixava la Leonor, i qui els farà el dinar. En Jofre saltava, no et preocupis, Leo, ja els el faré jo. La Dolors es mirava l'escena sorpresa, la Leonor no fa més que fugir de casa últimament per qüestions de feina o això és el que diu, però l'actitud d'en Jofre, tan amable, era completament insòlita, potser estava malalt, el gendre, perquè no podia ser que estigués canviant, que, de cop, s'adonés que havia maltractat psicològicament la seva dona durant els gairebé trenta anys que portaven casats i que se n'hagués penedit i volgués fer alguna cosa per arreglar-ho. No podia ser, alguna cosa a dins de la Dolors es negava a acceptar-ho. Jo t'ajudaré, pare, saltava la Sandra, i ja veuràs quin dinar més bo ens sortirà. Això, això, contestava en Jofre somrient, i la Dolors continuava equivocant-se amb la labor, i la Leonor també estava tan sorpresa que només deia gràcies, i agafava la bossa per marxar, devia pensar, desapareixo abans no canviï d'opinió.

Potser si la Sandra feia el dinar, se'l menjaria. Potser sí, però de poc serviria, perquè quan la Sandra menja, vomita. Això abans no ho feia, però d'ençà que s'ha quedat sense nòvio, treu tot el que es posa a la boca, que la Dolors s'hi ha fixat: quan sa mare li planta el plat de pasta al davant, se'l menja de seguida, sí, perquè deu tenir una gana que es mor. Però després de dinar se'n va al lavabo i treu tot el que ha menjat. Deu tenir mal de panxa, es deia la Dolors el primer dia. Però després li va semblar que el mal de panxa el tenia massa sovint, concretament els caps de setmana, quan ha de menjar per força. I ningú no s'hi fixa, només ella, nena, com continuïs així, no t'anirà bé ni aquest jersei tan estret, la Dolors observa que, després de vomitar, la Sandra es mira inexorablement al mirall, sempre, deu controlar que ni una mica del poc que s'acaba d'empassar hagi tingut temps de passar a la sang, i de convertir-se en greix d'alguna manera.

Ahir o abans d'ahir o quan fos que va venir la seva amiga, també va menjar i després va vomitar. Va ser un dinar distret, tots reien molt, el Jofre també perquè les dues noies explicaven aventures de l'institut, dels professors i dels exàmens i aquestes coses que expliquen els adolescents. Alguna vegada es giraven cap a ella i cridaven més per dir, que ho has sentit, àvia, i ella feia que sí amb el cap i pensava per què es continuen pensant que sóc sorda, quina obsessió, si tinc una orella finíssima, reina, Sandra, ja t'agradaria a tu tenir l'orella que tinc jo, i més et valdria perquè baixes de l'hort del tot. Després de dinar, la Dolors havia tornat a la seva butaca, la Sandra havia anat al lavabo i, un cop feta la feina, havia tornat amb el seu pare i l'amiga, i s'havien assegut tots tres al sofà a mirar la pel·lícula, és bona, avui, és molt bona, ja ho veureu, deia el Jofre, és de la meva època, era una d'aquestes del Vietnam, quina obsessió a veure tantes desgràcies i tant de patiment. Nena, no aniries pas a comprar uns gelats, oi que us vénen de gust, vinga, Sandra, bonica, el seu pare li feia un petó engalipador, i la Sandra cedia, està bé, ja veig que m'ha tocat, què voleu, alçava el to de veu, i tu, àvia, vols gelat, la Dolors negava amb el cap una mica precipitadament perquè l'última vegada que n'havia menjat havia hagut de córrer al lavabo, però ella no pas per vomitar sinó per una altra cosa que també era molt desagradable.

Ai, Sandra, Sandra, pobra Sandra, tothom et prendrà el pèl, per ser actriu ets massa bona persona, que no veus res, filla, que no veus res. En el moment que la Sandra havia tancat la porta, en Jofre s'havia aixecat, havia mirat de reüll la Dolors i havia dit fluixet, vine, Mònica, anem, i se n'anaven tots dos a l'habitació del matrimoni i s'hi tancaven mentre la Dolors es quedava amb la boca oberta i la mateixa sensació d'haver rebut l'impacte desconcertant i moll i sobtat d'un pastís de nata directament a la cara. La del Jofre sí que era la Mònica de l'insti, sí, però de l'insti de la Sandra. De només setze anys. O disset, a tot estirar. Per llogar-hi cadires.

De fet, no era que haguessin entrat sense més a l'habitació, havien pres precaucions, això sí, i havien caminat passadís enllà com si el Jofre volgués ensenyar a la Mònica on era el lavabo. Després, silenciosament, havien anat cap a l'altre cantó i havien obert i tancat una porta que la Dolors sap perfectament quina és, perquè coneix tots els sorolls de la casa detalladament, per petits que siguin, els té molt ben estudiats amb el mig any que fa que ja és aquí, molt de temps per a qui té el cervell avesat a treballar de pressa, estudiar, assimilar informació i analitzar-la. Cert és que la memòria, amb l'edat, no funciona com abans, però això queda sobradament compensat amb el sentit lògic que també s'assoleix amb l'edat, i només amb l'edat. I amb l'experiència, que no es paga amb res. I és l'experiència i la lògica i les portes que es tanquen i el silenci el que ahir o abans d'ahir o vés a saber quan va indicar a la Dolors que en Jofre de més de cinquanta anys mantenia relacions sense manies amb una menor, amiga de la seva filla. Fastigós del tot. És clar que la menor en deu estar encantada, deixa-la anar, la mosqueta morta.

Una altra que patirà, es diu la Dolors. Sí, perquè quan en Jofre es cansi de la criatura, la deixarà tirada, això és llei de vida, d'aquesta vida que fa giragonses ben estranyes, tombs sobtats i desconcertants en els moments més plàcids i més tranquils. Quina barra que té el gendre, quina barra.

Mare, et veig tranquil·la i bé, li ha dit la Teresa aquest matí. Com sempre, en Jofre ha desaparegut una estona quan ella s'ha presentat a dir-li hola, com va el jersei de la Sandra. La Dolors, esverada, s'ha posat un dit sobre els llavis. S'està dutxant i no hi sent, la Sandra, au, ensenya-me'l. La Dolors ha tret la labor de la bossa, li hauria volgut explicar que s'ha fet un embolic amb les cises, però com que no pot dir-ho, calla.

Al començament, a l'hospital, intentava expressar-se amb aquells sons estranys que li sortien de la gola, però ningú no l'entenia. També havia plorat per això, és trist haver-se d'oblidar de parlar quan s'ha fet sempre i, sobretot, tenint en compte que la mà dreta li tremola i escriure una frase sencera suposa tota una heroïcitat. Però la dignitat de l'àvia, una dignitat que no l'ha abandonada mai, ni en els pitjors moments, la va dur a deixar d'emetre aquells sons, a contenir-se'ls, a menjar-se'ls. He d'aconseguir ser muda del tot, es va dir, perquè amb aquests intents de parlar faig pena, veia la compassió dibuixada als ulls dels que la miraven i es recordava de la seva, de compassió, en altres temps, quan mirava un vell massa vell o un discapacitat. I així havia aconseguit ser muda, no emetre cap so, només el so del riure, que aquest sí que no se'l pensava menjar.

Ja no emet cap so, havia explicat la Leonor al metge en una visita recent. Aquí, la Dolors l'havia mirat amb sorpresa, no tenia ni idea que això preocupés la família, així que va fer una espècie d'udol en aquell mateix moment per demostrar que podia emetre tots els sons que volgués. La Leonor havia obert uns ulls molt grossos i, desconcertada, havia dit al metge, com si calgués donar-ne una explicació, no feia cap soroll fins ara mateix, li ho prometo. El metge, que és aquell que la sap llarga o, almenys, força més llarga que la fleuma de la filla, va fer un somriure mentre deia, dona, és que la seva mare, si no aconsegueix res fent sons, se'ls estalvia, que és molt espavilada i no s'ha de gastar energia, oi, senyora Dolors. La Dolors havia fet que sí amb el cap i havia rigut una mica per demostrar que podia riure, però sobretot perquè realment li havia fet gràcia la sortida del doctor.

El doctor que havia atès l'Eduard quan va tenir l'atac d'al·lèrgia no era tant de la broma, al contrari, l'havia ben espantada, i a les nenes també, que totes tres eren a casa quan van començar a sortir-li les butllofes aquelles terribles i semblava que la pell se li desenganxava de tot el cos. La Dolors s'havia paralitzat i les nenes ploraven, potser l'Eduard era un extraterrestre i ara sortiria la seva pell de veritat, havia pensat ella en el primer moment, però no li ho havia dit mai, ni a ell ni a ningú perquè li havia fet vergonya que sabessin què havia pensat del seu marit, però és que era ben igual que un dels éssers que havia vist que envaïen la Terra en una pel·lícula. Per això s'havia quedat ben quieta amb els dos peus enganxats a terra i abraçant les dues nenes, fins que l'Eduard saltava, fes alguna cosa, que em moro, que no ho veus. Estava histèric, ell, i molt enfebrat, i aleshores ella s'adonava que sí, que havia de fer alguna cosa i de pressa, i trucava a una ambulància i el venien a buscar i se l'enduien a urgències i sortia el metge aquell que deia, és al·lèrgia a la penicil·lina. Li faré una llista de medicaments que no pot prendre. Si torna a passar-li, corri a l'hospital, com ha fet avui. Amb això, el metge volia dir, si no, s'hi pot quedar. No ho acabava de dir, és clar, perquè els metges no ho diuen mai, això, sempre acaben les frases amb punts suspensius o amb símils rebuscats, tot per no parlar directament de la mort, sembla que els faci por la paraula, si viuen trobant-se-la cada dia. Són la pera, els metges. Vol dir que es pot morir, la Dolors havia parlat clar. I el metge ni tan sols havia dit sí, sinó que havia mogut el cap amunt i avall. Un sí de paraula devia ser massa directe i massa clar.

Al·lèrgia a la penicil·lina. L'Eduard estava espantat, ho havia passat malament, Dolors, m'ho hauràs de controlar tu, això, que ja saps que jo em faig un embolic de medicaments. No pateixis, l'havia tranquil·litzat la Dolors, hi havia temporades que semblava una infermera ambulant, quan tots es posaven malalts a la vegada i ella havia d'anar administrant els medicaments seguint les ordres del metge. El més curiós del cas era que, a l'hora de la visita, l'Eduard donava a entendre al doctor que ell sol es controlava els medicaments, fins i tot quan la Dolors l'hi acompanyava, i això a ella li havia fet molta ràbia el primer dia, a la sortida li havia dit, indignada, però quina barra que tens, si sóc jo la que t'ho controla tot quan estàs malalt. L'Eduard havia abaixat el cap mentre deia amb to contrit, queda molt malament que no ho sàpiga fer jo sol, perdona'm. I a la Dolors li havia fet pena. Aquell dia va començar a pensar que els homes no creixien mai de cap i que les dones eren totes unes estúpides.

En Jofre i la Mònica no havien fet gens de soroll, només s'havien sentit un parell d'exclamacions ofegades, devien tenir molt clar que no se'ls podia sentir, ja s'imaginava en Jofre dient, la vella no hi sent però per si un cas. Amb deu minuts havien fet el fet, que ràpid i que trist, va pensar la Dolors, i llavors havien tornat tots dos al menjador parlant de la pintura de les parets, com si tota l'estona haguessin estat parlant del mateix, i en Jofre s'havia quedat amb la farmàcia oberta, i la Mònica amb una punta de la faldilla enganxada per dins de les mitges, però quan va tornar la Sandra no ho va veure perquè s'estava asseguda al sofà. Va repartir els gelats, però per a ella no, no fos cas que s'engreixés, es va dir la Dolors. La Mònica va donar-li les gràcies i es va posar a llepar el seu, no havia tingut temps de repassar-se la pintura dels llavis, semblava... Mare de Déu, la Dolors no volia ni pensar què semblava, i més després, quan li veia la cara i la molt frívola es menjava el gelat mirant de reüll en Jofre i fent moviments del tot obscens amb la llengua, i la Dolors pensava, no continuïs així, que no s'ha tancat la cremallera i se li escaparà l'ocellet que, quan es fa gran, té vida pròpia.

Sí, sí, el de l'Eduard també tenia vida pròpia, massa i tot, semblava que no veia una altra cosa. Un cop casats s'havien acabat els bombons i les adulacions i el tennis i tot; un cop casats, la Dolors servia per manar les minyones i per deixar-se fer al llit i per administrar medicaments en cas de malaltia. I prou. Per l'Eduard no era que fos un moble més però sí un no-ningú sense importància, algú que se sap que hi és, però en el qual un no es fixa mai, algú sense ni veu ni vot, i no servia ni per allò que li havien dit les monges de la dona culta que ajudava l'home a prendre decisions. Es veu que l'Eduard no la necessitava per pensar, de manera que la Dolors va decidir posar-se a pensar sola, enterrar-se en els seus llibres i llegir. Això quan tenia temps, és clar, que organitzar la casa i les nenes no era bufar i fer ampolles. I més quan la Mireia va ser mare i se'n va anar del seu costat. I encara més quan les coses van començar a anar malament a la fàbrica i es van quedar només amb una minyona, i després ni això, només amb una que venia a hores. I l'Eduard s'havia anat amargant i pansint. Es passava hores i hores al seu despatx de casa remenant papers i, quan aixecava el cap, a la Dolors li feia l'efecte que continuava veient les lletres del paper a les cares de la seva dona i les seves filles. Es quedava embadocat mirant-les, els demanava, esteu bé, i se'n tornava al despatx.

La vida, en resum, no era pas gaire agradable ni tampoc estimulant.

És molt maca, la teva llibreria, havia dit a l'Antoni. Haver-lo trobat era la primera bona notícia en molt de temps. L'home del bigoti i de quatre cabells blancs li somreia des de darrere el taulell, has vingut, deia amb una alegria que havia entrat com una oreneta buscant un lloc per fer el niu al cor de la Dolors. I és clar que he vingut, ja t'ho vaig dir, responia per respondre alguna cosa, perquè la veritat era que li costava reaccionar, no estava acostumada a provocar cap mena de satisfacció amb la seva arribada a un lloc, com no fos la de la minyona que l'esperava amb impaciència perquè no sabia si havia de netejar el dalt de l'armari o no. Naturalment, que has de netejar el dalt de l'armari, responia la Dolors, per això no cal que m'esperis. Senyora, hi té tantes coses que no sé si li agrada que les toquin, es defensava la minyona. És que no vull que me les toquis, és que només les has d'aixecar una mica i mirar de passar el drap per sota i per sobre, així, ho veus. Sí, senyora, però així les he de tocar per aixecar-les. I mira que era eficient, aquesta noia, quan eren tres al servei, però ara es veu que havia entrat definitivament al regne de la indolència, i la Dolors es deia que devia ser la falta de competència.

Doncs això, només en aquests casos molt prosaics algú semblava content de veure-la. I ara resulta que l'Antoni també i que no era per saber si havia de passar el drap de la pols pel dalt d'un armari. Que es notava que era feliç, vaja, només perquè ella havia aparegut un dia, al cap de molt de temps de la trobada del Tibidabo, a la llibreria. Busques filosofia, havia afirmat més que preguntat. Ella, desconcertada, responia, en realitat et venia a veure només, t'ho vaig prometre, però si m'ensenyes on són els llibres de filosofia, m'agradarà molt. L'Antoni la guiava a través de prestatges plens i més plens de llibres, de gent que s'hi entretenia mirant-se'ls i al final la portava allà on hi havia l'apartat de filosofia i de psicologia, aquí ho tens. Es girava per mirar-la mentre amb una mà acariciava el llom dels llibres. La Dolors no s'havia pogut estar d'exclamar, oh, que bé. Ell l'havia mirada intensament, i encara t'ensenyaré una altra cosa, vine. L'havia seguit. Com havia canviat, l'Antoni, és a dir que continuava essent el mateix d'abans en el fons, però sense les inseguretats de la joventut i d'una classe social tan miserable.

Li havia ensenyat un munt de llibres, desendreçats, que dormien en una habitació molt petita a la qual s'accedia per una porta mig camuflada rere una prestatgeria mòbil. Amb ulls refulgents li havia dit, són els llibres prohibits, aquells que tenia i algun més, te'n recordes, oi. I tant si se'n recordava, la Dolors, i tant, i se li van humitejar els ulls, i va voler tocar-los amb una mà tremolosa, però li va semblar que no n'era digne. Les llàgrimes van sortir-li totes de cop quan va dir, entrebancant-se per culpa del plor, perdona'm pel que et vaig fer... T'estimava a tu, però tenia moltes pressions, coses familiars, saps... No sabia què pensaria l'Antoni, però no va semblar que pensés res, no passa res, Dolors, fa molts anys d'allò, està oblidat. No, no ho està, va pensar ella, no ho està gens, però no va dir res amb veu alta. L'Antoni es va treure un mocador de la butxaca, té, i la Dolors el va agafar i va eixugar-se les llàgrimes i es va mocar i, fent-ho, va adonar-se de l'olor de colònia fresca que impregnava aquell tros de roba. Era de colònia d'home, abans l'Antoni ni en gastava ni hauria pogut gastar-ne. Ara les coses havien canviat, Déu, què vaig fer, es va demanar un cop més la Dolors tancant els ulls per uns instants, quin error més greu, quin terrible error. S'adonava que hauria pogut acomplir el seu somni de regentar aquella llibreria juntament amb l'Antoni, si s'hagués casat amb ell, si hagués confiat en la seva capacitat per sortir-se'n, en la seva tenacitat per tirar endavant i per abastar el seu somni que devia ser muntar aquella llibreria. Però ja estava fet i, en lloc de parlar-ne, va demanar, ja ets pare altre cop? Fa temps, va respondre ell somrient. El petit ja té un parell de mesos. Ho va dir d'una manera que la Dolors va tenir la certesa absoluta que l'Antoni s'estimava tant els llibres com els nens, que eren dos amors complementaris. Digue'm que em perdones, si us plau, ho necessito. L'Antoni li va fer un petó a la galta sobtat, com el que ella li havia fet a ell la primera vegada que havia entrat a casa seva, és clar que et perdono. Oblida-ho i siguem amics.

És molt fàcil dir determinades coses i no tant fer-les. Prou de pensar o no hi haurà manera d'acabar les cises, ja s'ha tornat a despistar amb els punts. Això també és molt fàcil dir com s'ha de fer, i no tan fàcil fer-ho, tot i que abans se'n sortia més, i va arribar un moment que, quan li presentaven algú, pensava en com li quedaria tal o tal jersei, el podria fer així o d'aquesta altra manera, i la cintura seria complicada perquè no en té, i és que la canalla d'ara no tenen cintura. Sort que quan són grans agafen una mica de forma, perquè fins que no fan el canvi, són rectes completament, nens i nenes. Abans, a les nenes, les estrenyien una mica més, que tampoc no feia cap mal i estaven més bufones. Després, va semblar que tot anava ample, i ara, apa, tornem-hi, estret i curt per tot arreu, pantalons fins a sota genoll i que es vegi un bon tros de la panxa. Ah, i si pot ser, que hi hagi una arrecada d'aquestes de melic, que es veu que no tenen prou orelles per posar-se-les. Però el que la Dolors no s'esperava de cap manera era que, a la seva edat, la Leonor se n'hagués posat un.

Els plats estaven per rentar. Tota la cuina feta un fàstic. A la tarda, la Sandra i la Mònica havien marxat al cine i el Jofre s'havia adormit al sofà. És clar, després de despatxar-se a gust, pensava la Dolors. Sospirant, s'havia aixecat a poc a poc i, amb una mica de dificultat, s'havia adreçat a la cuina, perquè no volia que la Leonor es trobés tota la pasterada quan arribés de treballar, si és que era treballar, és clar, en dissabte, però com que ara era de l'*staff* directiu, com deia ella, havia d'estar al peu del canó fins i tot dissabte. Tant era, fos el que fos, arribaria cansada, això segur. La Dolors va arribar-se a la cuina arrossegant la cama, li feia mal encara, no faci feines de casa, havia ordenat el doctor intel·ligent, en canvi sí que hauria de fer exercici moderat, una mica, ara la infermera li dirà quins moviments li convenen i que hauria de fer cada dia en un moment o altre, deu minuts i prou. Sí, sí, la Dolors havia dit que sí amb el cap, fa molt de temps que sap que s'ha de dir que sí als metges facis el que facis després, perquè si no, s'ho prenen com un greuge personal, però cada dia li fa més mandra això de la cama amunt i avall, i doblegar-la i estirar-la, i, a més, estan tots entestats a veure com ho fa, volen presenciar l'espectacle, au va, àvia, som-hi, deu minuts, no costa pas tant, i la Dolors s'hi nega i després la Leonor se'n va de la llengua amb el metge i ja hi som amb els renys.

Desobeir les ordres del metge és una de les poques fugides d'estudi que li queden a la Dolors, és una de les poques dolenteries que encara es pot permetre el luxe de fer, així que va fer els plats a una banda, va netejar la pica i, aguantant-se el mal de la cama, que s'anava carregant a poc a poc com cada vegada que s'aixeca, hi va posar el tap i un raig de Fairy i la va omplir d'aigua calenta, mentre observava amb delectança una de les coses que més li agrada del món, que és l'escuma que va naixent del no-res, del remolí que es crea allà on va a parar l'aigua de l'aixeta quan raja amb força. Escuma blanca que es menja el greix. Escuma que se'n va com ha vingut. Què en diria Hume, d'això. Començava a fregar i, quan ja havia rentat dos o tres plats, s'obria la porta del carrer i entrava la Leonor. Oh, no, va pensar la Dolors, ja m'ha enxampat. Al menjador, en Jofre continuava dormint amb la boca oberta i roncant com un vedell. La Leonor va entrar a la cuina i, efectivament, la va enxampar en flagrant delicte, però què fas, mare, què et va dir el metge, deixa-ho, vinga, deixa-ho. Li treu el davantal, l'obliga a enretirar les mans de l'aigua i de l'escuma blanca i les hi eixuga amb un drap, l'empenta amb tendresa però decidida cap al menjador, cap a la seva cadira, n'estic tipa, de la cadira, del menjador i de tot, pensa la Dolors, per què m'han tret la distracció de l'escuma blanca, la Leonor no devia tenir ni idea de com li acabava de fer la guitza, la Leonor és la Leonor i no cal esperar-ne res més. Però, oh, miracle, quan la va tenir ben asseguda, la mateixa Leonor que baixa de l'hort i que no sap res de la vida, es va transformar sorprenentment i, acostant-se al Jofre, el va sacsejar una mica. La Dolors es va quedar de pedra, era la primera vegada que la Leonor despertava el Jofre quan dormia al sofà, tal com van les coses en aquesta casa, el fet podia ser considerat pràcticament gairebé com un sacrilegi. Què passa, què passa, en Jofre obria els ulls esverat i, quan veia que l'havia despertat la Leonor, devia pensar que havia succeït algun fet realment greu. Aleshores esdevenia un altre miracle, i era que la Leonor, amb una veu clara i forta, deixava anar, passa que has permès que la meva mare es posés a rentar plats i saps perfectament que no pot fer-ho. I en Jofre, que devia despertarse d'un son profund, es justificava dient no me n'he adonat, no ho sé, i repetia, no me n'he adonat.

—Com ho tenim això, mare?

La Leonor acaba de demanar-li per la labor, la Dolors somriu i ensenya el tros de jersei fins les cises.

—És molt bonic. És el davant o el darrere?

La Dolors s'assenyala el pit, que vol dir que és el davant.

—No sé com t'ho fas amb la mà aquesta que et tremola... però està molt bé.

La Dolors voldria explicar a la seva filla que la tremolor li molesta per escriure, no pas per fer ganxet, però no pot, és clar, no diu res i no emet tampoc cap so, ni un de sol, com s'ha proposat des que està així, els sons que pot emetre li fan semblar una disminuïda psíquica, i només faltaria que, a sobre de sorda, la creguessin ruca. La Leonor aixeca els braços i s'estira amunt per desar una clau a dintre d'un pot a dalt d'un prestatge i aleshores és quan la Dolors li veu l'arracada del melic per segona vegada.

La primera li sembla que va ser ahir, després que en Jofre es despertés, i va ser per agafar-la, la clau. Cap de les dues vegades no ho ha vist, ell, però sí la Dolors, i això li ha fet ballar el pensament. Vejam, es diu, no passa res perquè la Leonor es foradi el melic, s'hi faci un pírcing, com diu la Sandra, però és que aquestes coses no fan per la seva filla, perquè a cinquanta anys només es posen pírcings determinats tipus de persones, i la Leonor no és d'aquestes, això segur que no. La Teresa encara, i ara ja fa temps que no fa aquestes coses que, per molt feminista i comunista que sigui, és al llindar dels seixanta i tot té una edat. Per això, el forat al melic de la Leonor és un fet insòlit. I teòricament, en Jofre l'hi hauria d'haver vist... Teòricament, és clar, perquè, tal com estan les coses, la Dolors dubta que s'hagin vist mútuament despullats, almenys en els últims temps. Què li deu passar pel cap, doncs, a la seva filla.

—Estic millor, mare. Molt millor.

La Leonor, un cop té la clau, s'asseu a prop de la seva mare. La Dolors l'esguarda amb un silenci obligat, expectant. Paciència. La Leonor es llepa el llavi de dalt —hi té una pelleta que li surt— i torna a parlar:

—El director va tenir un ensurt de salut... una mena d'avís d'aquests del cor, tot just em va haver nomenat a mi. I s'hi ha posat el seu fill, ara, perquè el seu pare té prohibit treballar. O sigui que l'amo fastigós en té per temps, i, de tota manera, quan es recuperi, s'hi quedarà el fill amb ell per ajudar-lo.

La Leonor es torna a llepar el llavi superior i continua:

—El fill és un noi espavilat d'aquests que corren ara, com en Martí però més gran... Té vint-i-quatre anys, ha acabat els estudis i... En fi, es treballa bé amb ell. I està molt pendent dels seus empleats... I vam anar de viatge tots dos i tot va anar molt bé.

No diu res més, la Leonor, s'aixeca i se'n va cap a la seva habitació de pressa perquè a la Dolors li fa l'efecte que ha envermellit. Sembla com si se sentís obligada a donar una explicació per la seva poc dissimulada alegria, per cantar mentre fa el llit i mentre s'arregla, també s'arregla molt ara, més que abans, però la Dolors acaba de veure-hi sobtadament clar, acaba d'entendre el perquè de tot plegat, aquest noi espavilat de vint-i-quatre hi deu tenir molt a veure, ves que no li prengui el pèl, ara, què ha de fer un noi tan jove amb una de cinquanta, potser no hi fa res o potser sí, deu tenir els mateixos gens que el seu pare o bé vol una dona experta per depèn què. El que sí és evident és que la Leonor ara, està contenta. I que per sort comença a sortir de l'ala protectora d'aquest corb que no la deixa moure.

Per què no t'esperes una mica més, a casar-te, la Dolors li suggeria que deixés passar un parell d'anys, era tan jove, i el filòsof revolucionari me la tenia completament embadalida. I per què, responia la Leonor amb la ingenuïtat dibuixada als ulls, si ens estimem i tenim feina tots dos, i un pis, què més volem. Quants casaments frustrats per fugir de casa als vint anys, al cap del temps han anat caient com mosques, però en el cas de la Leonor no es podia tractar d'això, i la nena feia el que volia, entrava i sortia, se n'anava i venia, i la Dolors parava poc per casa, era quan ja treballava amb l'Antoni, quan ja no era vella i quan ja no hi havia l'Eduard. Era aquella temporada que el món semblava fantàstic.

Tot un any d'anar i venir de la llibreria quan podia, de comprar llibres amb el descompte que li feia l'Antoni, de fer petar la xerrada amb ell, d'ajudar-lo alguna vegada a endreçar i a classificar. Tot un any de recuperar l'amic, naturalment sense dir res a casa, aprofitant quan les nenes eren a l'escola i quan l'Eduard havia anat a treballar, amb el que li sobrava del mercat, comprava llibres. Fins que un dia, l'Antoni li havia dit, escolta, tinc intenció d'estudiar filosofia i lletres, no t'hi voldries pas apuntar. Ni s'hi havia rumiat, la Dolors. Sí, havia dit, era un sí rodó, gros i de colors. No havia pensat en l'Eduard, en les nenes, en res. Només a estudiar filosofia i amb l'Antoni, que era més del que es podia demanar. Sí, va tornar a dir. I gràcies. Per què em dones les gràcies, te les hauria de donar jo a tu, havia dit l'Antoni, per acompanyarme en la meva aventura universitària. A canvi, et prometo que no et caldrà comprar cap llibre.

La paraula comprar havia enterbolit el pensament de la Dolors, Verge Santa, no pensava que evidentment calia pagar una matrícula i alguna altra cosa. Com ho faria? Posar-se a estudiar ara era la bogeria del segle, i no podia dir-li a l'Eduard que ho anava a fer i, encara menys, amb qui ho anava a fer, si no tenia ni idea que havia retrobat l'Antoni. Estudiar era realment una follia en aquelles condicions, però la Dolors no s'ho pensava perdre per res del món. Va sortir preocupada de la llibreria pensant com se'n podia sortir, però quan no havia fet ni cent metres, l'Antoni havia vingut corrent a trobar-la, esbufegava, ep, Dolors, pensava que potser voldries treballar un parell d'hores al dia aquí... Si és a mig matí no ho sabrà ningú... i així et podries pagar els estudis, què te'n sembla.

L'Antoni la mirava amb els ulls il·luminats, semblava un nen impacient esperant una resposta sobre si podrà o no podrà anar a jugar a casa d'un amic. La Dolors li va escrutar els ulls i es va adonar que ell havia descobert en aquell tema un problema de diners. No va poder evitar ruboritzar-se una mica, ella no s'havia casat amb l'Antoni perquè no tenia diners i ara resultava que era ell qui havia d'ajudar-la, qui buscava aquella excusa o recurs perquè ella no se sentís humiliada o compadida. La veritat és que era un bon recurs. La Dolors va fer un somriure ampli. Fet, va dir.

Fet, i tant, va estudiar sense que l'Eduard ho sabés, no li va costar gaire perquè havia llegit tant que ja ho sabia tot, però ara ho havia de fer amb un cert mètode, s'enduia els llibres de la llibreria al matí, estudiava a la tarda o al vespre i l'endemà els tornava. Mentrestant, ajudava l'Antoni un parell d'hores, com havien quedat, i es consultaven mútuament els dubtes i els problemes que sorgien en els estudis.

La dona de l'Antoni treballava de recepcionista en una empresa i alguna vegada anava a la llibreria, però, quan ho feia, era en dissabte, precisament el dia que la Dolors no hi era mai. La dona de l'Antoni, que es deia Maria, no en sabia res del món dels llibres i de les lletres. Tampoc no sabia quina relació hi havia hagut entre la Dolors i el seu marit, li he dit que he contractat una altra persona per les hores punta i prou, va confessar l'Antoni. Ja hi havia dos nois més allà, que s'hi passaven el dia. Eren tres i, de dilluns a divendres, també la Dolors, que s'hi posava precisament quan menys feina hi havia. O sigui que, d'hores punta, res.

La Dolors de les dues vides. La mare i esposa a casa, la dona que s'enfortia a base de coneixements i del foc de l'amistat a fora. Ni l'Eduard ni la Leonor ni la Teresa sabien que passava els matins corrent per poder-ho fer tot i per arribar a casa i ser-hi tranquil·lament com si res no hagués passat, per dinar i per rentar els plats i arreglar la cuina perquè a aquella hora la minyona ja havia marxat.

Ves per on, la Dolors sempre havia pensat que això de la doble vida era una cosa exclusiva d'uns quants eixelebrats, i ara resulta que és més o menys general, almenys en aquesta casa. Que allò d'entre nosaltres no hi ha secrets és una mentida pietosa que no duu enlloc i que no serveix de res, hi ha secrets a tot arreu, i, és més, els secrets són els que mantenen el caliu d'una vida. Si no hi ha secrets, la vida no val la pena ser viscuda. Per exemple, ella durant dotze anys no havia tingut cap secret i s'havia sentit cansada i avorrida. Més tard, quan se sentia com un paquet sorpresa sempre a punt per esclatar, començava a passar-s'ho realment bé.

Sembla que ara ens en sortim, amb les cises. Amb una mica de sort, s'haurà acabat el cap de setmana dels ensurts i ella haurà acabat els forats de les mànigues. Concentra't, Dolors, concentra't. Que prima que és la Sandra.

No està bé, la néta. Gens bé. A part de no menjar i de vomitar el del cap de setmana sense que se n'adoni ningú més de la família, s'ha pansit, els ulls no li brillen. Es mira i es remira al mirall del passadís i murmura baixet, quin cul, ostres, que grassa estic. La Dolors va pensar, la primera vegada que li ho va sentir dir, que era de broma, perquè era realment molt graciós sentir que algú que és prim com un dit asseguri que està a punt de petar, sembla que no pugui ser, i és de veritat que va creure que la Sandra ho deia de manera irònica, com per riure's de ser el sac d'ossos que és. Però amb sorpresa es va adonar al cap d'uns dies que no, que, de broma, res. I mira que n'ha vist, la Dolors, de persones primes, però com ella, cap. Ni la Teresa quan la va tornar a veure la primera vegada després que el seu pare la tragués de casa.

No se suportaven ells dos. L'única cosa que ens queda és la dignitat, deia l'Eduard, i només faltaria que ens la deixéssim prendre. La Teresa participava en manifestacions i en vagues il·legals, s'havia fet amiga d'antics treballadors del seu pare, oprimits, en deia ella, i es discutia contínuament amb ell. Se n'anava a passar caps de setmana sencers amb els seus amics i la tornada era horrible, era quan l'Eduard disparava preguntes i la Teresa no les contestava o li sortia amb evasives. Però mentre ella era fora, cal reconèixer que hi havia tranquil·litat a casa, que, almenys, no hi havia crits.

No era que l'Eduard fos tan poc comprensiu. No era que fos un pare intransigent fins a aquells extrems. Era només que la Teresa era filla d'un altre, i, per més que hi feia ell, això no ho podia suportar. No l'estimava i no podia fer res per estimar-la. La Dolors ho va veure un bon dia claríssim, era evident des de sempre, però és que no hi havia hagut cap excusa per treure-se-la del damunt, per fer-la fora de la seva vida fins que ella n'hi havia donat motius. Aleshores havia estat fàcil desfer-se d'aquell llast del passat que ja es veia que li corsecava l'ànima.

Mare i filla es van trobar en una cafeteria. Feia dos mesos que no es veien i aleshores va ser quan a la Dolors li va semblar que estava tan, tan prima. Que no menges, va demanar a la Teresa, té, t'he portat diners, són per a tu. No vull res del meu pare, va fer ella. No són d'ell, són meus, els he guanyat jo, si us plau, agafa'ls i no em faràs patir tant, és per mi que t'ho demano. La Teresa no havia preguntat res i finalment els havia agafat. Després, s'havia menjat un entrepà de pernil molt gran en un tres i no res. Era evident que tenia gana. La Dolors la mirava i s'anava eixugant les llàgrimes. Es va passar l'estona plorant, i allà, en aquella cafeteria i en aquell precís moment, va començar a odiar l'Eduard. Amb tot el seu cor, amb tot el seu cos, amb tot el seu esperit. Amb totes les seves forces, en definitiva.

L'odi és un sentiment terrible. Ens manté enganxats a la persona detestada d'una manera malaltissa, la volem veure lluny però no abans que no hagi pagat pel que ha fet o pel que a nosaltres ens sembla que ha fet. L'odi ens fa presoners dels nostres propis sentiments i, com un càncer, transforma les cèl·lules bones en dolentes, i aquestes dolentes es van multiplicant i es mengen tot el que els impedeix d'expandir-se lliurement.

La Dolors ja ha fet el forat com Déu mana, sense tornar-se a equivocar. Aquesta vegada se'n sortirà, sí senyor. Amb una mica de sort, en dos o tres dies tindrà enllestit el davant. Ara és hora de descansar. De seguida soparan, són gairebé les nou. En Jofre, el Martí i la Sandra deuen estar a punt d'arribar.

Aquest forat de les cises és com el de l'odi, que fa minvar el teixit bo, però la diferència és que l'odi ho fa de manera desordenada, la Dolors havia de contenir-se cada vegada més quan veia l'Eduard, li havia demanat dues vegades que deixés tornar la Teresa, i ell havia dit que no, fins que a la tercera, ell va esclatar, sembla que estimes més la Teresa que la Leonor, tu. No sé per què deu ser.

Amb aquella resposta, el tumor maligne s'havia estès ja sense control. Mai no havia estat tan convençuda d'una cosa, la Dolors, quan va dir, o permets que la Teresa torni o me'n vaig jo amb la Leonor, tu mateix. Quan va sentir això, l'Eduard es va espantar, la Dolors ho va notar. Ferit de mort en el seu orgull de mascle protector de la família, derrotat i humiliat pels seus cànons mentals carregats de costums i regles ancestrals, ara esquinçats, l'Eduard s'havia anat tornant cada vegada més intractable. Va mirar la Dolors i aquell dia es va adonar que ella havia canviat, que podia ser perillosa i que, pitjor encara, podia ser que anés seriosament el que li deia de marxar. I ell sense la Dolors estava perdut.

Així que, després d'una pausa petita, fruit de la inevitable sorpresa, s'havia rendit. Amb les espatlles encorbades i arrossegant els peus, havia sortit de l'habitació com ho faria un home vençut en una guerra que ha iniciat ell per no perdre el territori conquerit i al final s'ha quedat sense res del que volia i del que ja tenia abans. Havia marxat, doncs, no sense abans dir a la Dolors, digues a la Teresa que pot tornar quan vulgui.

L'escot

Quan era vella, la Dolors havia fet jerseis per a les nenes i també per a ella. Als d'hivern, hi feia coll alt o molt tancat. Amb els d'estiu, però, el tema de l'escot no era gens clar: com a dona d'un director de fàbrica, encara que hagués anat a menys, podia ensenyar només una mica de pell per una qüestió de la decència que s'esperava d'ella, o sigui que l'escot no podia ser tampoc gaire generós. Amb les nenes, però, no s'hi mirava i feia els possibles perquè no tinguessin calor, tot ben curtet i ben fresc.

Quan s'enfronta a l'escot de la Sandra, després de tants anys de no teixir res per a una noia jove, s'adona que les coses han canviat molt. Això que porten ara les adolescents no es pot dir que sigui un escot, és simplement que el jersei s'obre pertot arreu ensenyant tot el que es pot mentre la peça no rellisqui i caigui avall, és clar, que, si fos així, acabaria tothom rient i la pobra Sandra ben vermella. La Dolors s'ha fixat que es tracta d'ensenyar les espatlles, els tirants del que es duu a sota, ja siguin sostenidors o bé samarretes sense mànigues. Quina sort, es diu. Quan ella era jove no ho tenia en compte, això, perquè al seu voltant ningú no es destapava. Però quan va ser vella, aleshores sí que tenia ràbia i enveja de veure que determinades dones es podien permetre el luxe d'insinuar a través de l'escot el bo i millor d'elles mateixes, i, en canvi, ella, d'això, res, ella s'havia de contenir i havia d'abotonar-se la roba fins a dalt de tot o fer-se aquells jerseis decents. Jerseis molt decents.

On vas així, li va dir l'Eduard el primer dia que es va posar una brusa que mostrava més del que es veu que havia de mostrar. A comprar el dinar, havia fet la Dolors, mentre mastegava l'odi i se l'empassava, per no escopir-lo a la cara del marit convertit en una bona dosi de verí. L'Eduard no havia dit res més, la veu de la Dolors no admetia objeccions i, a ella, en aquell moment, li havien vingut ganes de posar-se també una faldilla transparent que s'havia comprat juntament amb aquella brusa i que tenia tancada a l'armari perquè no s'atrevia a dur-ho tot alhora.

L'Eduard ja no era ningú, però ho intentava. Com la cua de les sargantanes, quan els queda separada del cos, bellugava i bellugava mogut per reflexos del que havia estat. Eren els últims espasmes. Ja sabia que la Dolors no li faria ni cas, que s'havia acabat el joc de donar a canvi de silenci, o de callar a canvi de rebre alguna cosa. La Dolors s'havia cansat de jugar i ara era ella qui decidia cap on encaminava la seva vida.

No em demanis això, mare. Amb un somriure trist, la Teresa assegurava, no tornaré mentre hi hagi el meu pare a casa, en pots estar segura. A la Dolors li queia l'ànima als peus, tant que li havia costat aconseguir que l'Eduard deixés tornar la Teresa. La filla s'adonava que aquella resposta la feria i li envoltava les espatlles mentre li explicava, no et preocupis, tinc una feina i m'estic pagant els estudis. Visc amb una amiga i ara estic bé, no em passa res, podem sortir a passeig i parlar quan vulguis. Li marxava el somriure quan tornava a dir, però a casa no tornaré. I, les dues vegades que ho deia, feia fred tot al voltant.

Ara no marxen. S'estan a casa fins als trenta anys, la Dolors ho sap per la Mireia. Durant molt de temps, quan les dues es van quedar vídues, van sortir un cop a la setmana a berenar i a parlar de les seves coses, l'antiga minyona li deia senyora Dolors i no hi havia manera que deixés de dir-li-ho, s'excusava explicant que no s'hi veia dient-li només Dolors i de tu, fins que la Dolors s'havia enfadat i li havia dit, doncs mira, no et vull tornar a veure fins que no t'hi vegis, no saps l'angúnia que em fa que em diguis així, apa, adéu. Llavors, la Mireia l'havia seguit fins a casa com ho hauria fet un pretendent insistent, i havia trucat a la porta, la Dolors havia obert encara amb l'abric posat. A l'altre cantó, somrient, la Mireia deia, noia, és que em costa molt dir-te Dolors sense el senyora..., però ho intentaré, t'ho prometo.

A partir d'aquell dia, el fil que unia les dues dones s'havia fet irrompible.

Doncs va ser la Mireia qui fa ben poc encara li deia que la seva néta era a casa a gairebé trenta anys. Bé, no fa tan poc, una colla d'anys, però d'anys curts, que són els d'ara. Els de quan ets jove són els llargs, no s'acaben mai. En canvi, aquests se'n van així que es presenten, diuen hola i desapareixen, i tu amb prou feines tens temps d'adonar-te que t'han vingut a veure. Només te n'adones quan et mires al mirall, quan et demanes estranyada i aquesta qui és, i resulta que aquesta ets tu. Quants anys té, la Mireia? Setanta-vuit? Vuitanta? De fet, tant és. Ara que les dues tenen problemes de salut, no es veuen tant, però ahir la filla de la Mireia la va portar de visita aquí. A ella, la Leonor no la porta enlloc. Tampoc no és que en tingui gaires ganes, no ens enganyem, no es queixa pas. Quan ve la Teresa, si no va amb presses, sí que la fa passejar un moment. Un moment de no res, temps de baixar i anar fins a la cantonada i tornar a venir, que encara no se sent amb empenta per fer quilòmetres. No s'estigui dreta, però camini tant com pugui, li diu el metge. I, de seguida que la veu, li demana, ja camina, i ella mou el cap amunt i avall i cap una banda i cap a l'altra perquè no quedi gaire clar què vol dir, i aleshores la Leonor salta, la meva germana la porta a passejar el diumenge, perquè entre setmana a casa no ho podem fer. El metge no està gaire satisfet amb la resposta, ja se li veu, i acaba concedint, bé, doncs, faci gimnàstica, que pesat, torna a insistir amb la gimnàstica, amb allò de moure la cama amunt i avall, i estirar i arronsar, quin rotllo, com diria la Sandra.

A la llibreria sí que es passava les dues hores dreta, i tant, no quedava bé seure de cara als clients, només quan havia de classificar el que arribava dels proveïdors i quan havia de marcar-hi els preus, però això no era gaires vegades, i el que feia més era despatxar. Despatxar llibres. Llibres, llibres, una vida de llibres, allò era més del que podia desitjar. L'Antoni li va donar quatre instruccions i quatre consells i li va dir ja ho aniràs aprenent, no et precipitis, no et preocupis, no hi ha pressa. Però la Dolors ni s'havia preocupat ni s'havia precipitat, sinó que al cap de quinze dies ja gairebé no necessitava preguntar res a l'Antoni ni als altres dos dependents. Caram, li va dir ell admirat, ho has enganxat de seguida. És que m'agrada molt, Antoni. Molt. De sobte, ell la va mirar com la mirava quan anava a visitar-lo a casa seva, i llavors va dir, he pensat que potser voldries ajudar-me a quadrar la caixa algun dia, quan tanquem, a la tarda... Si pots, és clar.

Per bé o per mal, poques vegades diem realment allò que sentim, si és fruit d'un sentiment intens. Normalment, disfressem la veritat amb alguna cosa que s'hi assembla i que ens dóna la força necessària per parlar, diem allò que ens atrevim a dir i prou, és evident, però amb els ulls estem parlant d'una altra cosa. I els ulls de l'Antoni no parlaven ni de caixes ni de diners. Com els ulls de la Dolors tampoc parlaven d'això quan va contestar, és clar que t'ajudaré a quadrar. Demà mateix.

Podem lluitar contra els mals instints, redreçar-los, però de cap manera fugir de nosaltres mateixos. És una gran equivocació intentar fer-ho i, al final, t'adones que tornes al punt de partida sense poder-ho evitar. L'Antoni i ella s'havien retrobat i eren ja dues persones diferents, però l'olor dels llibres prohibits els havia tornat a portar tots dos a la vegada al punt de partida. Tot el que havia passat entre els llibres antics de casa d'ell i els de la llibreria, aquells tretze o catorze anys havien estat una pèrdua de temps. O no, potser no tant, mai no hi ha temps perdut, tot serveix per alguna cosa, tot porta a algun lloc, tot ensenya. Un forat en el temps seria una apreciació més exacta.

Bé, tenint en compte que el jersei és per a l'hivern, l'escot el farà rodó i força tancat. Sí, sí, les noies d'ara també ho ensenyen tot a l'hivern, però la Dolors no vol ser culpable que la seva néta agafi un refredat i tampoc no vol que la Leonor se li enfadi i li digui que no té seny, que ara sembla que s'ha destapat el que tenia tancat i ben tancat al dipòsit dels despropòsits. Té, ara arriba. És ella, sí, ara la Dolors ja coneix sense dubtes qui és el que acaba d'entrar, encara que no digui res, només pel soroll que fa amb les claus o per les petjades. Abans jugava a endevinar-ho i es puntuava ella mateixa, un a zero, dos a zero, ai, has fallat, dos a un, i així fins a deu. Ara ja no ho fa perquè de seguida arriba al deu a zero, i ja ha perdut la gràcia.

Però avui la Leonor ve acompanyada d'una altra dona, més jove, que la segueix fins al menjador.

—Hola, mare, et presento la Glòria; Glòria, la meva mare.

—Bona tarda, diu la nouvinguda, i li dóna la mà.

La Dolors somriu i també li dóna la que no li tremola, i, com que l'altra no fa ni cara de sorpresa, endevina que la Leonor ja li ha explicat que l'àvia no parla. La convidada Glòria va molt pintada i sense cap gràcia, aquesta sí que té micos a la cara, la Dolors es conté el riure. D'on l'ha tret, la Leonor? Per la conversa que mantenen assegudes al sofà, endevina que és una companya de feina. Les té d'esquena, a uns metres d'ella, i les sent perfectament tot i que elles parlen en veu baixa per allò de la sordesa imaginària de la Dolors. Fins i tot la Leonor ha fet un gest a l'aire amb la mà després d'una ullada ràpida de la Glòria, un gest que vol dir, tranquil·la, que no s'adona de res.

Per què la prenen per totxa? Una mica empipada, la Dolors para l'orella. No es fa, d'escoltar les converses dels altres, però és que ara mateix no pot fer altra cosa, s'hauria de posar taps a les orelles per no sentir-hi. I, a més, escoltar les converses dels altres és l'única distracció que té. Que Déu em perdoni aquesta petita llicència, pensa alçant un moment la mirada enlaire, com si parlés amb el cel amb línia directa. I a continuació, ja sense més dilacions, es disposa a escoltar de manera molt professional, fent veure que teixeix el famós escot quan la veritat és que no està controlant els punts ni res, i que després ho haurà de desfer, segur. Però haurà valgut la pena.

La Leonor és la que ha començat a parlar, en veu molt baixa, això sí, i cal estar ben concentrada per seguir el fil de la conversa.

—És com viure una segona oportunitat. Jo em pensava que a la meva edat això ja s'havia acabat.

—Ja t'ho deia. A mi també em va passar i t'asseguro que és el millor per a tots dos: tu tens experiència i ell joventut.

—Sí, tu. Quin cos, noia, quin cos, el veiessis...

Les dues dones riuen. La Dolors està al·lucinada, suposa que parlen del fill del director amb qui ella ja sospitava que s'havia embolicat, però és que no està acostumada a veure la Leonor en el paper de boja de la vida, i això li sobta.

—Vols un refresc? Tinc Coca-Cola, cervesa, llimonada...

—Un got d'aigua, si el tens. Ja t'acompanyo.

Se'n van les dues cap a la cuina i continuen parlant, però ella ja no entén res més del que diuen. Quin parell, la Leonor ha trobat una bona confident, aquesta és de les que escolten i asseguren que no diran res i és veritat que no diuen res fins que no s'enfaden amb l'amiga que els ha explicat el secret, i aleshores sí que ho diuen a tothom, perquè l'examiga ja no es mereix el silenci que li havien promès. Però no serviria de res advertir la filla, això és llei de vida i, a més, ja està bé que ho passi, aquestes intrigues deuen ser noves per a la Leonor i li anirà bé viure-les, no ha tingut mai confidents ni ha sortit amb companyes ni res fins ara, perquè només pensava a ser a casa per quan en Jofre arribés. I en Jofre arribava tard perquè era a l'insti, o això deia, perquè en realitat devia ser amb la Mònica de l'altre insti, la col·legial menor d'edat. No hi ha un pam de net.

A l'hora de quadrar la caixa tampoc no hi havia un pam de net. Tan bon punt s'havien quedat sols, l'Antoni l'havia convidat amb un gest inequívoc a anar fins a l'habitació dels llibres prohibits. La Dolors hi havia entrat sense pronunciar ni un sol mot. Després, l'Antoni havia encès la petita llum rònega que donava a aquell espai reduït el mateix aire que es respirava al seu modest habitacle de la fàbrica. S'havien mirat i ell havia dit, sabia que et retrobaria. Havia passat ja un any des que tots dos estudiaven plegats, des que la Dolors treballava amb ell dues hores cada dia. Un any en què havien parlat i s'havien somrigut i s'havien anat acostant cada vegada més l'un a l'altra. Perdona'm, va tornar a dir la Dolors. I va ser ella llavors qui li va fer la primera carícia, qui el va besar. Després, el món va començar a giravoltar molt de pressa i la Dolors es va demanar com havia pogut resistir tant de temps sense abraçar-se a l'home a qui ella s'havia donat per sempre.

Només es viu una vegada. Això sovint no ho tenim en compte, però sobretot ho oblidem quan som joves i quan ens inflen el cervell amb normes socials i disbarats existencials. A la Dolors, els filòsofs només li han ensenyat una cosa: que la realitat, tal com ens la presenten, es pot veure des de punts ben dispars, que cadascú hi diu la seva, que podem estar parlant del mateix i, tanmateix, depèn com siguem, ens ho prendrem d'una manera o d'una altra. O sigui, que tot ens ho fem els humans, i també som nosaltres els que imaginem o fins i tot creem tragèdies allà on no n'hi ha.

Ella, en canvi, va intentar desdramatizar el que passava al seu voltant. Durant cinc anys va callar que treballava i estudiava amb l'Antoni. Si l'Eduard ho hagués sabut, hi hauria hagut un daltabaix a casa i no valia la pena. Mentrestant, ell va treure la Teresa de casa i després li va permetre de tornar quan la Dolors el va amenaçar de marxar. Mentrestant, ella va patir per la filla i el va començar a odiar, i el seu odi va assecar tot l'ambient que els envoltava, a ella i l'Eduard. Mentrestant, la Leonor va anar creixent i va treure's el graduat escolar i va decidir que volia estudiar secretariat. Mentrestant, cada dia entraven menys diners a casa i s'havia acabat fins i tot tenir una minyona. I al final de tota aquella rampa descendent que no s'acabava mai, un dia l'Eduard va fer entrar al seu despatx de casa la dona que havia tingut sempre per un nores i li va anunciar, estem arruïnats. La Dolors va callar perquè es va adonar que el seu marit encara no havia acabat de parlar, que hi havia més coses. I efectivament, ell va afegir, mirant a terra, i no només això: tenim molts deutes, no sé com ens ho farem per pagar-los, Dolors.

La Dolors va tornar a callar, i aquesta vegada es va mossegar els llavis i la llengua i tot. No era que no s'esperés una cosa així, és clar que s'ho veia venir des de feia temps, no era pas ruca. Però es va mossegar amb força, fins a fer-se sang, per no cridar el que li hauria agradat cridar en aquells moments, o sigui, ara que van mal dades, ara em dius que no sé què farem i em mires com si jo hi hagués de trobar una solució, però mentre tot t'ha funcionat has fet com si jo no existís, no has tingut en compte que jo també pensava, que també sentia, que també podia opinar i potser ajudar. Quina barra, quina barra.

I com l'odiava. Va sortir del despatx sense pronunciar ni un sol mot i se'n va anar a prendre l'aire. Havia de fer alguna cosa per solucionar el que estava passant a dintre seu, no podia viure amb aquell odi perpetu ancorat al cor. Hauré de marxar, es va dir, però on. I com. Sobretot, com. Va ser llavors que va explicar a l'Antoni el que passava i el que havia passat, i també li va dir que odiava el seu marit. Ells dos no parlaven mai del marit de l'una i de la dona de l'altre, però aquell dia, la Dolors havia explotat. I aleshores l'Antoni, després d'un silenci estrany, li havia dit que ell no podia deixar la seva família però que, tot i així, estaria molt content de tenir-la tot el dia treballant amb ell, per un sou consistent, contractada de manera oficial. Li ho deia nerviós, com si no sabés com fer-ho exactament, per no ferir-la.

L'escot ja comença a tenir forma i la Dolors es diu que mai no va pensar que l'Antoni abandonés per ella la dona i els fills, que va ser una sorpresa per a ella que el seu amic li fes aquest comentari i pensés que l'afectaria, si pensava que ell ja sabia que viure junts no entrava dins els seus plans, que una cosa era la família i l'altra, molt diferent, el que els unia a ells dos. Ells dos només necessitaven l'habitació dels llibres prohibits. Qualsevol altra cosa hauria acabat amb tot.

El forat comença a prendre forma però encara no quedaria bé, massa ample per ser l'hivern i per ser un jersei de llana. És una qüestió d'estètica, Sandra, reina, i si no ho entens, doncs què hi farem, però no entra dins el cap de la Dolors que el coll es pugui quedar així, no, ho sento, no queda bé, s'enfada una mica com si es discutís amb la Sandra, com si la Sandra li digués, ja està bé, àvia, deixa'l així, no pot ser que tingui tan mal gust la néta... Però si no sap ni que li està fent un jersei, però si no en té ni idea.

Té, ara tornen aquelles dues de la cuina. Rient com boges, i la Leonor s'ha aixecat una mica la brusa per ensenyar l'arracada del melic a la Glòria. Li diu:

—Ja ho veus, torno a tenir disset anys.

—Això és salut, dona, està molt bé. Et queda moníiiissim.

—Sí que és bufó, sí. Primer se'm va infectar una mica i no podia dir res perquè si en Jofre veu això no sé què pensarà, així que vaig pensar a tornar-me'l a treure, però em van dir que no calia, que m'hi posés una mica d'alcohol.

—Ah, doncs ara ho tens bé, pel que veig.

—Sí. I a ell li encanta. Ell també en porta un en un altre lloc, però com que sempre va encorbatat, sembla que no sigui capaç d'aquestes coses...

Aquí, les dues han esclatat a riure, i riuen tant que els salten les llàgrimes. Mira, Leonor, jo no sóc home, però només de pensar-hi em fa venir mal en un penis que no tinc, la Dolors s'estremeix tota, i li ve una enyorança sobtada d'una època que ha quedat molt enrere. Fins i tot sembla que se li escalfa una mica el cos, quina gràcia, riu una mica però les altres dues ni se n'adonen perquè estan completament absortes en aquella conversa folla i continuen fent-se un tip de riure amb el tema de l'arracada.

L'Antoni li escalfava cos i ment només de mirar-la. Al racó dels llibres prohibits, les passions il·lícites havien trobat un lloc idoni per expandir-se, és ben bé que quan una ànima forma part d'una altra ànima, el joc eròtic entre els dos cossos es permet unes llicències que no es permet amb ningú més. I després d'anys de llicències i de jocs i de deliris, la Dolors havia explicat a l'Antoni allò de l'Eduard, que estaven arruïnats i que l'odiava. I era quan l'Antoni li havia proposat, i per què no treballes tot el dia aquí, i així t'emportes un bon sou a casa.

He trobat feina, havia anunciat la Dolors a l'Eduard. Ell havia fet un bot. Tu, has trobat feina? Però si no... Havia deixat la frase penjada, però la Dolors l'havia acabat per dins, però si no saps fer res, volia dir l'Eduard. L'home enfonsat encara li sortia amb allò, és ben bé que l'orgull, quan se'n té, és l'últim que es perd. I és ben bé que es pot viure tota una eternitat al costat d'algú i no tenir ni idea de com és. La Dolors va veure arribada l'hora de tirar-se unes floretes ella mateixa, i va dir sense embuts, he estat estudiant filosofia i lletres i en sóc llicenciada des de l'any passat. La cara de l'Eduard es va convertir llavors en un mapa. Era una cara de sorpresa barrejada amb dolor, quin mal li devia fer saber que ella podia ser tan bona com ell en alguna cosa o, si més no, amb un títol acreditat a la butxaca. Que podia ser que fossin a la mateixa altura intel·lectual i tot, o que el superés. La Dolors va experimentar un gaudi interior cruel en aquell instant i així es va adonar un cop més de com l'odiava realment. L'odiava tant que els seus propis sentiments la van espantar. Caram, va exclamar finalment ell, potser perquè es devia sentir amb l'obligació de dir alguna cosa, seràs professora.

La Mireia arrossegava els peus, quan va venir. La filla, sol·lícita i discreta, les havia deixat parlar mentre ella anava, deia, a fer uns encàrrecs per la zona. La Mireia sí que té problema de sordesa. La Dolors no parla i ella no hi sent. Així doncs, la conversa prometia ser realment un diàleg de lluços. Però hi ha la conversa dels ulls, que amb la Mireia és possible. Com amb la Teresa, com ho era amb l'Antoni, i com ho comença a ser amb en Martí que, quan la mira, l'entén. La Mireia és intel·ligent i, sordesa a part, només té problemes físics, de circulació, que no li permeten la mobilitat total. Et veig bé, li havia dit cridant una mica, somrient i amb la cara il·luminada. Amb gestos, la Dolors responia i jo a tu també. Es deien poc més, només es miraven intensament i les dues pensaven el mateix, que el temps s'ho endú tot excepte això, excepte les mirades i els lligams eterns.

Mireia, m'he embolicat amb l'Antoni altre cop. Porto, de fet, un cert temps ja... Això li ho havia dit fa molts anys i havia esperat la reacció d'ella, no tenia per què explicar-li allò, però després de tot el que havia passat abans de casar-se, se sentia amb l'obligació moral de fer-ho o, més ben dit, ho necessitava. La Mireia, casada i ben casada, enamorada del seu marit, que ho era tot per a ella, havia callat un instant de no res per dibuixar un ampli somriure a continuació i acabar dient, me n'alegro moltíssim, Dolors. Moltíssim.

Temps de paraules, d'explicar-se les coses. Ara, això ja no cal. Ara només cal deixar parlar als ulls.

A l'Eduard calia dir-li-ho tot amb moltes paraules perquè ho entengués. No, no seré professora, va explicar-se la Dolors. Eren tots dos a la cuina esmorzant, i, amb allò de la llicenciatura, l'Eduard ja s'havia quedat glaçat. Treballaré en una llibreria, va continuar la Dolors i va deixar anar la versió dels fets que tenia a punt, preparada per fer més comprensible aquella decisió. Va dir, em vaig trobar l'Antoni en un examen... Recordes l'Antoni, oi, el de la fàbrica... No va dir, el pare de la Teresa, però ho van pensar tots dos. L'Eduard només va fer que sí amb el cap, incapaç segurament de pronunciar un sol mot, els mots també s'havien glaçat perquè allò de l'Antoni havia provocat una tempesta de gel.

La Dolors, impertorbable, va continuar, té una llibreria i em va dir que, si mai m'interessava, li aniria bé algú com jo per ajudar-lo. Bé, la llibreria és gran i no sóc l'única, hi ha dos nois més. Però em pagarà un bon sou. Segurament això ens podrà ajudar, no et sembla.

L'Eduard havia mogut el cap amunt i avall però només una mica, sense cap mena de convenciment, se li veia que estava totalment desconcertat. Fet, doncs, havia dit la Dolors, i havia sortit decidida de la cuina, me'n vaig cap allà a firmar el contracte. Començo dilluns.

Tot i que la història d'amor entre la Dolors i l'Antoni era la mateixa en el contingut, que diferent era en les formes, la primera de la segona. La de la noia innocent i verge de sexe i d'afecte, i la de la dona madura, de tornada de tot, experimentada i decebuda i, al mateix temps, sempre amb una porta oberta per permetre que hi passés l'aire. A mi em sembles més maca ara, li deia l'Antoni, i la Dolors no s'ho creia però li ho agraïa, potser és que el pas del temps t'ha afectat una mica el sentit de la visió li contestava de broma, i tots dos reien, i després de riure tornaven a fer l'amor, i la vida, tota, quedava reclosa en aquells pocs metres quadrats del racó dels llibres prohibits, dels llibres estimats, amb olor de vell, que no volia dir de ranci.

Velles ho eren les dues, però ella es conservava millor que la Mireia. En Martí li ho deia, àvia, aquesta amiga teva ho porta fatal, si ho comparem amb tu, que estàs divinament. Sí, home, i què més, pensava la Dolors, em deus estar prenent el pèl, no ho deia, però amb la ganyota que feia instintivament en Martí ja en tenia ben bé prou, sí, àvia, sí, ja sé que no pots parlar i que tens això de la cama, però és un accident puntual i el metge ja et va dir que amb el temps tornaries a ser com abans. En canvi la teva amiga... no ho sé, està molt vella. La Dolors aixecava les celles, volia dir, noi, no és el mateix haver viscut servint que manant. És molt diferent ser mestressa que minyona, bé, que assistenta, com en diuen ara, de la Fuensanta en diuen assistenta.

La Fuensanta també l'ha vingut a veure. La Leonor i la Teresa li estan buscant una altra feina, la pobra s'ha quedat sense res i només té un fill que no guanya ni per mantenir-se ell. Ara ve de tant en tant. I quan ve, s'asseu davant de la Dolors i plora, no sap fer altra cosa que plorar, aquesta dona, i després s'eixuga les llàgrimes i diu, ah, senyora Dolors, com s'ha de veure, tant que li agradava a vostè parlar i anar amunt i avall, perdoni que plori, eh, però és que no me'n puc estar. La puc ajudar en res? Si em necessita, digui-ho, vindré quan calgui i faré el que calgui. La Dolors mou el cap a banda i banda a poc a poc, com agraint i negant, mentre pensa que, si pogués, exclamaria ben fort, no, no, vagi-se'n d'aquí, ja n'he tingut ben prou de vostè, quina dona, tu, sembla que no sap fer altra cosa que controlar la vida dels altres, sí, és clar que se l'estima, i per això plora, però és que no n'hi ha prou amb estimar, i tanta sol·licitud, cansa. Millor dit, la Dolors no suporta la sol·licitud.

L'Eduard s'havia tornat l'ésser més sol·lícit del món, de

cop i volta. Devia pensar, aquesta se m'ha escapat perquè jo he estat badant en altes instàncies amb el meu càrrec de director i la meva feina importantíssima i els meus papers transcendentals, i mentrestant, la meva dona s'ha muntat una vida a part i ha creat un gran món en el qual a mi m'és impossible entrar ara. Devia pensar això, l'Eduard, el gran món realment no era per a ell i, si per una banda a la Dolors li feia pena, per l'altra, la qüestió de l'odi anava en augment molt a poc a poc, gradualment. L'Eduard fins i tot havia començat a entrar a la cuina, a fregar plats, a escombrar. L'Eduard volia tant sí com no recuperar una dona que, de fet, no havia tingut mai i, en les llargues hores que s'estava a casa sense res a fer, intentava ser útil o fer-ho veure.

Quina obsessió per ser útil. Però és el que ens manté en vida, realment, i l'Eduard havia passat d'enginyer a minyona, mira, de pitjors se n'han vist.

Ahir, la Sandra portava un escot que Déu n'hi do, tot i que era hivern, però com ja ha decidit fa estona la Dolors, el seu, el del jersei d'hivern, serà petit, perquè la néta no es refredi. Que curiós, quan era jove no hi pensava si es podia refredar o no... Deu ser cosa d'àvies i també de mares, encara que li fa l'efecte que la Leonor s'ha declarat en vaga indefinida en referència a la vestimenta de la seva filla, sembla que no sàpiga com enfocar la qüestió, i és ben cert que ho ha intentat, però no se n'ha sortit, Sandra, on vas amb això, me li diu, és hivern i tu et destapes. La reacció de la Sandra, evidentment, és la clàssica d'una adolescent, mare, es porta. Es porta vol dir que ara està de moda. La resposta de la Leonor també és la clàssica d'una mare preocupada, i perquè està de moda t'has de refredar, ja ho veig. Aleshores, si hi ha el Martí, s'hi fica defensant la seva germana, vinga, mare, que la Sandra pel carrer va ben tapada, oi, nena. La nena diu sí, fluixet, i la Leonor es queda mitjanament satisfeta mentre murmura, això espero.

Sort d'en Martí, en aquesta casa. Ell és l'assenyat, el que

posa pau, el que tothom escolta a l'hora de prendre una decisió. La Dolors riu una mica, el dia que sàpiguen que és homosexual, no se'n sabran avenir, sobretot en Jofre, que admet i fins dóna suport a la normalització dels homosexuals en la qüestió de lleis i tot això, però la Dolors vol veure quina cara hi fa quan sàpiga que en té un a casa, quan de la Teresa ha dit més d'un cop, intentant que la seva sogra no el sentís, aquell homenot que no sap tenir la boca tancada, perquè ara l'han feta portaveu del partit i sempre xerra, ai, com canvien les coses, i mira que eren amics, en Jofre i la Teresa, i s'havien passat temps discutint sobre Sartre, Freud i la incipient democràcia del país, fumant en un bar, i la Leonor al costat mirant-s'ho, ja està bé, es queixava després a la Teresa, és el meu nòvio i hi parles tu. Com una nena petita, creuava els braços i feia morros, i la Dolors demanava, què ha passat. A la Teresa se li escapava una rialla i responia, no res, que hem estat parlant amb en Jofre, està molt interessat en tot el que duem a terme des del partit, i aquesta totxa s'ha engelosit. Aleshores deia a la Leonor, que no és broma, que no em ficaré mai al llit amb un home, jo, no m'interessen per a res, queda clar?

Mira-te'ls, doncs, tan amics i ara tan barallats. És que hi ha maneres i maneres de créixer mentalment, i no es pot dir que en Jofre hagi madurat gaire en aquest sentit. Bé, ell es pensa que sí, és clar, però la seva conquesta de la Mònica de disset anys —en té disset, finalment, ho va dir l'altre dia la Sandra— ho diu tot. De vegades se'n fa creus, aquesta és l'amiga eterna de la Sandra, des de ben petites van juntes a tot arreu, que alguna vegada fins i tot l'havien vingut a veure a casa seva, a la Dolors, i moltes vegades quan l'àvia trucava per telèfon aquí, a casa d'ells, la Sandra deia, ha vingut la meva amiga a jugar. I la seva amiga era la Mònica. I ha crescut tractant en Jofre de pare de la seva amiga Sandra, i alguna vegada la Dolors recorda haver-la vist amb vestits de volantets sempre molt blancs i molt polits perquè la seva mare es veu que la feia arreglar-se sempre com si anés de festa. Reina Santíssima, mira-la, ara, ben maquillada amb aquell aspecte de Barbie, de la Barbie que no va tenir mai la Sandra, i el Jofre-pare de l'amiga que ja no és el senyor respectable, sinó que de respecte més aviat cap, ja, com devia anar que la seduís? La Dolors s'imagina una trobada fortuïta en una botiga, hola, Mònica, com estàs, i la Mònica contestant, bé, molt bé, gràcies, i vostè què ha vingut a comprar, doncs jo cargols. Ah, que interessant, jo femelles. No em diguis de vostè, si us plau, Mònica, que em fas pensar que sóc molt vell, de veritat em veus molt vell? Aquí, la Mònica ja devia posar-s'hi bé, ja devia mullar-se una mica els llavis amb coqueteria, tot de broma, és clar, no, i ara, se't veu molt bé, aquesta és la veritat.

El que es comença a veure bé és l'escot. Després, quan toqui cosir costures, li farà un contorn amb punt alt o punt de cranc o totes dues coses, una darrere l'altra, que queda molt bé.

En què pensava, ara. Ah, sí, en Jofre dels cargols que devia convidar la Mònica de les femelles, vols prendre un refresc i parlem una mica. I la Mònica devia dir, *ok*, com vulguis, i es devien asseure en un bar i la Mònica devia veure en Jofre amb ulls nous, diferents, per primera vegada, perquè quan et fas gran, de cop i volta descobreixes que aquella barrera que t'havies imaginat entre tu i els adults de tot el planeta és inexistent, que en realitat pot ser que tinguis molta més força que aquell ésser que fins fa poc et veies obligat a obeir. A la Dolors li havia passat això amb les monges, qüestionades ja l'últim curs de batxillerat, quan, de fet, havien estat posseïdores de la veritat absoluta durant bona part de la seva infantesa.

L'Eduard, en canvi, havia passat de ser una persona adulta a ser una criatura, de no considerar la seva dona a creure en la Dolors com en una mena de deessa també posseïdora de la veritat absoluta, i ella s'havia sentit admirada com ella havia admirat les monges. Lluny d'agradar-li, això havia alimentat encara més el seu odi. La fàbrica va tancar i l'Eduard ja no feia res, només escombrar, fregar, fer els llits. Era la minyona/assistenta. Havia perdut l'orgull del tot, i un home sense orgull no és res. I és que l'Eduard no era res, estava acabat. I deprimit, i enfonsat.

I la Dolors va decidir un dia que ja no podia més. No el podia abandonar per una qüestió de caritat cristiana, perquè això hauria estat condemnar-lo a pidolar a la sortida d'una església. Així que només hi havia una sortida. La va pensar un dia i en va allunyar la idea, no amb horror però sí amb una mica de basarda. El segon dia que li va venir al cap ja no la va trobar tan forassenyada. I el tercer dia ja li va semblar bé. D'acord, doncs, va sospirar i es va dir, som-hi, Dolors. Quedava molta feina per fer, però estava clar que l'única manera d'arreglar aquella situació i de fer-li un favor a l'Eduard era matar-lo.

Les espatlles

—Sóc homosexual.

L'única que ha continuat menjant després d'aquella confessió ha estat la Dolors. La Sandra ha fingit que li venia un atac de tos i s'ha tapat la boca amb el tovalló per dissimular que no sap què fer. La Leonor ha recuperat una mica de la por pel seu marit i l'ha mirat de cua d'ull. En Jofre no ha fet res, simplement s'ha quedat embadocat mirant fixament en Martí i el continua mirant. Com que se sent malament per ser l'única que menja, la Dolors acaba deixant la forquilla a una banda. En Martí frega amb un dit les tovalles i, tranquil, aguanta la mirada al seu pare.

—Us ho dic perquè me'n vaig a viure amb en Dani, i voldria que sabéssiu per què. No m'agrada amagar-vos res important i, a més, ja sé que vosaltres no teniu problemes amb això, que sou uns pares que enteneu aquestes coses.

Bravo per en Martí, la Dolors somriu per dintre, ha posat en Jofre entre l'espasa i la paret, ara el pare no té altre remei que comprendre i acceptar, si vol quedar bé, si vol ser el pare modern que un espera que sigui. La Leonor i la Sandra continuen callant, però la Sandra, ara, almenys agafa la forquilla i es posa un tros de carn a la boca. La Sandra anorèxica ara resulta que és la primera a menjar. La Dolors, doncs, també agafa la seva forquilla perquè, francament, té gana. La Leonor trenca el gel:

—I de què viuràs?

És ben bé fugir d'estudi. En Martí aprofita el cop de mà que li acaba donar la seva mare:

—Estic treballant ja per al Dani mateix i per a altres músics. Hi ha molta feina i pocs informàtics especialitzats en música, i penso que me'n sortiré bé. Mentrestant, estudiaré, naturalment.

En Martí s'expressa amb claredat i seguretat, sap perfectament com portar el tema, i així en Jofre no s'atreveix a dir res. La Leonor torna a parlar:

—I no t'ho hauries de pensar una mica? Ets molt jove...

Tornem a fugir d'estudi, encara que aquesta sortida ja és més delicada. La resposta d'en Martí continua essent tan definitiva com les altres.

—Algun dia s'ha de començar a experimentar, mare.

En Jofre no parla, encara. No diu res, es manté en absolut silenci. Ara agafa la forquilla i també menja. Però en Martí no es conforma amb aquesta actitud del seu pare.

—I tu no dius res? —li demana directament.

La tensió torna a fer-se la reina d'un sopar complicat. En Jofre aixeca els ulls que havia abaixat per mirar la forquilla. Devia fer el mateix el dia que la Dolors s'imagina que s'havia endut la Mònica a prendre un refresc. Devia alçar la vista del got de Coca-Cola, i molt a poc a poc li devia dir, com has crescut, noia. I ho devia dir d'una manera que a ella li devia agradar, i devia contestar-li amb un compliment d'aquells que fan caure la baba a la gent com en Jofre, o sigui, portes els anys molt ben posats, ningú no diria que tens els que tens i se't veu molt més madur que els nois de la meva edat, deus saber moltes més coses. La Mònica es devia tirar l'escot una mica avall, té una bona pitrera, aquesta noia, i l'ensenya sempre tant com pot, la Sandra també ho intenta, però ella no és que en tingui massa, de pit. Aleshores, a en Jofre se li devia disparar tot el que es dispara en un home quan una dona ensenya les seves qualitats físiques, i més a en Jofre, que té tots els defectes masculins i cap qualitat. La Dolors es rectifica ella mateixa, d'acord, d'acord, també té alguna qualitat, bé la deu tenir, tothom té alguna qualitat per desagradable que ens sembli. Però en el cas del Jofre aquesta qualitat deu estar molt ben amagada.

Les qualitats de l'Eduard també romanien ben amagades, totes. Matar-lo era l'únic camí possible. Però mentre hi donava voltes, la Dolors es deia que això no podia dir-ho ni tan sols a l'Antoni, perquè no ho entendria de cap manera. Potser la Mireia... però millor no arriscar-s'hi. És demanar massa que algú entengui que el millor per a depèn de quina persona i per als qui l'envolten és eliminar-lo. Si t'enganxen i et fan un judici, sigui com sigui, amb atenuants o sense, vas a parar a la presó per uns quants anys. I la Dolors no tenia cap ganes de passar-se mitja vida a la garjola, no li venia gens de gust. Per això es va proposar fer el crim perfecte, la mort de l'Eduard ni tan sols havia de notar-se que havia estat un assassinat.

El mirava quan escombrava i ara, almenys, a més de l'odi i la llàstima, hi havia la possibilitat de pensar alguna cosa més constructiva. No hi havia pressa, ho havia de preparar al detall, fil per randa, durant el temps que calgués. Havia de semblar una mort natural o per accident. Això per a la ment de la Dolors era un repte i es va adonar que, mentre hi pensava, mentre donava mil voltes a mil idees que no l'acabaven de convèncer, se sentia satisfeta. Tenia l'Antoni, tenia una feina que li agradava i també la possibilitat de posar a prova la seva intel·ligència.

Ara està acabant les espatlles. Això és curtet i ràpid. Amb l'escot que ha fet, finalment, li han quedat força amples, no ha pas de patir perquè no s'aguantin. Ahir va deixar un moment de treballar, va aixecar la labor, se la va mirar. Que bonic que és, el jersei, que maco, tothom —excepte la Sandra, és clar— li festeja i li diu, àvia, quan acabis aquest, me'n faràs un per a mi, oi. Tots diuen el mateix, sembla que s'hagin posat d'acord. I la Dolors els somriu i fa que sí amb el cap, i per dins pensa, tu vés esperant. Només a en Martí possiblement n'hi farà un després. Perquè en Martí és en Martí, i té un gatet a dintre de l'ordinador, tot i que ara...

A la Dolors li agafa un esglai i li cau la forquilla a dintre del plat fent força soroll, i això ho aprofiten els altres per trencar el glaç. Ho fa el mateix Jofre, per saltar-se, suposo, l'obligació de contestar a en Martí allò de què li sembla la seva homosexualitat.

—Àvia, estàs bé?

La Dolors ha fet cara de circumstàncies i els altres deuen pensar qui sap què. Potser creuen que s'ha escandalitzat pel tema de l'orientació sexual d'en Martí. Sort que el nét sap perfectament que no és així. L'àvia afirma amb el cap i fa un gest com per treure-li importància.

I això que en té molta, d'importància. Què passarà amb el gatet? Se l'endurà el Martí? Es quedarà sense la possibilitat de veure aquella mixeta que passeja per la pantalla i de perseguir-la amb el ratolí, a l'inrevés que com hauria de ser? Mira que li ha agafat fort, com és possible que li tregui el son una bestiesa com aquesta, es diu a ella mateixa, deu ser que amb l'edat es torna frívola, però el fet és que la Dolors està preocupada pel tema del gat. De tota manera, no cal que es preocupi gaire estona, perquè en Martí, com acostuma a passar, ja ha endevinat de què es tracta el posat sobtadament seriós de l'àvia.

—En Dani té un ordinador que va molt bé. De moment treballaré amb aquell. Després ja veurem què fem.

O sigui, que l'ordinador es queda, gràcies a Déu. Encara ahir va jugar amb el gat, però àvia, no vols aprendre res més, li demanava en Martí, i l'àvia negava amb el cap. Mira, continuava ell, ja veuràs que hi ha més gats. En Martí feia per apoderar-se del ratolí i l'àvia hi oposava una mica de resistència. Dona, no siguis així, t'ho ensenyo i, si no t'agrada, tornem amb aquest, no pateixis que no s'escapa. En Martí s'asseia en una altra cadira, a ella la feia una mica enllà i, amb les mans al teclat i al ratolí, o *mouse*, en anglès, com en diu ell de vegades, organitzava un bon espectacle a la pantalla, amb molta màgia i moltes lletres i la paraula gat escrita per ell que després semblava que s'encomanava a tot el món de dintre l'aparell, perquè és ben bé que allà a dins hi ha un món sencer. Amb un altre joc de mans, finalment, apareixien gats, molts gats, en petites fotografies. En Martí sospirava, bé, àvia, ara m'has de dir quin t'agrada, que te'l faré gros. La Dolors feia morros, no estava disposada que li agradés cap d'aquells, no siguis així, deia el nét, dóna'ls una oportunitat, dona, n'hi ha de ben bufons, per exemple, aquest. Aquest era un de ben blanc que, amb una ordre ben donada d'en Martí, es feia gran i ocupava tota la pantalla. I mirava fixament la Dolors i es llepava els bigotis com si se la volgués menjar.

Per què tenim tants filòsofs si, al final, ens hem de trobar amb això. De què serveixen els discursos i pensar tant i assegurar que la vida és això o és allò si, al cap i a la fi, amb un botó podem fer que qualsevol cosa se'ns aparegui aquí mateix i se'ns faci grossa, i que un gat es llepi els bigotis quan ens mira. Ara la Dolors pensa que potser la Merceditas tenia un ordinador a casa... No, és clar, als anys trenta del segle XX era impensable tenir un ordinador, per més que això que surt a la pantalla semblin visions, també.

A la Merceditas se li apareixia la Mare de Déu i li deia coses de l'estil, has de ser bona minyona i estudia força. La Merceditas, que tenia ulls grisos i la pell molt blanca, ja feia cara de visionària, ja, però la feia tot el dia, no semblava que deixés de veure mai la Mare de Déu. Un dia que no havia vingut a classe, la monja els va advertir a la resta que era possible que la Merceditas fos una santa destinada a fer miracles o a ser màrtir.

Va ser màrtir. Sembla que més tard, quan era més gran, ja

no veia la Mare de Déu sinó monstres que li ordenaven que es fes talls a tot el cos, i la Merceditas de poc no es dessagna. Després, els monstres li van ordenar matar la seva mare i la Merceditas no s'hi va pensar dues vegades, va agafar un ganivet i es va disposar a fer-ho. Però els seus pares ja no les tenien totes, en referència a la filla il·luminada, i van poder aturar el cop, després del qual, l'antiga companya de la Dolors va ser reclosa en un hospital psiquiàtric on es va estar fins fa poc, que li van donar un tractament que li permetia control ambulatori. I, amb aquest tractament, va deixar de veure visions.

La Dolors se'n feia creus, va resultar que era esquizofrènica perduda, la pobra. I pensa que molts filòsofs segurament també han estat esquizofrènics, perquè es necessita no estar gaire bé del cap per assegurar depèn què.

No vull aquest gat, voldria cridar ben fort. No m'agrada com em mira, ni que es llepi els bigotis. La Dolors creuava els braços i tornava a fer morros, com una nena consentida. En Martí la mirava i es posava a riure, tranquil·la, àvia, ja et retorno el teu animalet predilecte, ja veig que no et fan el pes els meus experiments. Clic, clic, ja està. En Martí s'aixecava i la tornava a posar a ella, amb la seva cadira, ben bé davant de l'aparell. I ara sí que hi ha el gat, la mixeta petita que juga a prendre-li el pèl no deixant-se caçar i apareixent i desapareixent per un cantó de la pantalla.

Amb això de l'ordinador sí que se sent francament ruca. Però és que no en vol aprendre. No, no, de cap manera. Al començament sí que en tenia ganes, però quan es va trobar amb el gat, ja va estar, ja no va voler res més. No sap ben bé per què es resisteix a aprendre a manipular aquest petit gran món ple de sorpreses. Sembla com si el cervell se li hagués declarat en vaga. Prou, no ho vull fer.

Però només és ruca amb l'ordinador, i li produeix una sensació més aviat estranya aquesta de passar per ruca amb tot de cara als altres. Si sabessin que ella va dur a terme el crim perfecte. Li va costar trobar la manera de fer-ho, això sí, però la paciència forma part de la intel·ligència, ella sempre ho diu, que sense paciència no es va enlloc. Un intel·ligent impacient no existeix. En tot cas, és un espavilat oportunista, i prou. I l'Eduard no era ni això.

Quedava descartat llançar-lo daltabaix del balcó. Quedava descartat enverinar-lo. Descartat també utilitzar una pistola o un ganivet. Tot això, tard o d'hora, la portaria a la garjola. I el cotxe? Podia simular un accident... Això ja li agradava més, només havia de pensar en la manera de manipular els frens perquè no funcionessin. Estava bé, sí, però tenia l'inconvenient que sempre acaba notant-se que els has remenat, d'una banda, i de l'altra no és una mort segura, sinó que hi ha moltes possibilitats d'acabar paraplègic, per exemple, i a la Dolors només li hauria faltat això, ja ni marit ni minyona a casa sinó un paraplègic de premi per haver fallat.

En què penses, li demanava l'Antoni sovint mentre tots dos jugaven a fer argolles de fum amb els llavis. Era l'Antoni qui l'havia iniciat en aquell vici, però només després de fer l'amor. Més tard, va fumar quan es posava nerviosa. Penso en tu, responia la Dolors, era l'època en què tot el dia donava voltes al com i el quan de treure l'Eduard del mig del camí de la seva vida. Hi pensava sempre, i també quan acabava de fer l'amor amb l'Antoni. De fet, en aquell moment era quan n'estava més convençuda, perquè era quan s'adonava de la diferència real entre un home i un altre, entre una relació i una altra. És que el que hi havia a casa no era un home.

Ahir també, mentre ella estava jugant amb el gat, la Sandra va descobrir l'arracada del melic de la seva mare. La Dolors no sap com va ser, no ho va veure, però que sí va sentir l'exclamació francament sorpresa, immediatament després, on vas amb això, mare. La Dolors havia parat l'orella a la resposta de la Leonor, una mica com desmenjada, què passa, no t'agrada o què. La Sandra s'havia entrebancat una mica en contestar, sí, sí, és clar, és que no sé, és que no m'esperava que tu... d'això. Et penses que només ho pots portar tu? Però si jo no en porto, mare. Me'n volia posar un a la llengua, però no tinc peles. Peles vol dir pessetes, que vol dir euros, com parlen, la canalla. Encara sense veure-ho, però sentint-ho tot perfectament, la Dolors va assistir al xantatge de la mare a la filla, jo te'l pago, però tu no cal que vagis dient que me n'has vist un a mi, que no sé què en diria la gent. Bé, el pare ja te'l deu haver vist, és clar, va fer la innocent Sandra. Tu no en parlis amb ningú, *ok*, i jo et convido a arracada a la llengua. Tracte fet.

Heus ací la vida i les relacions, jo et dono això que vols a tu, i tu em dones a mi allò que m'interessa. És curiós: la Leonor busca un cos jove i el jove busca experiència. I, en el cas del Jofre amb la Mònica, deu passar el mateix.

Ets una lligona, li deia l'altre dia la Sandra, quan les dues eren al sofà d'aquí davant assegudes. Apa, com et mires el professor de mates, i com et poses a primera fila ensenyant-li les mitges i les cuixes i tot. Xxxt, calla, calla, deia esverada la Mònica mirant tot al voltant, i devia patir pensant que potser les sentiria parlar el Jofre, el gendre devia ser gelós fins a extrems inconcebibles. Ho és fins i tot amb la Leonor, i ara més, perquè veu que se li escapa, com ella es va escapar de l'Eduard, només que la Dolors era una mica, només una mica més espavilada que la Leonor. I en Jofre veu que la seva dona ja no viu pendent del que ell diu, del que ell vol, del que a ell li agrada. Que se li ha acabat la serventa, tan bé que anava tenir una dona per a cada cosa, una per manar i una per disposar, si és que no en té més, és clar, però no, la Dolors no ho creu, perquè en Jofre està realment embadocat amb la petita Mònica, que no és tan petita, que és alta com una model. El que és evident és que ella sí que no en té prou amb ell, ni molt menys. Ara persegueix el professor de mates, la noia. Es deu avorrir a classe.

La que no s'avorreix gens és la Leonor. Ha canviat fins i tot la manera de caminar, ara trepitja fort, i porta talons i vestits jaqueta i, quan arriba a casa diu allò de ai, quin mal als peus, i es treu les sabates i camina fins a l'habitació descalça, portant-les a la mà, sembla una altra, fins i tot s'ha tret uns quants anys de sobre, ben bé deu, caram, Leonor, qui t'ha vist i qui et veu, a la Dolors li vénen ganes de fer-li aquest comentari, sembla que la filla ha descobert que ella també és una persona amb possibilitats de menjar-se el món i, sobretot, la canalla de vint-i-cinc anys.

La Leonor sempre havia volgut casar-se de blanc i de llarg i per l'Església. Quan amb en Jofre ja començaven a pensar a fer-ho, ella de vegades comentava a la seva mare, és que el meu vestit serà el més bonic que s'hagi vist mai, i el descrivia tal com se l'imaginava, i la Dolors pensava, ai, Déu meu, que hauré de demanar un crèdit, perquè massa solvència econòmica no la tenia, en aquells moments, amb la Leonor que feia servir tot el seu sou de secretària per comprar-se el piset, la Dolors tan sols comptava amb el que cobrava a la llibreria i encara pagava factures de la fàbrica. La Leonor sempre deia que s'imaginava caminant pel passadís central del braç de l'avi que llavors encara vivia, ja que no tenia pare ni germans, i explicava que els volantets grocs de la part de baix de la cua s'embrutarien amb el terra però que era igual perquè no es veuria que s'havien embrutat; perquè després, a l'hora del banquet, ella es trauria la cua i es quedaria amb un vestit cenyit, preciós, també amb volantets grocs a baix. Estava obsessionada amb els volantets grocs. I de dalt, duria un bon escot —no com el del jersei de la Sandra— màniga llarga i l'esquena a l'aire, oberta fins a la cintura. I, això sí, un vel la taparia tota fins que el seu Jofre no la destapés, un cop casats, que aquest era un moment molt emocionant.

Això somiava, la Leonor. Fins que va arribar el poca-solta d'en Jofre i li va dir, sí, home, que això no és un conte dels germans Grimm, nena, que és arreglar papers i prou, i es van acabar els somnis i es va acabar tot, i la Leonor es va casar de curt i vestida de *hippie*, al registre civil, somrient malgrat tot, la molt fava.

—Has pensat que et pots haver equivocat?

Aquesta ha estat la gran pregunta d'en Jofre al cap d'una mica, quan ha tingut temps de pensar en homosexuals, ordinadors i músics. Aquesta ha estat, de fet, la resposta a la també pregunta d'en Martí al seu pare. En Jofre observa amb deteniment l'ampolla de vi, no mira mai a la cara ningú quan parla, no pot aguantar la mirada de ningú, i menys la del seu fill, que sí que aguanta totes les mirades i sempre esguarda directament als ulls de qui l'escolta, de qui li parla. En Jofre no sap com dominar el seu fill, el nano pensa massa, raona massa, no ha estat mai un adolescent en el sentit estricte de la paraula, o potser sí, però almenys per fora, sembla que no hagi dubtat mai. Ara mira el seu pare. Una altra pregunta.

—Com vols dir?

—Vull dir que... Això de l'homosexualitat és delicat, que no saps que a la teva edat encara es va provant tot una mica i que... En fi, que jo no et veig homosexual.

En Jofre ha continuat observant el vi, però al final ha aixecat el cap i ha esguardat el seu fill. Abans, quan en Martí l'ha deixada anar, també se'l mirava així, però callava. En Martí somriu.

—És clar que pot ser que m'equivoqui, però és difícil a divuit anys, no creus? A més, els instints no enganyen, pare.

—Els instints poden estar equivocats.

Ja està, ja ha tornat a dir la bestiesa del segle. La Dolors no sap què fa el gendre per acabar vessant-la sempre. Ara resulta que els instints poden estar equivocats. En aquest moment, a la Dolors li sap molt de greu no poder parlar, perquè ara s'aixecaria i, amb veu molt alta, diria, sí, home, si els instints estan equivocats ja em diràs on és la veritat del cas, no en volia saber d'altra. Però no pot parlar i, per no deixar anar un soroll d'aquells que no s'entenen i que més aviat faria riure, la Dolors s'agafa amb força a la forquilla i tanca els ulls.

—Estàs bé, mare?

La Leonor ha aprofitat l'avinentesa per distensar la situació. La Dolors fa que sí amb el cap. L'ambient s'alleugereix una mica i en Martí torna a parlar:

—Pare, els instints no s'equivoquen. En tot cas poden acabar derivant cap a una altra banda o essent controlats pel cervell o per les normes socials, però no s'equivoquen. Això tu, que... res. Que els instints no s'equivoquen.

La Dolors somriu per dins. En Martí ha volgut dir, tu, que ensenyes filosofia ho hauries de saber, però ha callat, li ha semblat massa gros. És clar, és que és realment massa gros el que està passant, que tot un catedràtic digui aquestes bestieses i que l'hagi de corregir un noi de divuit anys té el seu què. En Martí mira fixament el pare, fa estona que ha deixat de menjar i, tranquil, espera que en Jofre digui alguna altra cosa.

Aquest noi és una joia. És diferent dels altres de la seva edat, i la Dolors està molt contenta que s'entengui amb aquell Dani que sempre ve per aquí i que li cau molt bé perquè és educat i molt artista, i un dia fins i tot va conversar amb ella, la va tenir en compte, i això és molt. Li va demanar si li agradava la música, i la Dolors va fer que sí amb el cap, i després si concretament li agradava la música antiga, i la Dolors va tornar a fer que sí, i llavors en Dani va dir, doncs un dia vindré amb una flauta i li faré un concert, què li sembla. El moviment de cap de la Dolors va ser entusiasta. I fa uns dies, en Martí li va dir que el concert serà aquesta setmana, que es prepari perquè en Dani és un virtuós, fa posar la pell de gallina, quan toca. Aquí, l'instint desconfiat de la Dolors, que, com a instint que és tampoc no s'equivoca, la va dur a pensar que potser en Dani flautista fa posar la pell de gallina i fins els pèls de punta al Martí enamorat, però que potser fóra millor que ho comprovés per ella mateixa més objectivament. Bé, un dia d'aquests sortirà de dubtes, un dia que no sap quan és exactament perquè en Martí no li ho va dir però és que la Dolors ha descobert que, a l'edat d'ella, els dies ja no tenen vint-i-quatre hores, sinó quaranta-cinc o vint, o quinze o cap. Que deixen de ser un cronòmetre del temps, vaja.

Però el temps, abans, s'allargassava. Ara fumes, més afirmava que demanava l'Eduard, perquè la Dolors, nerviosa, s'havia comprat un paquet de cigarrets i s'havia posat a fumar a casa. Feia un sí ràpid, ella, i el marit aleshores semblava penedit d'haver-ho demanat, no passa res, eh, a mi no em molesta, i continuava explicant-se, el fum no em fa res, no tinc aquests problemes. La pols em fa estornudar, això sí, però no crec que sigui cap al·lèrgia, només és que, si n'aixeco escombrant se'm fica al nas. La Dolors el va mirar de cua d'ull, semblava molt més gran del que realment era, però almenys ara començava a dir alguna cosa, que durant molt de temps havia callat i la Dolors sabia que plorava per dins, que era conscient que no trobaria una feina per l'edat que tenia, però sobretot, pel poc interès que posava a trobar-la. Havia decidit fer de mestressa de casa i, ara que la Dolors havia deixat de ser vella, ara ho era ell. I la situació era inaguantable. A més d'odi, sentia fàstic. Només li faltava que li parlés de la picor al nas que li feia la pols que aixecava tot escombrant. D'una picor que deia ell que no era al·lèrgica.

Això, l'al·lèrgia. La Dolors va recordar de cop la reacció de l'Eduard quan es va prendre aquell antibiòtic que per poc no l'envia a l'altre barri. Quin horror... Sí, quin horror però ja ho tenia. Com no se li havia acudit abans? Aquell era el crim perfecte: l'al·lèrgia a la penicil·lina i a determinats tipus d'antibiòtic. El metge havia dit, si torna a passar, corri, que li va la vida. Molt bé, doncs, tornaria a passar com per accident... i no hi hauria ningú per córrer quan li anés la vida. Fantàstic, va exclamar en veu alta. Què és fantàstic, va demanar l'Eduard sorprès. No res, va respondre la Dolors fent una pipada al cigarret, això que m'explicaves de la pols, que només és que se't fica al nas... Prova amb aquells estris que no s'aixequen de terra, que només l'arrosseguen, la pols. Ja veuràs que bé que van.

Com estàs, li preguntava sempre la Teresa quan es trobaven. Mai no li demanava pel seu pare, no en volia saber res. En canvi, l'Eduard sí que volia sentir a parlar de la Teresa, volia que tornés, em sap greu el que vaig fer, Dolors, va confessar un dia amb el coi d'escombra a la mà. Era la viva imatge de la minyona desolada, quina llàstima d'home. La Dolors havia demanat a la Teresa, un cop més, que tornés a casa, que el seu pare ho volia, i ella, que ja havia acabat els estudis i ja començava a ficar-se de debò en política, li havia dit també que no un cop més, que ara també era perquè ja no era moment de fer vida al costat dels pares, ep, que ja sóc gran, ara ja he trobat la meva vida. A més, la Teresa s'aturava un moment i mirava inquisitivament la seva mare tirant-se una mica endavant, eren a la cafeteria habitual. I acabava dient, em va fer fora ell, no pas tu. I no m'ha dit mai més res.

O sigui que la Teresa exigia que el seu pare se li adrecés, que baixés del burro, que s'humiliés encara més, i només faltava aquesta, la Dolors no s'imaginava l'Eduard caminant encorbat i anant a trobar la Teresa i dient-li, perdona'm, filla meva, em vaig equivocar.

No se l'imaginava però així és com va acabar essent. No pas per la noia, és clar, perquè l'Eduard continuava sense estimar-la i segur que estava content d'haver-se-la tret del damunt, però sí que feia sobreesforços per recuperar d'alguna manera la Dolors i alguna cosa a l'enteniment devia dir-li que retrobar la dona passava forçosament per readmetre la filla. Així que un bon dia la va anar a trobar. La Dolors no sap què va passar exactament, només que l'Eduard va tornar a casa amb un somriure radiant i dient, ja està, ja vindrà quan vulgui. Així mateix, després d'anys de no parlar-ne i de no voler-ne saber res, pim pam, arreglat en un moment, i la Dolors, que s'havia passat anys patint, mossegant-se els punys i passejant passadís amunt i passadís avall demanant-se com arreglar la situació. Què vols dir amb això, què t'ha dit. Doncs m'ha dit que tot bé i que ja em perdona. Això era tota la informació que havia tret de l'Eduard. Després, ho havia demanat a la Teresa, i ella li havia dit, oh, em va demanar perdó i no m'hi vaig poder negar, pobre home, està molt malament, mare, ha canviat tant... Fa angúnia de mirar. El cor de la Dolors s'havia gelat en sentir aquestes paraules, i li havien vingut ganes de dir, no pateixis, filla, que aviat s'acabarà.

—Quan te'n vas?

La pregunta, ara, és de la Sandra.

—El mes que ve, potser.

Aleshores, la Sandra engega a plorar. Ho fa suau, però de manera abundant. En Martí s'aixeca i s'hi acosta i l'abraça.

—Ep, Sandra, que no me'n vaig a un altre país, només aquí al costat, molt a prop. Em vindràs a veure, oi?

La Sandra fa que sí amb el cap i continua plorant. Una darrere l'altra, pensa la Dolors, es queda sense nòvio i ara se'n va el seu germà, que s'estima tant. Pobra nena, hauria d'estar prohibit que a certa edat passessin coses d'aquestes, el Destí o Déu o qui sigui —la Dolors sempre ha cregut a mitges en les divinitats— hauria de tenir en compte que determinats cops només poden ser administrats un a un i amb molta cura a la gent sensible. La Dolors observa que aquell tros de carn que la Sandra s'ha posat abans distretament a la boca, jeu en un racó del plat, el deu haver tret amb discreció, la noia és anorèxica però polida, això sí que ho té, i ara que plora encara se li veu més que només té ossos, els ulls enfonsats i els pòmuls massa prominents. Ara no és que estigui gaire maca, la veritat, pobra Sandra. Però qui hi ha que estigui maco quan tot va a l'inrevés? Els dos germans s'abracen i, després d'una mica, en Martí fa una brometa.

—Vaja, no hauria dit mai que anar-me'n de casa es convertís en una tragèdia. Sandra, així estaràs més tranquil·la, dona.

La Sandra plora més fort i, entre sanglots, diu de manera que costa d'entendre, però és que jo t'estimo molt.

Ara que la veu de perfil, ara s'adona que potser ha fet curta l'espatlla. S'ho haurà de mirar, ella que es pensava que avui tancaria el davant, que ja estaria, i resulta que encara haurà de comprovar això. És clar, la Sandra tenia unes mides quan ella va començar a fer el jersei. Ara, com que es va aprimant, les va canviant. Una mica enfadada amb la néta, la Dolors es diu, potser que prengui les mides directament d'una radiografia, nena, em faràs parar boja. En Martí li fa un petó, l'acarona. Ara ja no se li veuen les espatlles, Martí, treu els braços que no veig res, Mare de Déu, quin desastre, ells aquí abraçats i la Dolors preocupadíssima amb les espatlles del jersei de la Sandra. Per què s'atabalen tant, els joves. Per què donen tanta importància a coses que no en tenen cap, això és només una circumstància de la vida, això és un estira-i-arronsa, un puja i baixa i prou, tot torna al mateix punt al cap i a la fi, tota la vida és d'un platonisme extraordinari, ja ho deia Macbeth, la vida és tan sols una ombra passatgera, un trist comediant que gasta fums, i tants fums, després resulta que res de res. O era Hamlet qui ho deia? Bé, tant és qui ho digués, Sandra, maca, de què et serveix no menjar i aprimar-te tant i patir tant, aquí l'únic que es beu la vida a glops és el Martí. I també la Teresa, és clar, deu ser cosa dels que han de sortir de l'armari, això, però ves perquè un no es pot prendre la vida tal com raja, sense fer mal a ningú, però sense estar-se de res. Que complicat que és tot. La Sandra deixa de plorar i aixeca el cap per mirar en Martí. I aleshores la deixa anar i fa que acabi de caure el que fins ara trontollava.

—Gràcies, Martí, ets un germà fantàstic. Sort que et tinc

a tu, perquè ja no em queda ningú. Ara ja ni la Mònica no em fa cas.

—Vaja, us heu barallat?

—No. És que s'ha embolicat amb el professor de mates i ja no vol venir mai amb mi com abans... No sé què li passa, no sé què té a veure una cosa amb l'altra.

La Dolors no pot evitar mirar-se en Jofre, que acaba de quedar-se com si algú li hagués tirat una gerra d'aigua glaçada al damunt. El món s'ha aturat per a ell, la Dolors ho veu claríssim, en Jofre s'ha quedat blanc com el paper, tan blanc que sembla que s'hagi de desmaiar, i acaba aixecant-se de la taula, murmurant una excusa i anant cap al lavabo a tancar-s'hi, suposo que per entomar el cop en privat, d'una manera o d'una altra, la Mònica se n'ha anat amb el professor de mates, ara li deuen agradar més els números que la filosofia o, més aviat, és que en Jofre no li pot posar un excel·lent a final de curs perquè treballa en un altre institut i el de mates, en canvi, sí. I ja se sap que, de cara a la revàlida o examen d'estat o selectivitat o com es digui ara, una bona nota pot arreglar moltes coses, que ara demanen notes de tall molt altes per entrar a qualsevol facultat.

La Sandra ha deixat de plorar, s'eixuga les llàgrimes i en Martí se'n va al seu lloc. Després de la tempesta, ve la calma, però en Jofre encara no ha tornat. Quan la Leonor hi va per veure si té problemes, ell, de l'altre cantó de la porta, diu, amb una veu estrafeta, que té molt mal de panxa, que paciència, que d'aquí una estona sortirà.

El darrere

El darrere sempre és molt més fàcil de fer perquè ja hi ha el patró del davant. Si deixem a part l'escot, que acostuma a ser diferent, la resta és tota igual. Només s'ha d'anar seguint i anar comptant i apa, en un tres i no res ja està enllestit. I en el cas del jersei de la Sandra, hi ha exactament el mateix escot pel davant que pel darrere, o sigui que no hi ha ni aquesta diferència.

Quin tip de plorar, tu, aquesta casa sembla un funeral. Què li ha agafat ara, a la Leonor, la Dolors comença a estar tipa de tanta llàgrima, les dones ploren i en Jofre i en Martí fan cara de circumstàncies cadascú per una raó ben personal, és clar.

És una mica avorrit, això sí, perquè el fet mateix de no haver d'anar medint, de copiar només, ja ho porta, no s'ha de crear ni imaginar res, no és com abans que prenia mides a les nenes una vegada i una altra, i la Leonor petita es queixava, un altre cop, però es deixava fer, perquè els petits sempre es deixen fer pels grans si no volen que els renyin, és clar, tira, tira, Dolors, vinga, que la Leonor, que ja no és petita, ja li ha muntat els punts i ara pot anar fent amunt, punt alt i quin color tocava, ara… Ah, sí, blau, ben blau, blau elèctric i llampant, a la Dolors sempre li han agradat els colors llampants, potser perquè mai no se'n va poder posar, perquè no era discret o perquè després estava de dol i no quedava bé. És clar que un dia va dir que prou, que això del dol tenia un límit i que s'havia acabat.

I què li passa ara, a la Leonor? Plora perquè en Martí se'n va? O per la Sandra? Això mateix ha dit avui quan ha entrat en Jofre i l'ha enxampat feta una magdalena, però la Dolors no s'ho creu, no senyor, aquí passa alguna altra cosa, les llàgrimes de la seva filla tenen un significat ocult, les coneix de sempre, de quan era un nadó, no han canviat gaire. Les coneix amb aquella facilitat sorprenent de les mares per identificar tots els significats del plor d'un fill seu, això és que s'ha fet mal, això és que té gana, això és que vol cridar l'atenció.

Va arribar un moment que l'Eduard ja ni sortia de casa, i la Dolors ja havia trobat el com de la qüestió, però li faltava el quan. Per fer-ho ben fet, havia de ser quan hi hagués una infecció per guarir, evidentment. La idea de base estava molt clara, però els detalls aleatoris els hauria d'anar improvisant depenent de les circumstàncies. La Dolors va asseure's al banc de la paciència amb els ulls tancats per no veure el que quedava d'aquell projecte d'home que tenia a casa, perquè si no, s'aixecaria de cop i la perdria, la paciència, i faria un disbarat i la descobririen. No li caldria esperar massa: eren a la tardor i cada hivern queien com a mínim unes angines. I les angines es guareixen amb antibiòtic. Tot previst, Dolors, tot previst. I santa paciència.

La Sandra es va desmaiar abans d'ahir. Va caure rodona mentre es mirava al mirall, i encara, quan van córrer a reanimar-la —sort que hi havia en Martí i en Jofre a casa—, anava murmurant, estic grassa, estic a punt de rebentar. La van ficar al llit i li van alçar els peus amunt, la Dolors es va aixecar de la cadira com va poder i s'hi va acostar: la Sandra estava blanca com el paper, no tenia llavis, aixeca-li les cames, vinga, ordenava en Jofre a en Martí, una vegada a la vida que tenia capacitat per dir i decidir alguna cosa era d'agrair, aguanta-li així, ara, Sandra, Sandra, preciosa, estàs bé, Sandra. Aleshores havia arribat la Leonor i havia fet un crit veient la Sandra al llit, tot i que llavors ja recuperava el color i els llavis, almenys una mica, com per compliment. Filla, filla, estàs bé, què tens, què ha passat. La Sandra es deixondia a poc a poc, amb cara de plorar, i encara murmurant allò d'estic grassa, per continuar dient, no m'estima ningú, i deixar anar unes quantes llàgrimes. Aleshores, la Leonor s'hi havia llançat al damunt, aquí tots t'estimem, filla, tots, i l'abraçava, i en Martí i en Jofre l'enretiraven una mica si us plau per força dient, sí que és cert, però deixa-la anar, que l'ofegaràs.

Potser plorava per això, la Leonor. Potser se sentia culpable. Però no, segur que hi havia alguna cosa més.

Ja passa que quan esperes ardentment una cosa, no passa. I passa que, quan deixes d'esperar-la, passa.

O sigui, que l'any que la Dolors tenia previst perpetrar el crim perfecte i deslliurar-se per sempre d'aquell llast que arrossegava i que no la deixava arrencar a córrer amb llibertat, resulta que a casa no hi van entrar ni les angines. I, com que no van entrar, l'Eduard, que no sortia, no les va agafar. La Leonor va estar estranyament sana tota la temporada, i mira que la canalla, una cosa o altra, sempre l'agafa. És clar que la grip no li hauria servit de res, no es guareix amb antibiòtic, la grip. Però és que la Leonor tampoc no la va agafar, la grip. Res de res, només un mal de queixal que va resultar que s'havia d'empastar i prou.

A fora, a la llibreria, hi havia l'altre món, el de l'Antoni, el dels llibres, el dels somnis. Allò era la vida, l'autèntica vida. I calia recordar que, de vida, només n'hi ha una. Amb el temps, amb els anys, la llibreria s'havia convertit en la casa de tots dos, la de veritat. S'havien barallat per feina moltes vegades, l'Antoni era extremadament metòdic, i la Dolors precisament els defugia, els mètodes. Però fora d'això, tot anava bé. Massa bé. Fins i tot semblava que la Maria l'apreciava, les poques vegades que es trobaven li deia, no sé què faria sense vostè, l'Antoni, la veia com l'ajudant fidel, i li somreia i a la Dolors li feia una mica d'angúnia aquest somriure, i pensava ja és estrany que no em vegi com una competència, és una dona i jo sóc una altra dona, i no sóc tan jove com ella però tinc l'edat de l'Antoni. I ara, que estrany.

Mirin això, el metge havia aixecat la brusa de la Sandra sense manies davant dels seus pares i de la Dolors, que s'hi havia tornat a acostar. Tots tres van fer un crit, sí, també la Dolors que, tot i que ja s'esperava alguna cosa així, sempre sorprèn trobar-s'hi de cop. La Sandra portava sostenidors, però uns sostenidors que no sostenien res, perquè a sota hi havia ben poca cosa, en Jofre i en Martí tenien més pit que ella. Però això no era el més greu, sinó la resta del cos: la Sandra semblava una nena d'aquelles que s'ensenyen a través de la televisió perquè els habitants de l'estat del benestar prenguem consciència de la fam que passen tantes criatures al món. La diferència amb la Sandra era que els cossos exhibits a la pantalla són normalment negres, i el de la Sandra era blanc. Però la resta podia passar tranquil·lament per un d'aquells éssers desvalguts i malnodrits; només hi havia pell i ossos, les costelles ben marcades i la panxa enfonsada. La Leonor, després d'aquell crit, va creuar la mirada amb la Dolors. I la Dolors va alçar els ulls al cel i va pensar, gràcies a Déu que se n'adonen. I la Sandra callava amb la cara amagada sota la brusa, fins que va deixar anar fluixet, estic grassa.

Sí que anava tot massa bé. Durant anys havia anat meravellosament, fins que un dia, la Maria havia decidit venir a buscar l'Antoni després de quadrar caixa, quan tot estava tancat, i era precisament el dia que ells dos revisaven llibres prohibits, per dir-ho d'alguna manera. I els va enxampar en plena revisió. Però això va ser quan l'Eduard ja era ben mort.

Tot un hivern sense ni unes soles angines. Quin desastre, va dir-se la Dolors a final de curs, hauré d'esperar a l'hivern que ve. I s'hauria posat a plorar de tan desgraciada com se sentia. Van arribar les vacances d'estiu i se'n van anar a passar uns dies a un apartament de la muntanya. I aleshores, oh, miracle, va arribar una malaltia infecciosa de panxa, una gastroenteritis que necessitava cura d'antibiòtic, i no la va agafar la Leonor sinó ells dos, la Dolors i l'Eduard. Era l'oportunitat de la seva vida. Van anar tots dos al metge del poble on es trobaven, sempre amb el paper que indicava exactament a quins antibiòtics tenia al·lèrgia l'Eduard. Ahà, anava dient el doctor rural llegint-lo, vol dir això que vostè no em pot prendre una cosa que és molt efectiva i que sí que donarem a la senyora. I vostè em prendrà això altre que també li anirà prou bé. Feia un parell de receptes i indicava on hi havia una farmàcia. L'Eduard ni l'hi acompanyava, no puc més, Dolors, me'n vaig que he de córrer al lavabo. Pots anar-hi sola, oi?

I tant, que hi podia anar sola, la Dolors havia agafat la malaltia molt més lleugerament que l'Eduard i podia anar tranquil·lament a comprar. Semblava fet expressament, tot sortia massa rodó, ni tan sols venia l'Eduard a la farmàcia, la Dolors comprava els dos medicaments i es proposava, de camí cap a l'apartament, equivocar-se com per art d'encantament. El doctor també els havia receptat a tots dos un xarop que a l'Eduard habitualment li feia venir son i a ella no. Meravellós, tot anava sobre rodes.

La improvisació va ser brillant, s'ha de reconèixer. D'entrada, havia enviat la Leonor a passar uns dies a casa d'una amiga, al mateix poble, mentre ells dos estiguessin malalts, amb l'excusa de no encomanar-li el mal, i també val a dir que l'amiga aquella i la seva família havien tingut l'encert d'oferir-s'hi immediatament, almenys un parell de dies, fins que vostès es trobin millor, feia aquella senyora que la Dolors no coneixia de res. A continuació, com que l'Eduard es trobava molt pitjor, li administrava el xarop perquè dormís una mica, ja que s'havia passat la nit despert i tenia molta febre. Quan el tenia al llit, quan gairebé s'adormia, li deia, au, ara toca l'antibiòtic, i li donava la pastilla; la pastilla equivocada, la que no havia de prendre sota cap concepte, la que el podia dur a la tomba, la que de fet esperava que el dugués a la tomba d'una vegada per totes. L'Eduard se la prenia, semblava un nen petit, adéu, criatura, li deia la Dolors per dintre, ja mai més no tindria aquella desferra humana pendent dels seus gestos, dels seus actes. Li administrava el verí amb tota la tranquil·litat del món i, sense alterar-se gens, li deia, jo me'n vaig a comprar alguna cosa perquè puguem menjar, que ja no ens queda res. Ell només feia que sí amb el cap, ja amb els ulls tancats, quina son, murmurava. La Dolors sortia i agafava les claus, les úniques que existien de l'apartament, i tancava per fora. No hi havia telèfon i els mòbils encara no existien.

En Jofre la va dir grossa quan van ser fora de l'habitació, va dir, sembla que la Sandra surti d'un camp d'extermini. Tenia tota la raó, sí, era potser la definició més adequada, juntament amb la dels nens morts de fam de la televisió. Què li passa, va demanar la Leonor amb ànsia. Doncs que no menja, que no ho ha sentit. No ha dit res, i sí que menja, va fer la Leonor. El metge va contestar el primer comentari dient, sí que ha dit res, senyora, ha dit que estava grassa. Ja no cal demanar-li més. Ara els toca a vostès dir-me, si els plau, què menja la nena.

Silenci.

Menja pasta..., bistecs..., acabava dient la Leonor, amb inseguretat. Cada dia? demanava el metge. Doncs no ho sé, contestava ella posant-se molt vermella. Però el cap de setmana, sí, aclaria precipitadament en Jofre, oi, Leo? La Leonor feia que sí amb el cap, i aleshores la Dolors reaccionava violentament, no podia callar més, no podia quedar-se a dintre el que tenia, i, amb gestos i sons, aquells sons demencials i decadents, explicava al metge que la Sandra vomitava després, cada vegada, sempre. Apa, saltava amb incredulitat la Leonor en entendre el que l'àvia volia dir. El metge, intel·ligent com l'altre, de metge, movia el cap tristament, no se n'adonen, deia, la seva filla és anorèxica. La seva filla necessita tractament urgent. Intentin que mengi i vinguin a veure'm amb ella la setmana que ve, tal dia a la consulta. En parlarem extensament. D'aquí a allà, si no vol menjar, li donen aigua amb sucre i llimona, Coca-Cola i sucs i llet. Però intentin que mengi, aquesta nena està molt malament.

L'Eduard també estava molt malament però no es moria. Coi de cor, sí que li aguanta, es va lamentar la Dolors quan va tornar a casa al cap d'una estona. Va trobar el malalt aparentment dormint però amb la respiració agitadíssima. Tenia molta febre, i estava tapat fins a dalt de tot. Millor, va pensar la Dolors, i no va obrir cap llum per no veure-li la cara, no volia veure com la tenia, amb aquelles butllofes de l'altra vegada i amb els llavis inflats i tot vermell i... No, no volia veure'l. Se'n va anar a la cuina, va fer el sopar per a dos per si un cas, va estirar-se en un altre llit —quan estaven malalts dormien separats— i va descansar molta estona, procurant no sentir la respiració terrible de l'altra habitació que, malgrat tot, s'escolava per tota la casa i feia que l'ambient esdevingués tètric.

L'Eduard no es moria, no. Va arribar l'hora de donar-li l'altra dosi d'antibiòtic verinós i, armant-se de valor, la Dolors va encendre un llumet petit i va acostar-s'hi, Déu meu, quina cara, va pensar, però sembla que sigui de la mateixa febre i, en veu alta, va dir per si l'Eduard la sentia, si estàs així, demà al matí trucaré al metge, que això no pot ser, ja passa de taca d'oli. Au, incorpora't una mica, li deia, i li aixecava el cap, i l'Eduard suant moltíssim obria els ulls una mica, els tenia entelats, mirava i no mirava, semblaven ulls de boig, he deixat el drap de la pols penjat a la porta, va dir, només faltava aquesta, va pensar la Dolors. Sí, sí, li contestava, i li feia empassar la pastilla, au, a descansar, i no et destapis. Quina calor, feia ell, i es treia els llençols del damunt. La Dolors mirava cap a una altra banda i corria a tancar la llum, que no et destapis, no veus que així no et curaràs mai, no ho veus. El tapava a les fosques, devia semblar ja un extraterrestre. El dia de l'al·lèrgia em sentia així, murmurava ell, i em feia mal tota la pell com ara. És la febre, responia ella. Au, dorm. Aigua, aigua, feia ell encara. La Dolors n'anava a buscar i n'hi donava una mica. De passada, li tornava a donar xarop perquè quedés ben adormit.

Sopava tota sola. O ho intentava, perquè, de fet, no tastava el menjar, no podia. Després, se n'anava al llit i demanava a la son que vingués, i la son no venia perquè, per més portes que tancava, la respiració de l'Eduard se li ficava a les orelles i, de les orelles, a l'ànima.

Potser la Leonor plora per això. Sí, és clar, és una raó prou forta per plorar, es deu sentir culpable... o s'hi hauria de sentir, perquè això de la Sandra passa per no fixar-se en la nena, per no controlar-li el menjar i per altres coses que no tenen res a veure amb el menjar, ai, senyor. Però hi ha alguna cosa més. El de la Leonor és un plor per causes diverses, segur.

Això es fa de pressa, però avui li tremola més la mà, a la Dolors, i no sap per què. Avui li és difícil manipular el ganxet, se li descontrola, se li escapa la llana cada tres per quatre, quin desastre, i això que és fàcil, i això que ara només és anar copiant, no les tens totes avui, Dolors, deu ser que estàs cansada de tantes emocions, en aquesta casa cada vegada en passen de més grosses. Com el sistema d'atacar l'anorèxia que tenen en Jofre i la Leonor, més la Leonor que en Jofre, també cal reconèixer-ho. Ahir, quan van veure que la Sandra estava millor, que s'aixecava i que més o menys podia tornar a fer vida normal, li van dir que anés al menjador, que tenien una sorpresa per a ella. La Sandra va començar a suar, se li veia d'una hora lluny. Però la Leonor havia decidit agafar el toro per les banyes de la pitjor manera que es podia agafar, sense cap gràcia, aquesta filla de la Dolors és ben cega, o, encara pitjor, autista, com és possible, es demanava l'àvia amb els ulls tancats, quina olor a xocolata.

Això de la xocolata ha vingut d'ella. Al seu pare no li agradava, potser era la mare la que perdia el nord amb aquell producte, però la Dolors no ho recorda, i els temps de privacions tampoc no eren per poder-se permetre luxes tan dolços. O sigui que sempre li havia fet l'efecte que la dèria venia d'ella, només d'ella. Quan s'havien casat i l'Eduard havia deixat de regalar-li bombons, era ella la que intentava esgarrapar quatre duros mal comptats per comprar-ne una mica, perquè era una temptació massa gran per deixar-la passar quan se li posava al davant del nas.

No hi ha res millor que la xocolata. Desfeta o en rajola, tant és. Ahir, quan en van fer per a la Sandra, la Dolors es va quedar embadocada mirant-se aquella tassa, mig desmaiada amb l'olor que li arribava. Quan la néta era petita, es tornava boja per un suís i una ensaïmada. Aquest vici ve de tu, li deia la Leonor mig de broma i també mig gelosa de no ser ella qui li hagués encomanat aquella passió. I la Dolors li demanava, au, deixa'm que m'endugui la nena a menjar xocolata, vinga, no siguis així. Altre cop, es queixava la Leonor. Però si me la vaig endur fa molt temps, ja... La Leonor acabava accedint i així la Dolors s'emportava la Sandra a menjar xocolata al carrer Petritxol o on fos, i l'àvia i la néta es posaven les botes.

Quin mal a la consciència. La Dolors el començava a tenir per primera vegada. Una bola molt grossa se li havia ficat al coll i no la deixava respirar bé. L'Eduard tampoc no respirava bé, que es mori, Déu meu, que es mori de pressa, veia que patia i es començava a sentir molt culpable, ella no ho havia volgut, això, ella només volia treure'l del mig pel bé de tots, i això s'estava complicant massa i li feia mal endins, endins, i no podia dormir, ni respirar, ni viure. Que no havia dit el doctor, si torna a passar, corri? No volia dir això que, si no s'afanyaven, l'Eduard es moria? Doncs per què no hi havia manera? Li hauria agradat consultar-ho amb l'Antoni, però l'agost era l'únic mes que no el veia, i, a més, no l'hauria entesa mai. Ni ell ni ningú, això ja feia temps que estava molt clar, o sigui que ni parlar-ne, de consultes.

De matinada, es va atrevir a anar a trobar el seu marit. L'Eduard continuava delirant, la respiració estava més accelerada encara, i ara es queixava, quin mal, deia de tant en tant, l'esquena, l'esquena, hi devia tenir butllofes, ai, senyor, la Dolors no podia sentir-ho, faltaven encara dues hores per la següent dosi de verí, i llavors es va decidir a donar-l'hi en aquell moment i esperar una mica. I, si al cap d'una hora no era mort, avisaria el metge i el salvaria, que allò no podia ser de cap de les maneres. Allò no era matar algú per pietat, allò era torturar-lo, i la Dolors no era de cap manera una sàdica, això sí que no.

Així que li va donar la següent dosi d'antibiòtic verinós i li va dir, em tens molt preocupada, encara és molt aviat però si d'aquí a una hora no estàs millor, aviso el metge. L'Eduard ja no responia. More't, more't, suplicava amb el pensament la Dolors. Li havia vist la cara per força, era monstruosa. Per si existia Déu, la dona li va suplicar, fes que no pateixi més, no puc sofrir-ho, emporta-te'l, si us plau, emporta-te'l.

Però Déu no se l'emportava. Potser no existia o potser és que no en tenia ganes, que aquell dia li feia mandra emportar-se algú cap al cel, que és molt amunt i deu demanar un esforç considerable i una predisposició especial. I al cap d'una hora, la Dolors va sortir de casa per anar a trucar precipitadament al metge a la central telefònica del poble, nerviosíssima, si us plau, vingui, si us plau, el meu marit es mor, em sembla que m'he equivocat de medicament, Déu meu, quan va penjar se sentia un monstre pel que havia fet i per haver volgut la mort d'algú, i per haver intentat assassinar-lo. Com és possible, Déu meu, que jo hagi intentat això, jo que em tinc per una persona civilitzada, en què has estat pensant, Dolors, realment l'odi i el menyspreu per l'Eduard l'havien encegat del tot, ara la Dolors se sentia dolentíssima i només volia salvar-lo, se separaria d'ell i ja està, ho podia fer perfectament, ja hi trobarien una solució, l'Eduard se'n sortiria sol, no era pas tan ruc com això. No calia matar-lo, i seia al seu costat mentre esperava el metge, i intentava reanimar-lo mentre amb horror li contemplava, ara sí, el cos, i es volia morir ella i, feta un mar de llàgrimes, suplicava, perdona'm, Eduard, perdona'm, i ell, en un moment de lucidesa, deia, què t'he de perdonar, doncs que m'he equivocat d'antibiòtic, ho he fet a l'inrevés, em sembla. Però ara ve el metge, ara ve.

La Sandra es va mirar la tassa de xocolata, la nata i l'ensaïmada amb cara de no veure cap de les tres coses. Els seus pares s'estaven drets al costat i devien pensar, quina gran idea aquesta que hem tingut de temptar-la amb el seu menjar predilecte. I no s'adonaven que no era que la Sandra no mengés perquè no li agradés la pasta o la verdura, o l'arròs o el bistec; la Sandra no menjava perquè es veia grassa i es veia grassa perquè s'havia alterat la seva percepció de la realitat, tot és relatiu en aquest món, això ho diuen molts filòsofs, i la Dolors també ho pensa, no existeix la veritat absoluta, com no existeix el m'agrada moltíssim per sempre, perquè les circumstàncies exteriors poden variar i fer que no ens interessi el mateix que ens interessava abans, només perquè el que ens atreu de fora és més fort, té més pes i ens priva de veure, per bé i per mal, el que abans ens seduïa tant. Dolors, quin rotllo, es diu ella mateixa, després de pensar tot això, potser ella també és filòsofa, potser hauria d'escriure un llibre, però ara ja és tard, ja no pot amb aquesta mà, si avui gairebé no pot ni fer ganxet, Déu del cel, quin desastre.

És que no en tinc ganes, feia la Sandra. I això engreixa molt, afegia veient l'expressió d'estupefacció-frustració dels seus pares. I els mirava amb uns ulls molt grossos, uns ulls que demanaven perdó per no ser capaç d'obeir.

Està a les últimes, senyora, trucarem a una ambulància.

M'he equivocat de medicament, oi. Doncs sí, el metge tenia a la mà el paper de les al·lèrgies de l'Eduard i els antibiòtics, li ha donat a ell el que s'havia d'haver pres vostè, no sé si el salvarem, sortia de pressa a trucar, deixant-ho tot allà i a la Dolors la consciència no la deixava tranquil·la, l'Eduard era tot ell una butllofa, amb la pell que se li desenganxava del cos i tanta, tanta febre, Déu meu, què he fet, Déu meu, ni el metge ni l'Eduard no s'imaginaven com era de gran el seu sofriment, perquè cap dels dos no sabia que havia canviat expressament les pastilles, i no sabien com n'estava, de penedida, i que ara només volia salvar l'Eduard, salvar-lo al preu que fos.

Tasta-la, si et plau, Sandra. Xocolata... Ja no te'n recordes... Anaves a prendre'n amb l'àvia, totes dues fèieu uns berenars que Déu n'hi do, oi, àvia. Tornaves encantada, deies que no hi havia res com la xocolata. La Sandra feia un esforç i seia. En tastava una mica, i els seus pares se la miraven tan atentament com es mira el membre del jurat que tasta el teu menjar en un concurs de cuina. La Sandra acabava deixant la cullera, ara no tinc gana, deia, però que consti que està boníssima, felicitats.

Això va ser tot. Davant del silenci dels seus pares, la Sandra tampoc no va dir res més, es va aixecar i va marxar cap a la seva habitació, on es va tancar. A la Dolors li va venir un pensament irònic al cap, encara com no ha vomitat la miqueta que ha tastat, segur que un granet de sucre li ha anat endins i corre perill d'engreixar-se. Ai, Sandra, Sandra, ets així i continuaràs així mentre tinguis uns pares com aquests, uns pares que baixen de l'hort, una mare que s'ofèn en lloc de consolar-te quan acaba de fracassar la teva primera relació amorosa, un pare que només pensa a trobar un forat on aixuplugar el seus instints desesperats.

Deu ser això la vida. I per a tu serà complicada i dura, petita.

Amb un sobreesforç, la Dolors controla la mà i va fent via amb l'esquena del jersei. I ara, oh, quines coses, entra la Leonor feta un mar de llàgrimes. La Dolors es veu a venir que ha arribat l'hora de la confessió. La filla s'asseu i engega a parlar:

—No pot ser, mare, estic desesperada, tot surt malament, mira la Sandra, vés a saber què hem de fer amb aquesta mossa, no sé per què ens ha sortit així, és ben bé que no es poden triar els fills, però me l'estimo tant...

La Leonor fa una pausa per mocar-se, gairebé li pengen els mocs, ai, senyor, això és el que dic jo, pensa la Dolors, que és ben bé que no es poden triar, els fills. Si et veiessis, Leonor, estàs fent el mateix que fan tots els fills amb les seves mares, o sigui callar la felicitat i plorar quan vénen les desgràcies, ara sóc jo la que m'hauria d'ofendre, com vas fer tu amb la pobra Sandra. La història es repeteix sempre. Però tira, tira, digues, que per això hi som, les mares, parla en el més estricte silenci el pensament de la Dolors i continua parlant amb paraules la boca de la Leonor.

—A sobre... A sobre.... Jo ja entenc que en Martí sigui homosexual, i m'és igual, que sigui com vulgui, però... Oh, mare, entre ell i el problema de la Sandra... no tindré néts...

Els sanglots li impedeixen de continuar i la Dolors no es queda amb la boca oberta perquè reacciona i la manté tancada a temps, però n'hi ha per això i molt més. A la Leonor només li falta dir, i per què serveix tenir fills, si no et poden donar néts. No hauria dit mai que tingués tanta importància per a algú, però el cas és que en deu tenir, perquè no és la primera vegada que sent alguna dona que diu això. Però, és clar, amb una malaltia greu a casa, preocupar-se ara per si es tindran néts o no, és potser una mica forassenyat, o fora de to, o no ho sé. Però la Leonor es veu que encara té més raons per estar feta una magdalena:

—A la feina tampoc no van bé les coses... El nou director, el fill de l'altre, saps... Doncs em tenia en molta consideració, però ara ha decidit canviar de cap d'administració, mira, no sé per què, però a la privada les coses van així. I hi ha posat una altra persona... Ah, tu la coneixes, és aquella que va venir l'altre dia, la Glòria.

De vegades, la Dolors pensa que la vida té vida pròpia, valgui la redundància, que és com un follet, com un Puck i que, en el somni d'una nit d'estiu que és l'existència de cadascú, es dedica a enredar la troca i a provocar encontres i desencontres força curiosos només per passar-s'ho bé. I que la Vida riu ella sola dels embolics que organitza.

La Glòria havia de ser. Llei de vida. La Leonor s'aixeca i la samarreta que porta li voleia una mica i fa que se li vegi el melic. Ja no hi porta l'arracada. Només n'ha quedat el rastre del forat. Però això és qüestió de temps, tot cicatritza, encara que no ho sembli.

Ara, la Leonor sembla penedida d'haver xerrat tant, i acaba dient:

—Em sembla que demanaré la baixa, mare. Per cert, gràcies per escoltar-me.

Li somriu una mica i llavors, abans de marxar, encara es gira i hi torna:

—No deus haver sentit la meitat del que t'he dit, perquè no he parlat amb veu gaire alta, oi?

No espera resposta, és clar. A la Dolors ja no l'afecta tenir fama de sorda. Que pensin el que vulguin, la Leonor la fa servir de mur de les lamentacions, és evident, doncs mira que bé. Almenys s'assabenta del que li passa pel magí.

Dilluns anirem al metge, va dir finalment en Jofre, quan la Leonor i ell es van quedar sols davant la taula parada amb aquell suís i aquella preciosa ensaïmada i, per primera vegada a la vida, la Dolors l'havia vist pansit, derrotat, tampoc és que li ponguessin totes, a ell i, per un moment li havia fet pena, immediatament abans de pensar, això és el que has sembrat, fill meu, sense adonar-te'n, i un sempre recull el que sembra.

La Leonor havia fet el gest de retirar la xocolata, però, a l'últim moment, havia mirat la Dolors i l'havia convidat, menja't la xocolata, au, mare, que a tu t'agrada molt. La Dolors no s'ho havia fet repetir, aquella temptació allà davant li havia despertat un instint assassí d'ensaïmades i devorador de suïssos que amb prou feines podia contenir. S'havia entaulat i havia atacat el tema sense més dilacions.

Avui encara nota el gust dolç de la xocolata a l'estómac, que bé que se li va posar, és ben cert que quan una cosa et ve de gust t'entra com res i et reconforta, ella se'n feia sovint, a casa, quan no hi havia la Fuensanta, és clar, que, si no, aquella dona ho hauria anat a explicar a les filles i la Dolors no volia de cap manera que les noies sabessin que es permetia aquells petits plaers, com no volia que sabessin res de la seva vida, com no volia tampoc que ho sabés ningú, i encara menys la Fuensanta, quina dona, tu. Senyora, avui li faré el menjador si li sembla bé. Ah, sí, i on dino, jo, l'increpava la Dolors. Dona, a migdia ja estaré, no s'ha pas de preocupar, per això, que jo a l'hora de dinar no hi sóc. Ja l'entenc, feia la Dolors per dissimular una mica, encara que fos només una mica, la seva derrota humiliant, aquella retirada forçada, i pensava de pressa com podia tornar l'atac a la benintencionada però tanmateix insistent Fuensanta. I si he d'entrar a buscar una cosa, què. Doncs vostè entra i prou. Ah.

Allò no agradava gens a la Dolors, no li agradava perdre i, d'un temps ençà, tenia la necessitat de portar tots els atacs frontals fins al final, de disparar contra aquella diana grossa i vistosa que se li posava contínuament al davant i que es deia Fuensanta, la constant Fuensanta que veia cada matí i que de nit es trobava invariablement en somnis. De tirar a terra la diana com fos. I es retirava a la seva habitació dels llibres, els prohibits que havien viscut amb ella d'ençà de la mort de l'Antoni, i allà es quedava remenant-los, o buscant alguna citació, o tocant-los simplement, de fet aquell dia havia anat així, perquè estava pensant com li podia tornar a la Fuensanta això del menjador, i se li havia acudit al cap d'una estona, era molt fàcil. La Fuensanta cantussejava una cançó d'amor que es veu que la tornava boja perquè la repetia constantment, cantava bé, la bruixa, però, és clar, era una mica pesada amb això de la cançó, no podria canviar de melodia algun dia, li havia dit la Dolors contenta d'ella mateixa amb la bona obra que acabava de dur a terme, o sigui, de només fer-li canviar de cançó i no dir-li deixi de cantar, coi, que no li pago perquè em faci concerts. La Fuensanta havia canviat de cançó, sí, aquell dia, però l'endemà hi tornava i, fins que no s'adonava que estava taral·lejant la cançó maleïda, no callava i no canviava de tema. I per això passava sempre força estona.

Cantussejant l'odiosa cançó, la Fuensanta acabava de fregar. Era el moment que esperava la Dolors. Del fons del passadís i amb una disfressa d'indiferència total, caminava decidida i entrava al menjador, el travessava i anava cap a l'altra punta a agafar un objecte que en aquell precís moment, ves per on, se li havia acudit que necessitava. Però què fa, saltava la Fuensanta una mica enfadada quan la veia, que acabo de fregar, senyora. La Dolors mirava el terra, oh, mira, no m'hi havia fixat, però veus el que et deia, ara havia d'agafar això i ja ho veus. La Fuensanta no deia res —ha perdut, reia la Dolors per dins— i ella es girava i es disposava a sortir del menjador, travessar-lo altre cop si podia ser passant per allà on no havia trepitjat abans, perquè així embrutaria més, però aleshores el Puck de la Vida havia fet relliscar la Dolors, que havia perdut l'equilibri i amb un crit i un, vigili, senyora, de la Fuensanta, havia caigut de cul a terra.

El destí les té, aquestes coses. Havia vingut l'ambulància i havien marxat cap a l'hospital amb totes les sirenes del món en marxa, hem d'anar a Barcelona, va dir el metge, perquè això s'ha d'atendre allà, és complicat. L'Eduard es moria i la

Dolors plorava feta un cromo, salvi'l, si us plau, salvi'l, és culpa meva. El metge li havia donat una pastilla, prengui's això i faci el favor de no pensar que és culpa seva perquè una equivocació la pot tenir qualsevol. Va anar d'un pèl que la Dolors, en ple atac de remordiments no digués el que havia passat realment, però a l'últim moment va decidir que no valia la pena i que ho diria més aviat a un capellà perquè encara que no sabés si creure o no creure en Déu, els capellans estan obligats a escoltar els que es desfoguen i, a sobre, després d'una penitència per complir l'expedient, et donen l'absolució sense demanar res a canvi. I han de callar.

Van arribar a l'hospital abans no es pensaven perquè no hi havia trànsit. L'Eduard va obrir els ulls i va dir només, Dolors, abans que el perdés de vista perquè se l'enduien a l'UCI. Gràcies a Déu, feia la Dolors, gràcies. I va passar dues hores dient gràcies i, encara ho deia quan va sortir el metge que l'havia atès i li va dir simplement, senyora, no hi havia res a fer, no l'hem pogut salvar, ho sento.

Aquell dia, la Dolors va plorar molt, es va desesperar i va acabar el dia en un confessionari, davant d'un capellà que, tot i donar-li l'absolució, a ella li va semblar que estava horroritzat pel que acabava de sentir.

Però al cap d'un temps va pensar que, al final i sense voler-ho, sí que havia fet el crim perfecte.

Les mànigues

—Saps què ets, tu? Una puteta. Només això.

Reina Santa. No ha sentit gairebé res, en Jofre parlava molt fluix, però ha anat pujant el to i al final ja se'l sent del tot. Està alterat, alteradíssim.

—Jo confiava en tu, i ja veus com m'ho has pagat... No, no és excusa, ja saps que jo hauria deixat la meva dona, ja saps que hauria esperat que tinguessis divuit anys i...

L'honor del mascle ferit. Quin lamentable espectacle. I el que és evident és que la Mònica no s'acostarà mai més per aquí, se li ha acabat l'amistat amb la Sandra ara que tanta falta feia. Sandra, Sandra. D'aquí a uns dies l'ingressen a l'hospital, ja no pot ni fer vida normal, i continua sense voler menjar i continua dient que està grassa. Beu el que li fan beure, allò del suc de llimona, del sucre, de la llet, i, després, ho vomita. Això només ho sabia la Dolors, però l'altre dia l'àvia va estirar en Martí de la màniga quan la néta se'n va anar precipitadament al lavabo. En Martí ho va comprendre, en Martí sempre ho entén tot, i llavors ho va sentir. Ostres, va ser l'únic mot que va pronunciar. I, en privat, va parlar amb els seus pares, els va dir, és greu. Era abans que anessin al metge.

Es veu que la Sandra davant del metge havia negat que vomités. Sort que el metge era un especialista en anorèxia i sabia exactament a quina mena de dimoni s'enfrontava.

Ara, la Sandra es passeja per la casa com una ànima en pena. La tancaran per força, diu que no està malalta, que no li passa res, que només està una mica grassa. Afortunadament, és menor d'edat i els pares la poden obligar a estar ingressada a l'hospital.

—Ja no t'agrado, o què? La té més grossa ell o què?

La cosa ja degenera i, encara que sap què són capaços de dir determinats homes, la Dolors no pot evitar fer un bot a la cadira. Sempre és tot problema de qui la té més grossa, es veu. I ella que no s'havia fixat mai de la vida en com la tenia l'Antoni i, molt menys, en com la tenia l'Eduard. Però els homes se senten en franca competència els uns amb els altres amb una facilitat sorprenent. I són capaços de pensar que una dona se'n va amb un altre per això, perquè la té més grossa. La Dolors atura un moment els atacs despietats al gendre estimat, bé, siguem justos, val a dir que la Mònica en qüestió tampoc no és que es comporti de manera massa seriosa, aquesta nena promet, si als disset ja és així. L'un per l'altre. Riu, la Dolors. Aquest és un món de mones.

Aturin el món que baixo, li va venir això al pensament, qui era que ho deia. De fet, tant és, què hi fa que sigui un pensador o un altre, si llavors era la Dolors qui ho pensava, fa una angúnia molt gran que et passi allò que passa a les pel·lícules, que t'enxampin amb el marit de l'altra en ple delicte, i tu mig despullada i ell també i la víctima ofesa amb la boca oberta, al·lucinada, corglaçada, que obria la porta dient, Antoni, ets aquí, oi? Et venia a buscar per....

No va dir mai per què el venia a buscar. La Dolors i l'Antoni no havien sentit res, s'ho havien trobat de cop i volta, es veu que la Maria havia entrat a la llibreria obrint la porta tranquil·lament sense clau. Només un altre dia en tants anys que feia que passava allò, la Maria també havia vingut a buscar l'Antoni però no havia pogut entrar perquè ell, sempre de la vida tancava amb pany i forrellat per dins. Sempre. Aquell dia, havia sortit ell a obrir, la Dolors s'havia amagat bé i havia marxat després ella sola, sense cap problema.

Però la ment humana, per molt perfecta i completa que sigui, té lapsus, i l'Antoni en va tenir un justament el dia que no el podia tenir, o sigui l'únic dia de la vida que la Maria havia decidit, per a o per b, venir-lo a buscar després de tancar caixa. Dit d'una altra manera, quan una cosa ha de passar, passa. I, encara, dit de manera diferent, tot passa per alguna raó. Perquè aquella fortuïta trobada havia canviat de cop el curs de les vides d'unes quantes persones.

Noies, pensa la Dolors, alliçonant amb el pensament les que s'estimen el marit d'una altra, si mai us enganxen *in fraganti*, sobretot tapeu-vos: no hi ha res que agradi més a la dona del vostre amant que anar explicant a les seves amigues que teniu tants defectes físics. La Dolors no es va poder tapar a temps i així la Maria va explicar a tot el veïnat en els dies successius que el seu marit s'havia embolicat amb una tia a qui tot li penjava pertot arreu. Sort que la Dolors no vivia en aquell barri, sort que havia de caminar mitja hora per arribar fins a casa, i que Barcelona és una ciutat gran i cosmopolita —teòricament, almenys— i allà no es parlava dels seus pits que queien. D'això, al començament, no en va saber res, és clar, però al cap d'un temps li ho va explicar l'Antoni, indignat. A la Dolors l'havia ferit una mica que totes les dones del voltant de la botiga s'imaginessin que tenia un parell de càntirs en decadència a sota la roba, però havia entès que la Maria hagués reaccionat així, era normal. I també entenia que s'hagués fixat precisament en els pits, perquè la pobra sí que no en tenia. No en tenia gens.

La fe mou muntanyes, però l'enveja també. La Mònica deu haver perdut la paciència i deu haver dit a en Jofre que sí, que el profe de mates la té molt més grossa i que calli, que ja n'hi ha prou, i deu haver penjat el telèfon, perquè en Jofre també ha penjat i s'ha quedat parat, en absolut silenci, a la seva habitació. Plora, potser? L'orella fina de la Dolors, malgrat tot, no arriba a distingir-ho. En tot cas, està ferit, això segur. No és moment ni molt menys de dir-li segons què que el faci enfadar.

La Dolors no sabia com mirar el capellà que oficiava el funeral de l'Eduard, perquè era el mateix que l'havia confessada dos dies abans. Tot plegat era humor molt negre. El capellà era l'únic que sabia la veritat, i l'únic que sabia exactament quin era el sentit de culpabilitat de la Dolors que realment podia generar aquell doll d'aigua que li sortia dels ulls. La resta del món s'havia passat dos dies consolant-la i tranquil·litzant-la, Dolors li pot passar a qualsevol, Dolors, no te n'has de sentir culpable, però ella sí que se'n sentia, i es deia assassina davant de tothom i demanava a Déu que fes ressuscitar aquell home que ella havia torturat fins a la mort, que no el volia matar, que l'odi cultivat durant tants anys l'havia encegat, que ella no era així, l'autòpsia va revelar el que tothom ja s'esperava i per no ferir més la desolada vídua, ningú no en va tornar a parlar. Fins i tot la Leonor intentava tranquil·litzar-la, mare, no et preocupis, el pare t'hauria perdonat, això li pot passar a qualsevol. I la Teresa, vinguda expressament a l'enterrament del seu pare, a qui havia arribat fins i tot a estimar una mica, també li deia, vinga, vinga, mare, si tu et sents culpable per això, com no s'han de sentir els que conduint un cotxe maten en un accident els que porten darrere que, de vegades són els seus propis fills.

A la Dolors no se li havia acudit que el mateix capellà fos qui oficiés la missa de morts, però s'hi va trobar, com que feia segles que no freqüentava una església, no estava al corrent d'aquests temes i va presentar-se al primer confessionari que va trobar, al costat de casa. I allà mateix va resultar que tocava fer la missa de l'Eduard. I ella a primera fila, vermella com un tomàquet, mirant el capellà, que també la mirava a ella i també estava vermell com un tomàquet però de la contenció, de no poder xerrar el que sabia, secret de confessió, d'acord, sí, sí, i també era cert que la Dolors s'havia alleugerit una mica explicant-li-ho, però ara la situació era francament incòmoda.

Incomoditat és el que sent la Dolors des de fa uns dies, des que va començar les mànigues. Se sent estranya i la mà li tremola cada vegada més. El perquè, no el sap exactament.

Tot acaba tornant a lloc: en Jofre s'ha quedat sense adolescent per distreure's, la Leonor s'ha hagut de treure el pírcing i la Sandra fa les maletes. No sé per què m'han de portar a un hospital, no ho entenc, deia a l'àvia, volen que mengi, però jo no estic tan prima com això, al contrari, penso que encara m'hauria de treure uns quilos de més, conec una noia que sí que fa angúnia de mirar, però amb mi no n'hi ha per tant, oi, àvia, s'estava dempeus al seu costat, també l'havia feta servir de mur de les lamentacions, però mai de tan a prop, i la Dolors pensava, ai, que em demanarà què hi tinc a dins la bossa de plàstic, però no, la Sandra no s'hi va fixar de cap de les maneres, la Sandra no mira i no pensa, només es contempla al mirall. I l'enxampa en Martí mentre ho està fent, com va passar un dia d'aquests, i li diu, mira't bé, Sandra, vols que et digui què sembles o no cal. Les cames és el pitjor, la Sandra no té cuixes, només té fèmur, vés a saber com s'aguanta dreta, si sembla impossible. Mira-les bé, mira-les, Sandra, en Martí l'agafa amb fermesa i l'obliga a mirar-se-les, però la Sandra no veu res o potser és que té un defecte a la vista i el mirall esdevé per a ella un d'aquells convexos que et fan ser tan i tan gras que fins i tot et ve per riure. Quina cosa més estranya, això de l'anorèxia. Però el metge diu que es pot curar. Tant de bo, Sandra, tant de bo.

Per la màniga ha hagut d'anar augmentant punts. Primer ha fet punt baix, quatre passades, per als punys, i després ha continuat amb el punt alt habitual, però seguint els mateixos colors que al cos del jersei, intentant no equivocar-se i de manera que quedi una línia d'un mateix color que vagi d'una màniga a l'altra, passant pel mig, és clar. Ara és a punt d'acabar-ne una. I ho fa ràpid, ràpid, perquè això de la mà que tremola no li agrada gens i no voldria que el jersei, fos pel que fos, quedés a mitges.

Guaita en Martí, que ara entra. No se'n va, encara. És a dir, sí que marxarà, però s'espera un temps, diu, que les coses s'hagin calmat, que la Sandra estigui una mica millor. Ho va dir segurament ahir, a l'hora de sopar, segurament per allò de sempre, que la Dolors no sap quan passen les coses i els posa una data perquè així les ordena quan se'n recorda, que, si no, es torna boja. Tot ho endreça a l'instant, quan li ve un record, passa revista als altres records que té al cap, i diu, a veure, tu, tens el número 1, tu vas ser el primer... fa una setmana, posem pel cas. I tu, fa dos dies, i tu, ahir mateix. Doncs bé, va ser ahir a l'hora de sopar, que en Martí va dir això, que no marxava encara, i la Leonor i la Sandra van dir gràcies. En Jofre, en canvi, no va dir res.

En Martí no se'n va, però el Dani sí que ve molt per aquí. Ara se'l miren tots d'una altra manera, i ja es veu que ell ho nota, perquè sembla una mica incòmode. Li devia un concert, eh, senyora Dolors, doncs avui li vinc a fer. Fa tres dies, doncs —segons calendari mental improvisat de la Dolors—, hi va haver concert per a flauta solista. En Dani li explicava què tocaria i li parlava fort, i en Martí li va dir, no cridis, que no és sorda, hi sent perfectament i ho entén tot, oi, àvia, això sí que l'àvia recorda que va ser exactament just abans que l'amic d'en Martí comencés a tocar la primera peça.

N'hi va tocar tres. I van ser tres motius per evadir-se d'aquesta casa, d'aquesta gent, d'aquest jersei. No recordava que la música provocava això. La música de veritat, volia dir, no allò que tot el dia sonava a l'habitació de la Sandra, que sí que tornaria sorda la nena abans d'hora. I anorèxica i sorda potser ja és una mica massa.

No pot dir exactament què va sentir, la Dolors, amb la música. Només que se n'anava amb aquell so, que es desfeia per dins, que alguna cosa es transformava, que la realitat perdia força de cop, i que els sentiments se li estovaven. Sí, els sentiments que ja semblava que s'havien assecat des de feia temps, venien tots a omplir-li el cor d'aire calent i de líquid que ho impregnava tot, i que acabava sortint pels ulls sense que ella el pogués aturar. En Martí veia que plorava i s'hi acostava amb la capsa de Kleenex per eixugar-li silenciosament les llàgrimes, mentre en Dani continuava la seva interpretació. En Martí l'abraçava i l'omplia de petons. I la Dolors no sabia què fer per aturar-se les llàgrimes, iaia estúpida, deixa de plorar, s'ordenava per dintre, però no hi havia manera de contenir-les.

Quant de temps feia que no plorava? Des de la mort de l'Antoni, ben bé. I abans no havia plorat mai gaire, si deixem estar també la mort de l'Eduard i allò de la Teresa. Però prou. No havia vessat ni una sola llàgrima quan la Maria els va enganxar, ni quan va venir a casa a insultar-la ni res. Pren-te uns dies de vacances, si us plau, li havia dit immediatament l'Antoni, aquella mateixa nit, he de solucionar això. No es van tornar a besar ni res. Després de tants anys d'estimar-se en secret, ves per què se sentien culpables, quina bestiesa més gran, quina rucada, l'Antoni tenia una arruga entre cella i cella que volia dir que estava pensant i jo ara què faig, la Maria havia dit malparits i se n'havia anat sense afegir res més, deixant totes les portes obertes. I ells s'havien arreglat precipitadament i se n'havien anat també, cadascú cap a casa seva.

Aquella nit, la Dolors s'havia ficat al llit cansada i atabalada. L'endemà, sola tot el dia a casa, se li havia ficat al cap que, segurament, l'Antoni no la voldria veure més i la despatxaria, obligat per la seva dona. Que tot d'una s'havia quedat sense amant i sense feina. Que ja podia espavilar-se a buscar-ne una de nova, de feina, i que, per molt que l'Antoni l'estimés, un home sempre acaba triant la comoditat i l'estabilitat, que el risc és només per passar l'estona. O sigui que ja l'havia vist prou. Sort que la Leonor havia marxat el cap de setmana amb en Jofre, perquè va passar-se el dia mirant una paret, i la Leonor se n'hauria estranyat, perquè no es fa de mirar una paret fixament durant hores i hores. Però és que aquella paret parlava, deia coses que tampoc no diuen normalment, les parets. La Dolors havia provat de plorar, però no podia. Potser era que el seu cor s'havia tornat dur com la pedra. O potser era simplement que començava a mirar-s'ho tot d'una altra manera. Aquell dia va ser quan es va començar a adonar que s'havia anat fent gran, a poc a poc, i que, com més gran et fas, des de més amunt mires les coses que, si fossis jove, t'haurien fet tant de mal.

És qüestió d'estar content i satisfet d'un mateix, pensa ara la Dolors. I jo estic més que satisfeta de com m'he portat durant tota la vida. Oh, sí, hi ha el crim perfecte però... La Dolors atura un moment la labor i mira enlaire per comentar a Déu, que ara mateix la mira burleta des del sostre, era necessari, espero que ho entenguis.

—Bona tarda, àvia. Fas bona cara.

En Martí s'acosta i la besa a la galta. No sembla homosexual, aquest noi, la Teresa n'hi ha presentat uns quants al llarg de la vida i a la Dolors li ha semblat que la immensa majoria caminen d'una manera especial, parlen d'una manera especial, es mouen d'una manera especial. Com en Dani, ell sí que és així, tot i que no es tracta de cap exageració, perquè de vegades se'n veu algun a la televisió que fa fins i tot una mica de gràcia. En canvi, en Martí, res de res. No ho hauria dit mai, que no li agradessin les noies.

Té, ara surt en Jofre de l'habitació. En Martí el saluda amb una brometa:

—Hola, pare, què hi fas, tan aviat, a casa? T'han fet fora de la feina? Ja no t'estimen els alumnes?

En Martí ha relliscat, ara, ha xerrat massa i ell mateix se

n'adona just quan acaba de parlar, l'expressió d'en Jofre no és precisament l'adequada per fer-li comentaris d'aquestes característiques avui i ara, alguna cosa passa. Ara és quan s'enfonsa el vaixell, pensa la Dolors, que Déu ens protegeixi a tots plegats. En Jofre aixeca el cap i contesta a poc a poc:

—No, no m'estimen els alumnes. Però no en tinc cap necessitat, no m'agraden els nens, a mi.

En Martí es queda parat, no deu saber com agafar-se el que acaba de dir el seu pare, i la Dolors pensa que simplement en Jofre ha dit el primer que li ha passat pel cap, tenint en compte que el comentari d'en Martí l'ha ferit i que té necessitat de deixar-ne anar alguna en referència a l'orientació sexual del seu fill perquè ja fa dies que es conté. Que finalment ha deixat anar un dels seus disbarats habituals però que aquesta vegada, a més, li ha quedat completament fora de lloc.

El silenci que hi ha ara mateix al menjador s'ha fet tan espès que es podria tallar amb un ganivet. A la Dolors no se li acut altra cosa que sospirar per intentar alleugerir-lo. Els silencis són sempre molt pitjors que les paraules més dures. I ella s'hi ha trobat al mig. En Martí, una mica escorregut, acaba dient simplement:

—Només et feia una broma, pare.

En Jofre es pentina amb una mà, encara ho fa, això, després de tants anys de portar el cabell curt, molt curt, no li serveix de res, però el vici de fer-ho durant tant de temps amb aquella melena *hippie* que em duia als anys setanta, és d'aquelles coses que ja queden fixes per sempre més.

I es va casar amb melena, el xicot. Amb una americana, texans i sense corbata. I quan la Leonor li va dir, embadalida, que estava tan guapo, ell va contestar una altra bestiesa, doncs m'he posat el primer que he trobat per casa. I es va tornar a passar la mà pel cabell.

La Maria també tenia aquest vici de pentinar-se amb la mà, però en una dona ja és més normal, o potser és que un no s'hi fixa tant, perquè les dones, pensa la Dolors, sempre ens estem arreglant els cabells i el maquillatge. Però quan la va anar a veure, no va parar de fer-ho i, al final, la Dolors se n'havia adonat. Feia quinze dies que no sabia res de l'Antoni i ja s'havia fet a la idea de perdre'l per sempre, fins i tot havia començat a buscar feina i tenia una entrevista en una llibreria i també en una escola per fer classes de literatura. De feina n'hi havia més llavors, no hi havia massa problema, això sí, no era com ara.

Aquell dia, la Leonor sí que era a casa. I tant. Havia obert la porta i havia saludat la dona que no coneixia de res i que li havia demanat per la seva mare. I de part de qui, havia demanat la filla, educada, de part de la Maria, la seva veu s'havia sentit per tota la casa, era una veu molt nerviosa, i la Dolors havia sortit de pressa, gràcies, Leonor, deixa'ns parlar soles, si us plau. La Leonor s'havia retirat amb un gest estranyat i la Dolors havia convidat la Maria a passar al menjador, però ella s'hi havia negat, no penso trepitjar ni una mica de la seva casa, va dir, i la Dolors es va adonar llavors que, efectivament, la Maria, fidel a aquells principis que acabava de declarar, es mantenia just a l'altra banda de la porta, amb els dos peus junts com per assegurar-se que no els mouria i que ni per casualitat trepitjaria la ratlla.

Només li vinc a dir, havia començat, i el dir li havia quedat ofegat pels nervis, que no es pensi que ha guanyat, que els meus fills m'estimen a mi i es queden amb mi, i que ell m'haurà de pagar molts diners cada mes. Aquí, la Maria havia fet una pausa i li havia tremolat una mica la barbeta abans d'acabar el seu discurs, vostè s'ha aprofitat de la confiança que li teníem, és una mala bèstia i es mereix podrir-se a l'infern. La Dolors estava massa sorpresa per dir res; res que no fos cridar i tornar els insults a la Maria, però es va mossegar el llavi a temps i va callar. Va veure com la dona se n'anava, tentinejant, escales avall, com, també de nervis, se li va tòrcer el peu però es va contenir el dolor, i com va fer moltíssim soroll amb els talons d'agulla que duia perquè quedés ben clar que havia passat per aquella casa.

La Dolors la va entendre. Va comprendre que estava ferida, i va comprendre perfectament també que tingués necessitat de dir-li el que li havia dit, era allò de la cua de la sargantana que, morta, encara belluga. Intentava posar-se al seu lloc, en el lloc de la dona abandonada i humiliada, i es deia que potser ella hauria fet el mateix, no s'atrevia a jutjar-la, no podia fer-ho, no hi tenia dret.

Al cap de més de trenta anys, mentre acaba les mànigues d'un jersei que la manté lligada al present i a la vida, es diu que, malgrat tot, ella no hauria pogut estimar ningú de la manera que la Maria estimava l'Antoni. Que hi ha maneres i maneres d'estimar. Que vés a saber quina és l'autèntica. Que potser totes valen, però que l'amor, a vuitanta-cinc anys, se't presenta d'una manera diferent, menys complicat, molt més senzill, molt més planer.

Per aquella desagradable visita, la Dolors acabava de saber que l'Antoni se separava de la seva dona.

En Jofre se n'ha anat i ha deixat en Martí palplantat al mig del menjador sense entendre gaire res. Es mira la seva àvia, i ella li fa un gest com dient li que ho oblidi, que no és moment per prendre's seriosament res del que digui el Jofre. En Martí entendria perfectament la seva reacció si sabés tot el que ha passat, si conegués la història de la ingènua Mònica. Però no ho sap, i per això es grata el cap i se'n va a l'habitació de l'ordinador, i avui no li demana àvia, vols jugar amb el gat, i ella tampoc no li ho reclama perquè té massa feina, pressent que, si no s'afanya, no podrà acabar el jersei, i això no pot ser de cap de les maneres, això és l'única cosa que realment importa, ara mateix.

Un dia d'aquests, ahir, abans d'ahir, l'altre, fa una setmana o quan sigui, la Leonor va anar al metge a buscar la baixa. Després, va tornar a fer servir la Dolors de mur de les lamentacions, li he explicat al metge que sempre ploro, mare, he arribat a pensar que tenia algun problema físic que em feia sortir contínuament aigua dels lacrimals, ja sé que la Sandra està malament i també tinc algun altre problema personal, però és que tampoc no és normal, això, i ho he hagut d'explicar al metge perquè m'he posat a plorar també a la seva consulta. I saps què m'ha dit, mare. La Leonor va fer una pausa com per posar intriga a la seva història. La Dolors la va mirar amb un interrogant als ulls, i la Leonor, com si fos la gran cosa, va acabar dient, doncs que estic entrant a la menopausa. Vaja, la Dolors va fer un gest de sorpresa perquè es va adonar que era el que la Leonor esperava i desitjava. La filla semblava molt satisfeta d'estar menopàusica, com si fos una cosa especial que li passés a ben poca gent, només a unes quantes privilegiades, mira que ets sòmines, Leonor, com és possible que una filla meva sigui tan aturada, es diu la Dolors, si va deixar de plorar quan va saber-ho, semblava orgullosa i tot de la seva menopausa. M'ha donat unes pastilles i m'ha dit que així em trobaré millor, va ser el comentari final.

Qui és aquesta dona i què volia, què li passa, t'ha insultat, oi. Com havia d'entendre la Leonor el que havia passat. Com havia de comprendre tota una vida d'estimar en secret. Era impossible, no ho entendria mai, però la Dolors va sentir que havia de dir la veritat, tampoc no hi havia cap altra alternativa. Doncs mira, filla, que m'he embolicat amb el seu marit i ens va enxampar no fa pas gaire. Amb un somriure, l'àvia de vuitanta-cinc anys recorda com la Leonor va fer, oh, escandalitzadíssima, i es va tapar la boca amb la mà. I com després, en un intent íntim de salvar l'honor de la seva mare, un instint que devia estar emparentat amb el de supervivència, li va fer afirmar, més que preguntar, però tu no sabies que estava casat, és clar.

S'ha separat, nena, ara ja està, ja no té dona. Però encara

està legalment casat, feia la Leonor, quan en parlaven a l'hora de sopar, encara no existia el divorci a l'estat i parlar de partir peres era tocar un tema realment espinós. La Dolors havia perdut la paciència, coi, Leonor, no et prenguis els papers tan al peu de la lletra. Estan separats i prou. I, de fet, encara no ho sé segur, ell no me n'ha dit res. La Leonor continuava insistint, però mare, aquest tio és un fresc, si se n'ha anat amb tu al llit sense dir-te que estava casat. La Dolors havia dit, prou, noia, no estic d'humor, deixa-ho estar.

Es veu que el fill de l'amo de la Leonor, el de l'arracada a la punta del penis, no estava casat, però sí compromès amb una noia amb qui s'ha de casar d'aquí a poc. Que s'havia deixat endur pels instints sense manies en el cas de la Leonor, i després de la Glòria, per saber-ho tot sobre l'art de fer glatir una dona al llit. Que amb la Leonor poca cosa havia après perquè era de les que no fan res ni es deixen fer res, però que amb la Glòria havia après moltíssimes coses. Que el molt indecent, ho havia acabat confessant així a la Glòria, sense cap vergonya.

I com ho sap, això, la Dolors?

Com ho sé?, es demana amb un gest d'estranyesa, aturant la labor, aturant la mà tremolosa i mirant cap a la porta per on acaba de desaparèixer en Martí. Això també li passa massa sovint, últimament: sap una cosa i no sap per què la sap, no sap què ha passat. Sembla com si un mal vent s'hagués ficat a dintre del seu cap i s'emportés allò que és superflu, com un dia que en Martí havia dit, hauré d'esborrar arxius, que se'm mengen massa memòria, i la Dolors l'havia mirat estranyada. No, dona, això no passa a la memòria de les persones, estic parlant de l'ordinador, havia aclarit ell somrient. Ara l'àvia voldria dir-li que sí que passa, i tant que sí, a ella se li esborren també arxius de la memòria, hi deu tenir també un gat, com el de la pantalla, que té gana i s'ho menja tot i després es llepa els bigotis i la mira amb cara de no haver trencat mai cap plat. Té, ara li ha vingut per riure, a la Dolors. Tant és, com ho sap, això de la Leonor i la Glòria, no val la pena escarrassar-se a trobar el perquè, no té importància. El cas és que ho sap i prou.

Vols que visquem junts, havia demanat la Dolors a l'Antoni. S'havien trobat en un parc, lluny de casa de qualsevol dels dos, lluny de la llibreria, i havien passejat una mica. L'Antoni l'havia mirada intensament, si visc amb tu em quedaré definitivament sense els meus fills. La seva mare ja els ha predisposat en contra meva, i només si visc sol podré pensar a tornar-los a tenir algun dia. Estic molt preocupat per això, Dolors, els estimo massa. Aquella resposta havia alleugerit l'esperit de la Dolors, sense saber gaire per què en aquells moments.

Ara sí que sap per què. Perquè el secret de l'èxit de la seva relació amb l'Antoni era precisament en allò, en que no es trobaven ni a casa de l'un ni a casa de l'altre, sinó a mig camí, amb olor de llibres vells i gust de plaers prohibits i perseguits. Mare, no és possible que tornis a veure't amb aquest home, busca una altra feina, que no veus que et pren el pèl. La Leonor havia intentat alliçonar-la, devia pensar que l'edat l'havia estovada més del compte i que estava fent el paperina davant d'aquell brètol. No em pren el pèl, deia la Dolors, tossuda, estava tipa de la filla, i això són coses meves, és la meva vida, també tinc dret a viure-la, no creus. Sí, mare, però a qui se li acut d'anar-se'n amb un home que t'ha enganyat i, a sobre, a la teva edat.

Ai, Leonor, com m'hauria agradat poder gravar el que vas dir per deixar-t'ho sentir ara. Ara que tu sí que t'has deixat prendre el pèl, ara que un home se us ha passejat a dues dones tant com ha volgut i fins que ha decidit que ja en tenia prou. Ah, ara se'n recorda, la Dolors, va venir la Glòria un dia d'aquests, va demanar per la Leonor i sort que només hi era ella, perquè va engegar a plorar al sofà. L'altra vegada que havia vingut reia, i ara plorava. Plorava molt, i només feia que demanar perdó a la Leonor, i perdó i ho sento, i la Dolors pensava, ara es posarà a plorar també la meva filla, perquè era quan encara plorava per tot, però no, la Leonor no havia plorat perquè l'estranyesa no li ho permetia, l'estranyesa atura el plor i talla les llàgrimes. Perquè per més que odiés la Glòria, no podia plorar si no sabia què li passava, de què anava aquella tragèdia wagneriana que la seva examiga li estava representant al sofà, en aquell sofà que es convertia, amb una facilitat i lleugeresa extraordinàries, en escenari d'espectacles de totes menes, dels de patir i glatir, dels de suar i gruar.

Per això, és clar, sap la Dolors tot el que va passar amb el fill de l'amo, que es diu Víctor, amb la Leonor i amb la Glòria. I se n'estranyaven les dues, Mare de Déu, llei de vida, maques.

Però res a veure amb el que passava amb l'Antoni, la Leonor estava cada vegada més pesada dient-li que vigilés, que busqués una altra feina, que deixés la llibreria i aquell propietari baliga-balaga, la filla discursejava com un polític fent grans gesticulacions amb els braços i obrint molt la boca, em veig obligada a dir-te que em sembla que has perdut el seny, li havia arribat a dir, i la Dolors al final havia esclatat, prou, Leonor, n'estic tipa, ja sé el que em faig, sí que sabia que estava casat, sí que ho sabia.

La Dolors no pot contenir una rialla quan recorda com va fer trontollar els esquemes mentals de la Leonor amb aquella confessió. La pobra noia acabava de descobrir que la seva mare era poc menys que una perduda.

—De què rius, àvia?

En Martí acaba de treure el cap. Si la Dolors pogués parlar, ara mateix diria al nét, vine, que t'explicaré una història molt llarga, la història d'una vida viscuda a fons, xuclada a consciència, expremuda com una taronja de les de fer suc, sense deixar-ne ni una sola gota. La història d'una vida viscuda com s'han de viure les vides, com també la sabràs viure tu. Perquè en Martí seria l'únic que la comprendria. I riuria i tot, i s'ho passaria bé escoltant-la.

Però la Dolors no pot parlar i ara li sap molt de greu no poder-ho fer. A estones li passa, això, que sent molta ràbia de no tenir la capacitat que tenen els altres d'explicar-se i de comunicar tot el que a ella li agradaria comunicar. Potser és una defensa natural, potser com que l'experiència d'un no serveix per a ningú més, es tracta d'impedir que tot el que ha passat ella arribi a orelles d'algú com en Martí que segur que sabria aprofitar-ho. No emet ni un sol so, la Dolors, i, amb un gest d'impotència, torna a agafar la labor, torna a fixar-se en les mànigues.

No són massa estretes, la Dolors es nega a fer-les a la mida exacta de la nena, perquè ara anirà a l'hospital, l'obligaran a menjar, s'engreixarà i, quan torni, no li anirà bé un jersei de talla anorèxica. Per tant, les fa una mica més amples, com si a dintre hi haguessin de cabre no pas una sinó dues Sandres.

Està cansada. Sort que ja acaba perquè avui ja no pot més. Ara, cada tres per quatre se li escapa la mà, li és molt difícil controlar-se i concentrar-se, i li fugen els punts i ha de tornar a ficar el ganxet a dintre la baga de llana i tornem a començar.

En Martí desapareix i en Jofre continua tancat a la seva habitació. Que falta gaire, per sopar? Té gana i son, la Dolors i, de moment, sembla que el més calent és a l'aigüera.

Molt bé, doncs, s'aixecarà i anirà a la cuina a buscar una rajola de xocolata. Només de pensar-hi, ja se li fa la boca aigua.

Les costures

El pecat fa forat, li diu en Martí amb un somriure comprensiu. Com és possible que mesurés tan malament les distàncies, que calculés tan malament on era el punt central de l'equilibri, que caigués d'aquella manera tan estúpida i es trenqués com es va trencar, al bell mig de la cuina, amb el pot de la xocolata obert i totes les rajoles per terra. A més de trencada per tot arreu, la Dolors se sent ridícula, Déu meu, ara sí que l'hem feta bona, ara ja no es pot ni moure, amb el braç enguixat i la cama... Ai, la cama, no vol ni pensar-hi.

Va passar com acostumen a passar les desgràcies, sense avisar. Perquè si ens avisessin quan ens ha de succeir alguna cosa dolenta, ja ens ho prendríem d'una altra manera, estaríem preparats per rebre-la, i les coses, si es preparen bé, es poden entomar ben entomades i, fins i tot, amb sentit de l'humor. Hi hauria d'haver una espècie d'oracle de Delfos a la moderna que ens permetés de saber el destí. En lloc de la sacerdotessa Pítia asseguda en una esquerda de la terra, una noia jove i maca com la Sandra, però ben alimentada, s'asseuria a sobre d'un tamboret d'aquests de bar que són alts, i faria de portaveu d'Apol·lo, el déu de l'oracle. I els vapors de la Terra que pujaven a través de l'esquerda i hipnotitzaven la sacerdotessa Pítia, serien, en versió actual, els vapors de la màquina del cafè, i deixarien ben intoxicada la pobra adolescent angelical que seria la veu d'Apol·lo. La Dolors riu sense poder-ho evitar. És clar que, si s'hipnotitzava la noia amb els vapors, també acabarien tots els altres del bar hipnotitzats i al final tothom estaria capacitat per parlar del destí, sense cap mena de respecte ni per les tradicions ni pels déus grecs.

Saps què, Dolors, deixem-ho com està, amb Apol·lo i Pítia i prou.

A ella no l'hipnotitzen els vapors del cafè, sinó els vapors de la xocolata. Si n'hi arriba una mica, d'olor, ja ha begut oli. Ho veus, al final resulta que té més importància la xocolata que els llibres, perquè ara, qui se'n recorda, dels llibres. És clar que els té tots aquí, els prohibits. Tots envoltant-la en aquests prestatges que en Martí li va col·locar una mica més enllà, perquè abans eren ben bé sobre el llit i, si se n'hagués despenjat un, encara hauria pres mal, que pesen molt.

Apol·lo no es va portar gaire bé amb ella i amb l'Antoni. O potser sí, potser és que hi ha coses que han estat creades per ser prohibides i prou, com els llibres o com la relació entre ells dos. En el cas dels llibres, quan va tornar la democràcia al país, van deixar de ser interessants. Es van poder reeditar tots els textos que durant quaranta anys havien restat amagats, se'n van fer cobertes precioses i versions actualitzades i es van començar a vendre com si res. Mira això, deia l'Antoni, després de tant de temps de tenir-ne cura, de vigilar-los com un tresor secret, ara resulta que ningú no els vol perquè són edicions de l'any de la picor sense cap gràcia. I ja no són prohibits ni res, encara que per a mi són molt importants. Li ho va dir mirant-la amb dolçor. Per a mi també, va afanyar-se a contestar la Dolors. Déu, com estimava aquell home, com el sentia a dintre seu després de tant de temps, com sentia que formava part d'ella.

I passaven els anys, amb dictadura o amb democràcia era el mateix, i la Leonor es va casar, la Dolors es va quedar sola i els fills de l'Antoni van acabar acceptant que el seu pare estimés una dona que no era la seva mare. I aleshores, quan començava la pujada que porta al final de la vida, van decidir que potser estarien millor junts, que potser començaven a necessitar, per qüestions pràctiques, la companyia l'un de l'altre. I això va ser un gran error. Almenys, sembla que no va agradar gens a Apol·lo, i que els va castigar per haver caigut en la temptació de desafiar l'oracle.

La Dolors també devia desafiar l'oracle quan es va adonar que no arribava a l'armari de dalt i va acostar-hi un tamboret i s'hi va enfilar sense pensar-s'hi gens. Li arribava, seductora, la flaire de la xocolata, li arribava o se la imaginava potser, tant és, el cas és que acabava impregnant-li els sentits i ja no podia aturar-se de cap manera. No va pensar res, s'hi va llançar i... va caure. Amb el terrabastall, van aparèixer en Jofre i en Martí esverats, els va veure entrar a la cuina des de terra i ella, a més de no parlar, no podia moure's, tampoc, perquè el braç i la cama drets no li funcionaven. No era que li fessin mal, no notava res, però no els podia moure, no obeïen les ordres del cervell. A més, tenia el cap una mica emboirat. I així es va quedar, copsant les coses a mitges, deixant-se fer pel Jofre i pel Martí, i després deixant fer als de l'ambulància que la van venir a buscar i finalment deixant fer als pesats de l'hospital, altre cop els de l'hospital, però aquesta vegada el metge era un altre. La van operar i tampoc no es va adonar de res, continuava emboirada de cap, però es veu que l'havien adormit perquè no n'hi ha prou amb això, has d'estar anestesiat del tot perquè t'operin, quina bestiesa, si ja tenia la cama i el braç anestesiats, si no se'ls notava. Bé, del braç no, que l'havien operat només de la cama; la devia tenir trencada pertot arreu, però quan et fas gran no notes els ossos trencats perquè els nervis es deuen pansir amb l'edat. O sigui que, de patir, no havia patit gens.

Ara ja no és al menjador. Ara no es mou del llit, encara que ella confia poder caminar d'aquí a poc, perquè comença a trobar-se forta i sobretot per això, perquè no li fa mal res. El cap, però, se li ha enterbolit del tot, ara ja és impossible mesurar el temps, fins i tot li costa saber si el que passa en aquest moment està passant realment ara, o si passava fa deu dies o fa un mes, però té fixacions molt clares i, quan es va veure sola amb la Leonor, en algun moment del dia o de la nit, del passat o del present, va indicar-li neguitosa el jersei de la Sandra, ja està tot fet, li deia amb gestos, falten les costures, fes les costures, si us plau. I la Leonor plorava, com sempre, la fava, no es podia contenir, no n'hi ha per tant, volia dir-li la Dolors, estic aquí estirada, i què, tots hem passat per això en un moment o altre, nena, i tu quan vas tenir el xarampió estaves molt pitjor que jo ara, i jo no plorava pas. Però la Dolors no podia dir-ho i la Leonor continuava eixugant-se llàgrimes i li deia, mare, ja m'ho has dit això, no pateixis que ja li faig les costures, és que avui no tinc temps. Demà, serà demà.

Vaja, doncs, la Dolors s'adona sorpresa que es deu repetir en les coses que diu o, millor dit, que gesticula. Però la veritat és que no se'n recorda gens. Gens ni mica.

Oh, no, la Fuensanta. Això sí que no. Ara que la veu, ara recorda que també va venir ahir, i l'altre i l'altre. Potser sí, doncs, que les divinitats existeixen, i també el Déu dels cristians que va morir clavat a la creu i que deu haver decidit que tots en patim una mica les conseqüències. El cas és que la Fuensanta és aquí cada matí, tot el matí, i sempre demanant, vol alguna cosa, senyora, no pateixi, uns dies plora i els altres no, ara sembla que s'ha eixugat les llàgrimes, ella i la Leonor són un parell de ploraneres, només li faltava això.

La Sandra no, que ha plorat. A la Dolors li agradaria demanar què ha passat amb el tema de l'hospital i l'anorèxia, però això ja és més complicat, i ara ja no pot demanar-ho ni escrivint, perquè la mà que tremolava està enguixada, a sobre. Però recorda bé que la Sandra ha vingut un dia d'aquests, també, o potser avui, i li ha tret la llengua, i la Dolors primer s'ha quedat una mica parada pensant, i ara, què fa, la néta, però després, veient que la Sandra es quedava com un estaquirot amb la llengua fora, ha forçat una mica la vista i aleshores ha entès que el que vol la noia és mostrar-li la seva arracada a la llengua. O sigui que la Leonor ha complert la seva promesa i ha acabat comprant de manera descarada el silenci de la Sandra. Ai, quin mal, pensa la Dolors només de veure-ho, i quina angúnia. Després, la Sandra tanca la boca, li fa un petó al front i li diu, t'ho diré a tu que ets tan moderna, àvia, és que tinc un nòvio nou que es torna boig amb aquestes coses, i l'excita que... que res.

L'excita que res. La Sandra, que, hagi passat o no per l'hospital, fa més bona cara, se'n va precipitadament com avergonyida pel que acaba de dir o pel que tenia intenció de dir, perquè ho ha deixat a mitges. La Dolors mira d'imaginar-se el que excita el nòvio nou de la Sandra, i el que li ve al cap la fa riure. I es recorda de la dansa del ventre que va improvisar un dia davant de l'Antoni només amb un mocador tapant-li el baix ventre, i el tip de riure que es van fer tots dos de veure com la petita protuberància que es deixava entreveure al pubis d'ell, creixia i creixia fins a assolir una mida prou consistent que la Dolors aprofitava immediatament deixant de ballar i llançant-s'hi al damunt.

Eren jocs eròtics que complementaven un amor que mai no va tenir cap esquerda i que es va anar enfortint dia rere dia, any rere any. Que va acabar-se sobtadament el dia que van decidir fer-lo canviar de rumb perquè es veu que no era per això.

Tenia seixanta-tres anys, l'Antoni, quan va travessar el carrer, just davant de la llibreria i una moto el va atropellar. La Dolors en recorda el soroll terrible. Ella era a dins de la botiga, i no va veure però va sentir com arribava la mort i s'enduia l'home que estimava tant. I haver sentit és pitjor que haver vist, perquè els sons són inequívocs. La vista pot enganyar, però un so definitiu se'ns repeteix de dia i de nit, ens ve a les orelles durant anys, no ens el traiem mai del damunt, i la Dolors encara ara continua sentint com els pneumàtics d'aquella moto van relliscar sobre l'asfalt i el cop esfereïdor que va sonar contra un cos tou, el cop que s'emportava per sempre un tros d'ella mateixa.

—Mira què et porto, àvia.

La Dolors no veu bé de què es tracta. Sembla una maleta que en Martí, amb els ulls il·luminats, li acosta a poc a poc, com si estigués a punt de revelar-li un gran misteri. Li acosta també la taula de rodes que té per menjar, hi col·loca la maleta al damunt i és una maleta que té un endoll i que, quan s'ha endollat al corrent, aleshores s'il·lumina una pantalla i resulta que és un ordinador. I que, per acabar-ho d'adobar, és un ordinador amb un altre gat... O és el mateix? Pot ser que hagi anat d'un ordinador a l'altre, la mixeta? Ho fan, això, els gats informàtics o gats virtuals o com es diguin? A la Dolors ja no l'estranya res, els invents actuals ho han revolucionat tot. Sigui com sigui, si no és l'altre, s'hi assembla tantíssim que diria que són bessons. La Dolors decideix prendre-se'l com si fos el seu, de gatet, i s'emociona tant que a ella també li cau una llàgrima. En Martí li posa la mà esquerra damunt d'un altre ratolí que no és igual que l'habitual, però que també funciona. És clar que, amb la mà esquerra és molt més difícil fer-ho anar tot.

Afortunadament, ara no hi ha la Fuensanta. A la Dolors li fa l'efecte que ve al matí, quan no hi ha ningú, i li fa l'efecte també que a la tarda en Martí i la Sandra fan torns per tenir cura d'ella. El cas és que no està mai sola a casa, i té una campaneta per avisar que vingui algú si necessita res. A la Dolors li agradaria no dependre de ningú, és la primera vegada que per moure's una mica ha de demanar ajuda i no li agrada gens, ella sempre s'ha espavilat sola, des dels temps de la fàbrica.

Li va saber greu no haver pogut dir a l'Antoni que la

Teresa era filla seva. I després també hauria volgut dir-ho a la Teresa, escriure-li, si més no, però ara ja no pot fer ni una cosa ni una altra, i seria massa complicat fer-li-ho entendre, quina mandra intentar-ho, més val que s'emporti el secret a la tomba i així també tindran menys problemes tots plegats i la Teresa no s'escalfarà el cap pensant per què no li ho va dir abans i per què no es va casar amb el seu pare de veritat. Mare, he vingut de seguida que ho he sabut, s'havia presentat la Teresa a l'hospital i ve a casa la Leonor a veure-la els diumenges, com sempre, però ara el Jofre no se'n va, només es tancava a la seva cambra fins diumenge passat —suposa la Dolors que era diumenge passat—, quan va aparèixer a l'habitació de l'àvia pensant-se que la Teresa ja no hi era, i la Teresa sí que hi era, però feia estona que no deia res, que li tenia la mà agafada i prou, una mà calenta i grossa, una mica semblant a la d'aquell exnòvio de la Sandra, aquell Jaume d'un altre temps que un dia també li va donar la mà. La Teresa està preocupada, no plora però fa cara de circumstàncies, la Dolors no sap si és per ella que està així, però aquell dia li hauria agradat dir-li, vinga, noia, no n'hi ha per tant, estic una mica macada i prou. Estan tots tan seriosos que li ha vingut per pensar, sembla que estigui a punt de morir-me, i si resulta que és això... No, però si fos això, en Martí no li hauria portat mai aquest ordinador del gat, perquè podria caure a terra el ratolí en el moment que ella deixés de respirar.

En Jofre va fer una cara que era per llogar-hi cadires, quan es va trobar amb la Teresa que s'havia girat per veure qui entrava i el mirava a la cara. Hola, Jofre, va saludar-lo ella. I ell, per no ser menys, va contestar, hola, i prou, però li devia doldre deixar-ho així i marxar, potser devia considerar que era hora de pensar a arreglar determinades situacions espinoses, així que, per fer temps o per dissimular, o per totes dues coses alhora, va demanar a la Dolors, es troba bé, i la Dolors va fer que sí lentament amb el cap, també per fer temps o per dissimular o per totes dues coses alhora. Molt bé, doncs, va dir ell fregant-se nerviosament les mans, i se'n va anar no sense abans haver dit adéu, amb una llambregada ràpida a la Teresa. D'ençà que sap que té un fill dels que surten de l'armari ja no li diu homenot a la cunyada. La Teresa es moria de riure quan en Jofre va desaparèixer, s'havia oblidat una mica de la malaltia de la seva mare. A més, en Martí havia parlat amb ella i li havia explicat que també era del ram i que se n'anava a viure amb en Dani i que ho havia dit a casa, i la Teresa també s'havia fet un tip de riure quan el nebot li va dir que el pare no semblava gaire convençut però que no s'atrevia a protestar, la Dolors ho recorda perfectament perquè tothom qui es vol explicar secrets, ara sí que definitivament entra a la seva habitació i, amb l'excusa de fer-li una visita, xerra amb algú altre o amb ella, amb el mur de les lamentacions que ara sembla més aviat la làpida de les lamentacions perquè és en posició horitzontal.

La Sandra també va triar l'habitació de l'àvia per explicar al seu germà el que sembla que havia estat un espectacle d'aquells que no tenen pèrdua. No m'ho acabo de creure, Martí, però sembla ser que avui ha vingut el pare a l'institut a buscar-me, i després s'ha trobat amb la Mònica i s'han barallat al mig del carrer. Però quan he sortit jo, ell ja no hi era. M'ho han dit uns companys, i quan li he preguntat a ell si havia vingut, m'ha contestat que sí, i que m'havia vingut a buscar i es va pensar que jo ja havia marxat, i que sí que s'havia discutit amb la Mònica perquè li va demanar explicacions per haver deixat de ser amiga meva. Li he demanat que com s'hi havia atrevit, però no m'ha volgut contestar res més. Quina vergonya, Martí, quina vergonya.

La Dolors es va ennuegar de l'ensurt. La baralla d'en Jofre amb la Mònica no devia haver tingut precisament per tema central l'amistat entre les dues noies. Devia haver estat un intent de recuperar l'honor perdut, una escena de gelosia que devia tenir tothom del voltant al·lucinat, per bé que, si a la Sandra no li va arribar el tema de la conversa, devia ser que en Jofre tenia bona cura a no cridar gaire, i això és d'agrair, perquè, siguem sincers, si ho arriba a sentir algú, si algú ho hagués endevinat, s'hauria organitzat un bon sidral.

I la Sandra anava dient, quina vergonya, Martí, no m'ho puc ni creure. Això mateix li havia dit la Leonor després d'obrir i tancar la boca un parell de vegades, després d'un silenci pesant, quan la Dolors havia deixat anar allò de ja sabia que estava casat, parlant de l'Antoni. Doncs sí, la Leonor havia dit, però quina vergonya, mare, no m'ho puc ni creure. I havia afegit, com has pogut. I la Dolors havia sospirat, incapaç de respondre. Què li havia de dir, a la pobra Leonor. Es veia incapaç d'intentar explicar-li en què consistia estimar una persona. Mira, noia, ha anat així, va acabar dient. I ella va insistir, però està casat. Caram, quina obsessió, pensava la Dolors. I la Leonor, al costat, esperava una resposta que no fos aquella de ha anat així, perquè era evident que no la satisfeia. Estem enamorats, va declarar finalment la Dolors, per dir alguna cosa que la Leonor pogués entendre. Sí, ja, contestava la filla, ja m'ho imagino, només faltaria.

Va trigar molt de temps a parlar-li normalment, la Leonor. Estava enfadada, però la Dolors no, gens, i com que dos no es barallen si un no ho vol, la Leonor es va desenfadar si us plau per força amb el pas del temps, quan es va adonar que la consciència de sa mare no tenia problemes existencials amb el tema de les relacions extramatrimonials. I al final fins i tot parlava amablement amb l'Antoni i el va convidar al seu casament.

Quan la Leonor es va casar, la Dolors fumava encara. Ho va deixar de fer el dia que van atropellar l'Antoni.

Aquell dia es van acabar moltes coses.

Aquell dia ella també va morir. I, en el seu lloc, en va sortir una altra.

Però el capellà no era un altre, sinó que era el mateix. Amb horror, la Dolors es va adonar que tornava a trobar-se aquella mirada acusadora, que aquell ministre de Déu devia pensar que també havia liquidat l'Antoni, que era una assassina freda de marits i amants. I més, tenint en compte que el dia del funeral ja no plorava, perquè ja hi havia la Dolors nova a dintre de la seva pell, i ja no en tenia necessitat. Havia plorat, i molt, sobre el cadàver de l'home estimat al mig del carrer, l'hi havien hagut d'arrencar per força, havia quedat tota tacada de sang i després no se la volia netejar, deia que no se li acostessin, que era la seva, de sang, que ella i l'Antoni tenien la mateixa, que la compartien. I quan, finalment, exhausta de plorar i cridar i deixar-se anar, s'havia deixat acompanyar al lavabo i s'havia mirat al mirall i s'havia vist arrugada i lletja i amb taques fosques a la pell i a la roba, quan s'havia netejat tota de dalt a baix i després s'havia dutxat, l'aigua neta s'havia endut el color intens de la seva vida, i l'havia tornat per sempre asèptica.

El dia del funeral mirava el taüt de l'Antoni i intentava desvetllar en ella algun sentiment que li acostés les llàgrimes als ulls per intentar convèncer el capellà que ella no era responsable d'aquella mort. Però va ser impossible, a dintre del seu cor, en aquells moments, només hi va trobar indiferència. Devia ser l'instint de supervivència qui li va provocar, però el cas és que no va poder vessar ni una sola llàgrima. I, al final de la cerimònia, quan el capellà va acomiadar-se dels fidels, li va adreçar una mirada interrrogant que la Dolors va traduir immediatament. Una mirada que demanava, qui serà el pròxim, senyora.

No hi hauria pròxim. Mai més. Després de l'Antoni res no era possible. S'havien acabat les llàgrimes i s'havien acabat els homes. Els seus fills sí que ploraven. La Maria no havia vingut, potser perquè no hauria sabut si posar-se a primera fila o amagada en un racó, perquè no devia saber fins a quin punt els contractes matrimonials per escrit tenien importància a l'hora de morir-se. No devia saber si era vídua o no.

I després, res. L'Antoni li havia deixat els llibres prohibits en herència, feia temps que havia redactat un testament. I també li havia deixat la feina de ser responsable de la llibreria fins que no en tingués més ganes o fins que es jubilés. Perquè la propietat de la llibreria era per als fills.

La Dolors va decidir jubilar-se quan només li quedava un any per haver-ho de fer per força. Es va tancar a casa i va passar molts mesos llegint, perquè els llibres prohibits encara no els havia llegit. Ho havia intentat dues vegades, una a casa l'Antoni, a la fàbrica, i l'altra, a la llibreria. Totes dues vegades havien acabat abans de començar perquè hi havia coses més importants per fer. Però ara, el més important era llegir. Ara s'havia acabat despistar i canviar de tema.

Ha caigut el ratolí. És que amb la mà esquerra és difícil maniobrar. Amb esforç, la Dolors busca la campaneta, primer amb la mirada i després amb la mà, i la toca. En Martí apareix, prest.

—Què passa, àvia? Oh, el ratolí.

L'hi cull i l'hi torna a donar i se'n va. Deu ser a l'altre ordinador treballant o estudiant. Ara, la Dolors veu pampallugues. Pampallugues que li tapen el gat. Mixeta, mixeta, on ets. Passen coses estranyes, avui, molt estranyes. Li fa mal la cama, i li pica l'ull, i mira que feia temps que no li picava. Però ara li pica més i més i més. I li pica tant que li fa mal. I li sembla que s'ofega una mica. Sí que passen coses estranyes, sí, però el que no s'esperava de cap manera era una sorpresa tan gran com la que ara mateix apareix per la porta. Tanca els ulls i els torna a obrir, per comprovar si somia. Però es veu que no, que no somia, perquè la sorpresa encara hi és: l'Antoni. La Dolors alça el cap una mica, intenta parlar-hi i no pot, només emet sons. L'Antoni se li acosta somrient i li agafa la mà i li diu, calla, no t'esforcis. La Dolors només voldria demanar-li què hi fa, allà, si hauria de ser mort, però no pot articular ni un mot, i l'Antoni, que sempre ho entén tot, li fa un petó als llavis amb els seus, que són calents, i després li explica que no, que no va morir, que el cadàver era d'un altre, que es van equivocar. La Dolors obre una boca de pam. S'ofega i tus i el ratolí cau a terra.

—Àvia, què passa? Estàs bé?

En Martí torna a ser aquí, i l'Antoni s'ha amagat. Això dels amors il·lícits ja ho porta que un s'hagi d'amagar contínuament, perquè què pensaria en Martí si trobés un home que no és el seu avi, inclinat sobre la seva àvia, besant-la, i, a més, l'àvia ja és massa gran per aquestes coses. Que no, que no s'és mai massa gran per res, li diria la Dolors al nét.

Els llibres prohibits va resultar que no eren gaire interessants. Bé, sí que ho eren, és clar, tots els llibres són interessants, però després d'haver llegit tant a la vida, la Dolors esperava que aquells particularment serien diferents, dirien molt més del que diuen els altres llibres, que tindrien alguna mena de trencaclosques indesxifrable, un codi secret o alguna cosa estranya. Que faria el descobriment del segle amb quelcom que la dictadura havia volgut amagar durant quaranta anys.

I no havia passat res de tot això. En aquells llibres no hi havia res que la sorprengués especialment. I, quan va acabar amb tots, la Dolors es va dir que potser era ella que havia perdut la capacitat de sorpresa. Ho va demanar a la Mireia, que no havia llegit mai i que, tanmateix, era com si ho sabés tot del món. Li va demanar si es podia perdre la capacitat de sorpresa. I la Mireia, que estava més que acostumada a les preguntes capcioses de la Dolors, li va contestar, amb l'edat es perd tot, però així és millor perquè hi ha coses que pesen massa i nosaltres ja no tenim força per arrossegar-les.

El cel s'ennuvola. Ha marxat en Martí, i l'Antoni torna a ser aquí i la convida a sortir a passejar. Ah, eres a sota el llit, fa ella. I, aleshores, s'adona que pot parlar, que el cervell se li ha tornat a endreçar, que pot dir exactament el que vol dir. Ara l'Antoni li dóna la mà, vinga, anem. On, pregunta ella. Allà, contesta ell, i li assenyala una ombra que hi ha enganxada a la paret. Puc parlar, t'hi has fixat. Sí, és clar que pots parlar. Espera't, que m'enduc aquest ordinador que es plega, i t'ensenyaré el gat. Deixa estar l'ordinador, no el necessitem per res. Que sí, replica ella, però quan es gira per buscar-lo, s'adona que ja no hi és. Se'l deu haver endut el Martí quan ha vingut. L'ombra de la paret sembla que fa un gest d'impaciència. Au, va, diu l'Antoni, que la farem enfadar. A qui, demana la Dolors. A ella, a l'ombra. A l'ombra que s'espera que s'acostin tots dos, i després parla, també parla l'ombra, que curiós, ho fa amb una veu que s'assembla molt a la de la Leonor, i ordena a l'Antoni, tu vés passant. I a la Dolors, tu espera't, que ara vinc a buscar-te. La Dolors no està acostumada que ningú li doni ordres, i encara menys una ombra inconsistent. Va per replicar però l'ombra ja ha desaparegut. La Dolors s'espera i s'espera i al final, una mica molesta, diu, saps què, me'n torno al llit, ja vindràs a buscar-me quan et vingui de gust.

S'ofega, això sí que ho nota. Algú li punxa no sé què al braç bo, i ara hi ha la Leonor i en Martí i la Sandra i la Teresa al seu voltant. La Leonor i la Sandra ploren, i això ja és normal. Però el que no és tan normal és que la Teresa també plori. Què li deu passar, pobra Teresa. A més, què hi fa, aquí, si no és diumenge. O sí? La Dolors fa per demanar-li-ho, però es veu que ha tornat a perdre la capacitat per parlar, no pot pronunciar ni un sol mot i ha de callar. Ho deixa estar i li ve tanta son que ha de dormir per força.

Quan obre els ulls de nou, la Leonor, que és al seu costat, fa un crit petit i hi ha corredisses i l'habitació torna a estar plena de gent, i la Sandra se li posa al davant, ben al davant.

—Que bonic, àvia! I que bé em queda, que ho veus?

Porta el jersei posat. Amb un esforç molt gran, la Dolors

obre bé els ulls i la mira. I després somriu, satisfeta. Li ha costat, però ha aconseguit acabar-lo. Es gira cap a la Leonor i intenta donar-li les gràcies per haver fet les costures, però no se'n surt, i emet un d'aquells sons tan horribles. I no entén per què en alguns moments pot parlar i en d'alltres no. Potser és que s'està recuperant a poc a poc.

Potser sí. Però s'ofega i això no acaba d'entendre-ho. I, a més, hi ha l'Antoni... o hi era, ha anat passant vés a saber cap a on, perquè l'ombra li ho ha dit. L'ombra que tampoc no hi és, ara, i això que ha dit abans que la vindria a buscar. Però no ha vingut. Tot això és incoherent, hi ha alguna cosa que no enganxa en tot plegat, o que no funciona o que no té sentit.

I, de cop, ho entén: s'està morint. I l'Antoni no ha vingut, només se l'ha imaginat, és tan il·luminada com la Merceditas. Deuen ser coses de la mort, doncs. O potser és que l'Antoni realment l'espera a l'altra banda per ser amb ella al Paradís eternament. Ep, Antoni, que tu no pots assegurar que jo vagi amb els bons, pensa que n'he fet de grosses, jo vaig matar l'Eduard, i potser per això m'envien de dret a l'infern. Si existeix l'infern. Mira que bé, Dolors, ho veus, ara sabràs què hi ha de veritat en tot això que es diu, i en tot el que asseguraven les monges.

Tanca els ulls i l'últim que veu és el jersei de la Sandra, que no s'ha mogut del seu davant. Costa trobar aire per respirar. Sort que ara mateix torna l'ombra. Sóc aquí, li diu ella des del llit, és que he perdut la paciència, noia, trigaves massa. L'ombra s'excusa, és que, de cop, se m'ha girat feina. Diu, au, anem, i li estén la mà, una mà negra, i la Dolors l'hi dóna, i la seva també es torna negra. Ara ja no sap exactament on és la barrera entre la realitat i la irrealitat, però tant és. Vés a saber com s'ho prendria Freud. *Toda la vida es sueño y los sueños, sueños son*. Ah, no, que això és de Calderón de la Barca. En fi, sigui de qui sigui, segur que Plató hi estaria d'acord.

Epíleg
(El dia de l'estrena)

Es veu que el capellà d'abans ja no fa misses ni funerals ni res perquè és massa gran i ja no hi toca. De tota manera, sembla que de totes totes aquest volia oficiar-lo ell, que s'havia aixecat del llit aquest matí obsessionat, dient que tenia un sermó especial per a tu, imagina't, vés a saber quin discurs volia fer, m'ha dit el capellà d'ara que està molt malament, pobre home, i que avui l'han hagut de reduir per tornar-lo a ficar al llit. I jo em pensava que només l'havia vist al funeral del... del teu amant, i resulta que també es va ocupar del pare. I no el vaig reconèixer i era el mateix que corria per aquí quan jo era una adolescent i anava al cau. Sí que ha envellit molt, sí. Ara, aquest nou no deu passar dels trenta i diuen que és de l'Opus. I a mi què, que sigui de l'Opus o del que vulgui, si tots són iguals, tots prediquen el mateix, ja ho diu en Jofre, que tots van calents i s'han de reprimir i per això esperen que tots ens reprimim. Bé, tant és, Leonor, no som aquí per pensar aquestes coses, però és que, ho has de reconèixer, cada vegada que veus un home de menys de trenta se t'eriça el pèl de tot el cos. És la menopausa, això? Abans no em passava. Només em passa d'ençà d'allò amb en Víctor. Quina barra que tenen, els homes, t'embauquen, et diuen que ets la dona de la seva vida i després, quan se'n cansen, et llencen a les escombraries i se'n van amb una altra. Per exemple, amb la Glòria, la mala pècora, que devia explicar-li tots els meus secrets. La Glòria. Vaja, ni que fos una bellesa nòrdica... Si li cau tot, òndia, jo estic molt millor que ella, i això que sóc més gran.

La veritat és que amb el Víctor m'ho vaig passar bé. Baixava de l'hort, el pobre, i li vaig ensenyar unes quantes coses que hem practicat amb el Jofre una colla d'anys, encara que la Glòria s'inventi que amb mi no va aprendre res, perquè n'està gelosa. Quina obsessió amb els pírcings, el Víctor, òndia, com es posava quan em veia el del melic, i això que em vaig fer pregar per col·locar-me'l, perquè no m'agradava gaire la idea, al començament. Ara a en Jofre ja no se li aixeca, i el Víctor la té perpètuament erecta, deu ser cosa de l'edat, també, és clar, no es pot demanar a un home de més de cinquanta que conservi el mateix desig sexual que un marrec de vint-i-cinc. Jo mateixa no hauria dit mai que jo... Si em pensava que ja se m'havia acabat tot, que no sentiria mai més la passió i els focs que sentia als trenta. El que passa és que últimament amb en Jofre res de res, perquè la cosa ja no té interès, però cap interès. Mira, abans no m'ho prenia gaire bé, que no l'excités gens, i ara, en canvi, n'estic contenta, perquè així em deixa en pau. Però tot això que ha passat... No ho sé, em sembla que he patit una transformació interior. Ara tot em sembla diferent. Fins i tot en Jofre. Sap moltes coses, sí, però no tantes com això. No sé com em vaig arribar a pensar que ho sabia tot.

Perdona'm, mare, per pensar aquestes coses el dia del teu enterrament, però és que el capellà no sé què diu, no me l'escolto, se me'n va el cap. Això sí, no puc deixar de plorar, tinc una esponja al clatell, últimament. Sí, ja sé que em diries, últimament i sempre, filla, perquè ja m'ho deies quan era petita. La Teresa no plorava mai i jo ho feia per qualsevol minúcia. Se m'ha acudit de pensar que potser tinc a dintre del cos més llàgrimes que ella. És a dir, que segurament hi ha persones que tenen a dintre més líquid que les altres, i l'han de treure, i, si no el treuen suant, el treuen plorant. Jo no suo i, per tant, deu ser això, que necessito plorar. Què et sembla, la meva teoria. No, no, tranquil·la, no espero pas que contestis, ja et pots quedar ben quieta a dintre d'aquest taüt de fusta lacada, i no moure't, òndia, mare, si fa tot just un any que xerraves pels descosits i et barallaves amb tothom, sobretot amb la pobra Fuensanta, que ja està bé, com et vas passar amb ella, la tenies amargada, i mira-la ara, com plora, aquí, al meu costat, ella també és de les que té el cos ple de líquid i tampoc no deu suar. Mira com t'estimava, mare, hauries d'estar avergonyida de com la vas tractar, ja està bé, va arribar un moment que ja no sabíem com consolar-la, la Teresa i jo.

Però no et vull pas renyar, perdona'm. Ho has passat molt malament en els últims temps, sense poder parlar, sense sentir-hi, autista de tot el que passava al teu voltant, tu que portaves tanta vida a dintre. Potser ha estat un càstig del cel, mira què et dic, per tractar la Fuensanta com la vas tractar i per embolicar-te amb un home casat. Sí, ja sé que em diries i tu què, si sabessis la meva història. Però és diferent, mare, molt diferent, el Víctor és un noi que encara no està casat, no és el mateix estar compromès que casat, ni molt menys. I jo ja ho sé que m'he portat malament, que jo sí que estic casada, però si a en Jofre no se li aixeca, jo no en tinc la culpa. Un càstig del cel va ser això teu, sí, mare, que vas desfer una família ben desfeta, sembla mentida que no te n'adonis o que no t'hagi importat mai. I, tanmateix, des del teu món tancat i aïllat, en aquella cadira del menjador, li has fet un jersei preciós a la Sandra... Un jersei que la teva néta s'ha entestat a posar-se el dia d'avui, i mira que li he dit, Sandra, agafaràs el xarampió, ja te'l posaràs a l'hivern. Però ella diu que no, es va emocionar molt quan va veure el que li havies fet i està com trasbalsada i porta el jersei de llana a ple mes de maig. Sort que ara ja no està malalta, que a l'hospital la van guarir ben guarida, per més que la doctora aquella vagi dient, vigili, senyora, vigili, que si no, el que hem fet no servirà de res.

Però si està molt bé, la Sandra, tan maca. Primeta, això sí, però no es veu pas demacrada. Segur que almenys ella sí que em donarà néts.

Es ben bé que els metges tenen por de quedar-se sense feina.

Senyora, qui ho havia de dir, semblava que no s'hagués de morir mai.

Sempre la recordaré quan va quedar ben estesa a terra aquell dia que es va entestar a entrar al menjador quan jo acabava de fregar, i era tot moll i relliscava, i em va fer patir que no s'hagués trencat res, però vostè estava bé i, això sí, es va posar d'un humor absolutament insuportable, no em deixava ni que l'ajudés a aixecar-se, però jo hi insistia perquè, pobra senyora, a veure si s'havia d'alçar de terra tota sola.

I ja ho veu, ara és aquí, tancada en aquest taüt, vostè que tenia tanta vida. No som res, ai, Senyor, no som res, i jo ja tinc el mocador ben xop, ja m'ho semblava que era millor agafar Kleenex, però m'he dit, Fuensanta, tingues una mica de dignitat i emporta't aquell mocador de puntes que et va regalar l'Alfonso abans de morir, que en un funeral queda molt lleig anar traient mocadorets de paper i tu tens molta llàgrima per deixar anar.

Té, aquí hi ha una punta seca que encara pot servir per eixugar una mica.

Sàpiga, senyora, ara que és ben morta i que no es pot queixar, que jo l'estimava molt, a vostè. Que potser jo no li agradava gaire, perquè quan em veia no semblava gaire contenta, però que consti qui tots els anys que vaig ser al seu costat, vaig intentar que això no fos així, vaig intentar agradar-li de totes les maneres possibles, i ajudar-la tant com pogués i treure-li la feina del damunt també tant com pogués. I sap què, senyora, ai, que ara em ve per plorar més i ja no em queda mocador, doncs vull dir-li que quan la vaig veure asseguda en aquella cadira de ca la seva filla sense poder parlar, vaig tenir un cobriment, que la primera vegada vaig sortir d'allà que no podia aturar el plor de cap manera, i llavors sí que la senyoreta Leonor em va haver de donar uns quants Kleenex. Perquè vostè, sense pronunciar paraula, no era vostè. Potser una altra estaria contenta de veure-la així, després de tot el que m'ha arribat a dir, però jo no sóc rancuniosa, estigui tranquil·la, senyora.

Després de la caiguda, els últims dies abans de la seva mort, quan vaig venir a tenir cura de vostè als matins, pobra senyora Dolors, jo només tenia obsessió de perdonar-la de tot cor per tot el que m'havia dit, aquelles coses tan desagradables que estic segura que no eren amb mala intenció, tot i que n'eren molt, de desagradables. Però jo ja li ho vaig dir que la perdonava amb tota l'ànima, que podia morir en pau, vostè no em podia sentir, però segur que Déu va tenir en compte el meu perdó i que vostè me l'hauria demanat, segur, si hagués estat conscient. Jo esperava que m'ho demanés els primers dies, que ho escrivís en un paper, vostè que sabia escriure, quan encara estava ben desperta, perquè té més valor de cara al Judici Final si el penedit demana perdó, però vostè era molt tossuda i no pensava fer-ho fins que no es veiés a les últimes, que jo ja ho sé, i després va perdre la consciència i va fer tard, i la vaig haver de perdonar per les bones, sense la seva sol·licitud. Que el bon Déu no li ho haurà tingut en compte, segur que no, segur que és amb Ell, ja, ara mateix. Pregui per mi, senyora Dolors, pregui per mi, que jo sé que vostè era molt més bona persona del que semblava.

Pregui per mi també perquè pugui trobar una feina, perquè ara no sé què faré, a veure si les seves filles me'n troben una aviat, que vaig escurada de calés, senyora Dolors, però m'he d'esperar una mica a demanar-los-ho perquè ara estan de dol i no queda gaire bé que hi insisteixi.

Pregui per mi. Digui a Déu que sempre he estat una bona dona, una bona esposa i una bona mare, i una bona treballadora amb les altres senyores i amb vostè. I recordi que l'he perdonat sense demanar res a canvi. Digui-ho al bon Déu, si us plau, vostè que el té a tocar, vostè que ja el veu. I, sobretot, expliqui-li que no li guardo cap rancor.

Es pensen que ens poden fer anar com baldufes, només perquè tenen un bon cul i uns bons pits i tota una vida per davant. La mossa aquesta m'ha destarotat del tot, quina inconscient, hòstia, però és que només de pensar en ella em puja tot. Intento distreure'm amb les imatges d'internet, però la veritat és que la veig de dia i de nit, a tot arreu, mira que ens ho hem passat bé, i no entenc què pot haver-la fet anar-ne a buscar un altre. Jo no tinc un penis monumental, però Déu n'hi do, no està malament. I ella no en deu tenir prou, aquestes nenes només busquen emocions fortes, sembla mentida que siguin tan poc sensibles, que un home és alguna cosa més que una tita grossa. Doncs saps què, preciosa, vés-te'n a buscar un negre, que diu que les tenen tan llargues, encara que no sé d'on ho han tret, això, perquè jo m'hi vaig fixar un dia al vestuari del gimnàs, i és clar que era en estat latent, però se li havia d'animar molt, però molt, perquè fos més grossa que la meva.

Ai, Dolors, no sé què pensaria vostè si sentís aquestes coses, sort que és morta i ben morta. Que ja era hora, per cert, ja no sé quant de temps portàvem alimentant un tros de persona, perquè vostè era un tros de persona, si no podia ni parlar ni sentir ni res, ja em dirà per què servia, allà asseguda al menjador tot el dia. No es pensi ara que sóc una bèstia inhumana, però és que vostè, que teòricament hi entén de filosofia, estarà d'acord amb mi que, quan un està així, millor que se'n vagi ja d'aquest món, perquè no val la pena allargar una vida vegetativa. I, a més, sempre és una molèstia per als vius... A veure, a veure, no vull que em malinterpreti, eh, de cap manera vull dir que vostè sobrés, que una persona és una persona, és clar, vostè ja m'entén... O no m'entén, tant és, què fas Jofre, demanant l'opinió a una morta. A una morta muda, sorda i cega, a més. Ah, no, cega no.

Aprofito per dir-li que això de la filosofia i les lletres, jo no m'ho crec. No m'ho he cregut mai, miri què li dic. Quan la Leonor em va dir, tota contenta, la meva mare és filòsofa, va estudiar i es va treure la carrera en secret, sense que ningú no ho sabés, jo no li vaig dir res perquè se la veia tan feliç, però vaig pensar, vés a saber què entén per carrera aquesta dona, carrera és passar per la facultat, senyora, i vostè no hi ha passat. Es devia treure un titolet d'aquests que donen a les escoles de dones, i es devia quedar tan ampla i tan contenta. Després feia veure que ho sabia tot, i em preguntava a mi perquè jo parlés i opinés, i així ella pogués tenir després una opinió. Però no m'enganyava, no, que jo sóc un gat vell en aquestes qüestions.

Vostè, Dolors, és com sa filla. No, no, no parlo de la Leonor, ja sap que la Leonor, pobreta, no serveix per gaire res, fa el que pot a la cuina i, quan li donen una oportunitat de prosperar a la feina, no dura ni dos dies. Parlo de la Teresa, que, després d'aquella trobada de sexe intens, però ben intens, em va dir que prou, que era lesbiana, que havia sentit una necessitat puntual però que ja veia que no. Quina vergonya i quina humiliació. I no va reaccionar ni quan vaig lligar-me la seva germana. Em va dir que, si volia la Leonor, no li digués mai res d'això, que ella tampoc no ho faria. I realment em va plantar, la tia. I jo que em pensava que estava tan enamorada de mi... Doncs, saps què et dic, que a mi no m'ho treu del cap, perquè això encara ho penso, ella estava boja per mi, però va fer veure que es tornava lesbiana perquè estima la seva germana i volia sortir del mig. Però jo he vist com em mira. Encara està enamorada de mi, i per això no m'ha dit res tots aquests anys. I ara em tracta amb guants de seda perquè deu voler rotllo. Rotllo, ara que gairebé tens seixanta anys, nena? Vinga, vinga, i què més, potser que ens anéssim calmant els instints, eh, que sembla mentida, a la teva edat.

Parlant d'instints, hòstia, Mònica, me l'has ben jugat. I no puc sofrir que la Sandra vagi explicant a tothom que t'has embolicat amb el professor de mates. Però què carai té el professor de mates que no tingui jo? I, per cert, només em faltava que em sortís un fill marieta. Totes em ponen, a mi.

Dolors, espera'm, que vinc. No trigaré gaire, ja em sento més allà que aquí, jo també. Com s'hi està, a l'altra banda? Ja que hi ets i som amigues, m'ho podries explicar, i així jo sabria exactament amb què em trobaré. Apa, que deus ser amb el teu Antoni, amb el teu estimat de sempre.

Saps què, Dolors, ets la persona més fidel que conec, fidel a les teves idees, als teus principis, a les persones que estimes. Al cap d'un temps d'haver-te casat, em vas dir, he comès l'error de la meva vida, te'n recordes, oi. Fins que no vas retrobar l'Antoni, vas estar com ensopida, no eres tu, només estaves pendent de la canalla, del marit, de la casa, i em va saber molt de greu deixar-te, perquè veia que et quedaves sola, sí, ben sola, perquè estaves envoltada de gent, però, en el fons, no tenies ningú, estimada. El meu home estava content que treballés i, a més, al començament ens feia falta el meu sou, però quan va néixer la criatura ja va ser impossible i em va saber molt de greu haver de marxar del teu costat, molt de greu.

Jo crec que no vas cometre cap error. Que vas fer el que havies de fer. Perquè tot passa per alguna raó i la teva preciosa història d'amor potser s'hauria acabat com el rosari de l'Aurora si hagués estat oficial. Potser no us hauríeu entès, potser us hauríeu tirat els plats pel cap el segon dia.

L'Antoni i tu éreu dos esperits lliures i necessitàveu estimar-vos de lluny. I així, el vostre amor va ser etern. Per això vaig estar tan contenta quan em vas dir que l'havies retrobat. Em vas fer jurar que no diria mai a la Teresa qui era el seu pare. I que no li diria a ell que la Teresa era la seva filla. Ho vaig complir i ho compliré, encara que sigueu tots dos morts, perquè em sembla que li faria pensar coses estranyes, si ara li expliqués això. Al cap i a la fi, quina importància té ser fill de l'un o de l'altre, si els teus pares de veritat són els que t'han criat, t'han alimentat, t'han vingut a buscar a l'escola, t'han vetllat el son.

No oblidaré mai la teva mirada quan vas matar l'Eduard. Jo no sabia que l'havies mort tu, és clar, fins que em vas mirar. Aleshores ho vaig veure claríssim. Perquè les teves mirades sempre ho han dit tot, Dolors. I sabia que després te'n penedies, que havia estat conseqüència d'un munt d'anys de viure al costat d'una persona que detestaves, que estaves com adormida, com vivint un somni terrible que et tenia els sentiments captius. Que, quan te'n vas despertar, et vas horroritzar del que havies fet.

No crec que s'hagi de matar ningú, però no pensava pas titllar-te d'assassina, per això. No ho he acceptat mai, però ho he entès. Tu no feies les coses perquè sí i, al cap i a la fi, com et deia abans, tot passa per alguna raó. I que l'Eduard es morís, siguem sinceres, era el millor que podia passar.

Després va venir l'època dels nostres berenars setmanals, els berenars amb xocolata. Jo et recordo menjant-te aquells suïssos amb cara d'estar fent la dolenteria més gran del món. I ara m'han dit que la teva última caiguda, la que va precipitar la teva mort, va ser per la xocolata. Sempre deies que no t'hi podies resistir. Espero que al cel n'hi hagi un rebost ple per a tu. Si el cel és el millor dels mons... aleshores és que t'hi espera el teu Antoni amb un suís. Que aprofiti, Dolors. Que aprofiti.

Cada vegada que veig un taüt, em començo a demanar què passa amb l'ànima de la persona que hi ha a dintre. O amb l'esperit. O amb allò que és viu, vaja. Els que creuen en Déu, ho tenen fàcil: l'ànima se'n va al cel i és eternament feliç. Però jo això no m'ho empasso, ja saps que no m'ho he cregut mai, i, per tant, penso que tota tu ets a dins la caixa, que també se t'ha mort l'esperit i que t'enterraran sencera a sota terra. Fa un efecte estrany, això, em col·loca a mi a primera fila, ara quan vingui la mort a visitar de nou la família, és a mi a qui s'ha d'endur, teòricament, però espero que encara trigui uns quants anys, a fer-ho.

M'alegro que siguis morta, mare. Me n'alegro perquè darrerament estaves patint molt, et costava respirar, et teníem sempre adormida i ja no eres la que havies estat. Penso, mare, que eres plena de secrets. I que aquests secrets et feien una persona especial, una persona diferent. Que eres més feminista que moltes de les meves companyes de partit. Que eres indomable. I no em refereixo només al tema del meu pare, tot i que quan ho vaig saber, el dia del casament de la Leonor, vaig trigar a reaccionar. L'Antoni havia begut una mica de vi i xerrava pels colzes. Estava content perquè ens havia conegut a mi i a la Leonor, tenia ganes de parlar amb nosaltres i la Leonor se'n va anar però jo em vaig quedar, perquè trobava el teu amic molt divertit, perquè m'atreia, no sé per quina raó, però tenia alguna cosa que m'agradava. Ens vam quedar jo i l'Eli, que també va venir al casament perquè ja llavors era la meva parella. I vinga xerrar, i vinga explicar-nos com us havíeu conegut, i ens vam quedar les dues de pedra, perquè no en sabíem res, d'això de la fàbrica, que havíeu tingut una relació llavors, i jo pensava, i com és que la mare no n'ha parlat mai, però no ho vaig dir en veu alta i vaig continuar escoltant. I l'Eli, al meu costat, també. I llavors, l'Antoni va dir que tot s'havia acabat perquè la mare s'havia casat amb l'Eduard, que el va deixar de cop i s'hi va casar immediatament, que no va esperar ni tres mesos, perquè li va dir que no l'estimava, però no era veritat, jo sabia que no era veritat, deia l'Antoni. I s'omplia la copa de més cava i deia, no ho hauria dit mai, de la Dolors, però ella no en vol parlar, ja em va dir que s'havia equivocat i prou. I va tornar a beure cava.

I jo vaig lligar caps. No immediatament sinó quan tornava cap a Madrid, pensant en veu alta amb l'Eli al costat. Vaig fer càlculs i la suma dels meus raonaments va portar-me a una conclusió, mare, a una sola conclusió. Llavors l'Eli va mirarme i em va dir, és que us assembleu.

El meu pare no sabia que era el meu pare. Vaig pensar que segurament tu li havies dit sempre que jo tenia un any menys. O uns mesos menys. I jo havia tingut un altre pare que no m'agradava o, encara pitjor, que no li agradava jo a ell. Gens. Aleshores vaig entendre per què, i també que el sacrifici de casar-te amb aquell home que no estimaves l'havies fet per mi. I, per donar-te les gràcies, em vaig prometre guardar per sempre el teu secret i vaig fer prometre a l'Eli que tampoc no en diria res. Ella em va demanar per què no t'ho deia a tu. I jo li vaig contestar que em feia l'efecte que tu estaves contenta de saber que jo ignorava aquesta història. Que em semblava que preferies que tot quedés així. Que volia respectar el teu silenci.

Jo no estimava l'Antoni, però l'hauria pogut estimar molt, perquè hauria estat un bon pare, ho vaig notar de seguida que el vaig conèixer. Vaja, em sembla que me n'he anat de la llengua, no diguis a la Dolors que t'he explicat tot això, eh, va acabar dient en aquell discurs etílic. Jo estava en estat de xoc i vaig respondre d'esma, no, és clar que no.

Hi ha coses que se sospiten, però hi ha coses que són clares com l'aigua. Que en Jofre era un fill de puta ho vaig veure de seguida, però llavors ja era tard perquè la Leonor n'estava perdudament enamorada i no servia de res advertir-la contra ell. No saps, mare, que jo, malgrat ser lesbiana, em vaig deixar temptar per aquell desgraciat, no sé per què, potser perquè em va sortir amb pensadors que llavors estaven de moda i, mira, després d'uns quants canuts ens vam trobar al sofà de casa meva fent coses que jo feia molt de temps que no feia amb un home. Que aleshores em va dir que jo era la dona de la seva vida i jo li vaig contestar que no podia ser, que jo era lesbiana i allò només havia estat una relliscada estúpida, però ell no s'ho va creure i va decidir utilitzar la Leonor per engelosir-me. Quan ho vaig descobrir, ja la tenia completament boja per ell, perquè mira que ho estava, tinc una germana que no hi veu dos pams davant del nas, si encara se'l mira amb admiració. Li vaig dir que la deixés en pau, i em va dir que no, si jo no tornava amb ell. Llavors va ser quan, d'una manera molt covarda, vaig demanar al partit d'anar a Madrid. No volia veure què passava, no volia veure com la deixava a l'estacada però, davant la meva sorpresa, no ho va fer perquè se li veia el llautó de seguida i no hi havia cap altra dona que s'hi acostés massa, només la Leonor li feia cas, i molt. Aleshores el vaig advertir que mai no li digués res del que havia passat entre nosaltres dos, que no volia que, a sobre, la pobra Leonor arribés a sospitar que no era més que un premi de consolació. Que, si ho feia, només aconseguiria que ella desconfiés d'ell i de mi, que la Leonor és insegura i gelosa.

Ja ho veus, mare, aquí tots tenim els nostres secrets. Secrets que ens fan de barca al llarg del riu de la vida i que impedeixen que ens enfonsem. Secrets com el meu o el teu amb l'Antoni, que tu t'has pensat que t'enduies a la tomba. Segur que te n'has endut algun altre, això sí, perquè últimament et veia riure molt. Vés a saber per què devia ser.

Voldria no plorar, àvia, perquè sé que a tu no t'agradaria que ho fes, perquè m'estimaves molt i t'hauria angoixat veure'm fet un mar de llàgrimes. Ja n'hi ha prou amb la mare, la Sandra i la Fuensanta, ara sí que aniria bé tenir aquí la capsa de Kleenex del moble del menjador. Al final de la cerimònia, no en quedaria ni un.

Voldria no plorar perquè en els últims temps, tu no feies més que riure, i penso que t'agradaria més que ara jo també rigués. T'agradaria també que et parlés del gat, quina fal·lera que et va agafar per l'animaló, quan ho explicava als companys de classe se'n feien creus. Em deien que no era normal que una àvia de vuitanta-cinc anys tingués aquesta obsessió pel gat virtual aquest que t'envies entre col·legues per e-mail, i jo els deia que et veia molt capaç de saber quatre coses sobre informàtica i de fer servir l'ordinador, que, si aconseguia ensenyar-te'n, segur que t'hi enganxaves, perquè eres una àvia molt culta i molt intel·ligent. I ho vaig intentar, àvia, a fe de Déu que sí, però no m'ho vas permetre perquè t'havies enamorat perdudament del gat. Doncs què hi farem. I ara ja és massa tard, de tota manera.

No havia vist mai morir-se ningú i espero no tornar a veure-ho en molt de temps. Per més que entengui perfectament que la mort és una conseqüència de la vida, que una cosa va lligada amb l'altra, que tots ens hem de morir, etcètera, em va glaçar l'esperit veure la teva, t'ho puc ben prometre. I no vaig plorar gens. La mare, que és tan ploranera, tampoc no va plorar. És que va ser estrany, només hi érem ella i jo en aquell moment, es va presentar la mort d'imprevist, havies canviat la manera de respirar només una hora abans i, en un moment determinat, va ser com si decidissis d'una manera molt conscient que aquella seria la teva última inspiració. Vas mirar fixament la paret, com si estiguessis mesurant la distància del llit fins allà per llançar-t'hi, vas obrir uns ulls molt grossos, vas agafar aire i ja no vas fer res més, es va acabar tot. La mare i jo et vam mirar uns instants, tots dos esperant algun signe del teu cos que ens demostrés que encara estava amb vida. Però no ho estava, no. I els ulls t'havien quedat oberts i com de vidre o com els de les figures del museu de cera. M'hi vaig acostar i te'ls vaig tancar.

Vaig plorar a la tarda, això sí, en braços del Dani. M'adonava que a casa no ho podia fer, que jo era el suport de la família, perquè, del pare, no se'n pot esperar gaire res, el meu pare és un baliga-balaga incapaç d'agafar les regnes en una qüestió com aquesta. A més, mai no us heu tingut simpatia l'un a l'altre, i a tu, àvia, se't veia als ulls què en pensaves. Quan jo era encara una criatura, em feia mal que el miressis com ho feies, encara que mai no havies expressat el teu pensament en veu alta. I jo llavors encara sentia adoració pel meu pare, com la senten tots els nens. La vaig sentir fins fa poc. Aleshores vaig descobrir com era. Va ser de cop, el dia que vaig trobar a internet aquella web seleccionada, que ell s'havia descuidat d'eliminar de la memòria de l'ordinador, amb el seu nom ben posat i les seves dades i tot.

Vaig necessitar marxar un parell de dies per recuperar-me, per raonar. Vaig dir que anava a casa d'un amic i la veritat era que me n'anava sol. Havia de pensar, no sabia què fer, què dir, com actuar.

La pàgina web, estimada àvia, contenia un munt de fotografies pornogràfiques de nenes. Nenes de dotze o catorze anys, més petites que la Sandra, despullades, deixant-se fer l'inimaginable per homes de l'edat del meu pare.

Descobrir que el teu pare és un pederasta no és agradable. I aquells dos dies van ser terribles per a mi. Llavors sí que em vaig fer un tip de plorar, i encara no coneixia en Dani perquè em consolés com ho sap fer, i encara no tenia clara la meva sexualitat, no sabia què em passava. Tot m'anava malament, i jo, que no he estat mai un revolucionari d'esperit, em vaig plantejar coses com denunciar el meu pare, marxar de casa o muntar-hi un bon xou i aconseguir que marxés ell.

I saps què, que no vaig fer cap de les tres coses. Vaig decidir tornar a casa i mirar de salvar la Sandreta d'aquell pou sense fons que era la meva família. Em vaig proposar ajudar-la com fos, sense alçar gaire polseguera, en silenci per no espantar-la.

Això va ser fa un any. I no me n'he sortit. Tinc por, àvia. En Dani m'estima molt i és molt bona persona, però jo sóc conscient que això pot canviar d'un dia per l'altre, i em fa l'efecte que no sé què faria sense ell, és la meva roca, jo que he de fer de roca d'aquesta família. Ara que tu no hi ets, m'he quedat sol. La mare sembla una ànima en pena que ja no espera res de la vida. Del pare, sí que no cal esperar-ne res. I la pobra Sandra, entrarà en un cercle viciós del qual no podrà sortir. I saps per què, doncs perquè al seu voltant tothom està convençut que ja es troba bé. Tothom menys jo, que la conec, i sé que només fa comèdia.

Vaig dir a en Dani que m'esperaria una mica a anar a viure amb ell, quan van dir a la Sandra que havia d'ingressar. Però després, quan va sortir de l'hospital, em vaig adonar que, si no estava jo per ella, no hi estaria ningú. O sigui que vaig tornar a posposar una mica més la data del meu canvi de residència. I el Dani ho va comprendre.

Ara no sé què fer. No vull quedar-me sense en Dani només perquè em sento responsable d'una adolescent que no es pot dir que tingui pares. Estimo la Sandreta més que ningú al món, la veig tan fràgil... I avui s'ha posat el jersei que li vas fer per tapar-se els braços, aquelles pelleringues que fan pena. Li és igual suar, mentre pugui amagar, amb una excusa com aquesta, la veritat de la seva esllanguida condició física i mental.

He de prendre una decisió, àvia. I espero que m'ajudis, des d'allà on siguis. Ja veig que aquesta vida consisteix a saber triar camins completament oposats l'un de l'altre, i a abandonar-ne un dels dos a la bona de Déu. Segur que tu saps de què parlo.

No et vaig voler mirar quan vaig saber que eres morta, i ara, quan veig aquest taüt al mig de l'església, se'm fa difícil creure que tu siguis a dintre. Quin mareig, Déu meu, i quina cosa més estranya, això de morir-se, d'un segon a l'altre deixes de moure't, deixes de parlar, deixes de ser per passar a no ser. No hi havia pensat mai i, ara que tu t'has mort, hi he donat unes voltes. I jo que em moro per tenir divuit anys, de sobte he pensat que no els volia tenir, perquè m'he adonat que tots ens morim. Sí, sí, i com més grans som, més possibilitats tenim de morir-nos. No és que fins ara no ho sabés, és clar que ho sabia, però ho veia com una cosa llunyana. I ara, de cop, ho veig més a prop. I això em preocupa, perquè jo no em vull morir. Em fa por, molta por.

Malgrat tot, ara he de pensar en altres temes. I arreglar tot el que he d'arreglar i deixar les coses clares a la família i als metges. Els metges volien que estigués ben grassa, com un porc a punt de passar per l'escorxador. Són uns morts d'enveja, perquè ells no tenen setze anys, i ja no els tindran mai. I, com que no en tinc divuit encara, no puc fer el que vull i no podia negar-me a menjar quan em tenien incomunicada en aquell hospital i no em donaven paper i llapis per escriure si no menjava no sé què, i no em deixaven trucar per telèfon si no menjava no sé què més. Colla de xantatgistes.

En Jaume em deia que tenia unes corbes guais, però se'n va anar amb una altra que estava més prima que jo, i, contemplant-me al mirall, vaig observar que estava realment grassa, que no podia ser.

Ara tot ha canviat i ja és inevitable que em posi com una bóta.

En Miquel diu que estic bé, diu que deixi de demanar-l'hi, i que estigui per la feina. Per la feina del pírcing, posa't un pírcing a la llengua, vinga, posa't un pírcing, quina insistència, hi tenia com una obsessió i jo pensava què li agafa, ara, i vaig aconseguir que la mare me'l pagués perquè callés d'una vegada. I llavors, després d'un petó moll i llarg, molt llarg, i ell jugant amb l'arracada, em va dir, vinga, ara llepa-me-la. I jo no sabia a què es referia, fins que em va ensenyar la tita. Em vaig quedar glaçada i després, una mica enfadada, vaig contestar, ei, que jo no sóc una puta, nen, però ell va dir que això no hi té res a veure, que ara ho fan totes les noies i que, si no ho feia, se n'hauria de buscar una altra que sí que ho fes. O sigui que, al final, ho vaig fer.

És una mica fastigós, la veritat, però no està malament, tot i que no ho explicaria mai a cap amiga, em fa molta vergonya. Només t'ho explico a tu perquè ets morta.

Però, àvia, a mi el que realment m'agrada, si vols que et digui la veritat, és una cosa tan romàntica com que el meu nòvio m'abraci pel carrer i em faci un petó davant de tothom. M'agrada sentir que el tinc, que és meu i de ningú més, que m'estima a mi. I m'agrada pensar que m'hi caso i que tenim una casa i nens. Espero que sigui així amb en Miquel, espero no perdre'l quan sàpiga el que li espera.

És clar que a ell no li fa gràcia que sigui actriu, i això em molesta una mica, però què hi farem, no es pot tenir tot, i en aquests moments hi ha altres coses molt més importants.

Que consti que jo continuo tenint cura del meu cos, però m'és cada cop més difícil, i, a més, tinc els pares i en Martí atents, vigilant que mengi i vigilant després que no vomiti el que he menjat. I s'enfaden amb mi quan ho faig, però és que no ho puc evitar, àvia, em marejo i ho trec tot. I ells m'obliguen a menjar més i més, i així estan contents per la mania aquesta que tenen de voler-me veure grassa. I jo, vinga marejar-me i vinga vomitar.

No m'agrada com em mira en Martí. No es refia de mi. M'estima molt i jo també a ell, però he de fer la meva. Llàstima que sigui *gay* i que sigui el meu germà, perquè em casaria amb ell, és el noi més agradable del món. Però m'agradaria que marxés de casa, com va dir que faria, perquè no em miri d'aquella manera tan desconfiada. I ara resulta que no marxa, es deu haver fet enrere, potser és que s'ha barallat amb aquell nòvio que té.

Un dia d'aquests els hauré de dir la veritat a tots.

Per cert, àvia, moltes gràcies pel jersei. Em va emocionar molt veure que me l'havies fet en els últims dies de la teva vida. Molt. Però és que, a més, m'ha anat molt bé avui, tinc l'excusa perfecta per amagar-me els braços de tothom, perquè, per com em miren a casa, ja veig que encara troben que són massa prims. Me'l poso per donar-te les gràcies, eh, però també perquè així m'estalvio els comentaris i advertiments de tota la família i amics, allò de, estàs massa seca, nena, vols dir que t'alimentes bé, quina mania que té la gent amb això. Si sabessin...

És molt bonic, el jersei, has tingut molt bon gust, àvia. És una mica massa estret de coll, això sí. I una mica massa ample tot ell. En circumstàncies normals, no me'l posaré gaire perquè em fa més grassa. Però no pateixis: quan se'm comenci a notar, m'anirà d'allò més bé.

Barcelona, Cantonigròs,
febrer-agost 2005